U0140916

应用型本科计算机科学与技术规划教材

Visual Basic 程序设计
上机指导与习题解答

主　编　莫德举　张玉英

副主编　刘利平　杜松江

北京邮电大学出版社

·北京·

内 容 简 介

本书是《Visual Basic 程序设计》的配套教材，按章节组织内容。包括上机实验、典型例题解析和自测题。典型例题解析详细分析解答了本章包含知识点的典型示例。自测题包括大量的练习题目，并给出了自测题的答案。在最后附录中给出了配套教材各章习题的参考答案。本书对巩固所学的基本概念，扩展教材所学的知识，开拓思维，掌握程序设计技巧具有指导作用。

本书以程序设计为主线，内容丰富，结构清晰，把难点分散在各章节，对重点、难点分析透彻，注重知识内容的连贯性。本书既可以适合作为 VB 语言的初学者自学参考书，又可以作为大中专院校的实验教材，还可以作为 VB 开发人员的参考书。

图书在版编目(CIP)数据

Visual Basic 程序设计上机指导与习题解答/莫德举，张玉英主编 . —北京:北京邮电大学出版社，2009
ISBN 978-7-5635-1899-9

Ⅰ.V… Ⅱ.①莫…②张… Ⅲ.BASIC 语言—程序设计—高等学校—教学参考资料 Ⅳ.TP312

中国版本图书馆 CIP 数据核字(2008)第 209404 号

书　　名：Visual Basic 程序设计上机指导与习题解答
主　　编：莫德举　张玉英
责任编辑：陈　瑶
出版发行：北京邮电大学出版社
社　　址：北京市海淀区西土城路 10 号(邮编:100876)
发 行 部：电话:010-62282185　传真:010-62283578
E-mail：publish@bupt.edu.cn
经　　销：各地新华书店
印　　刷：北京忠信诚胶印厂
开　　本：787 mm×1 092 mm　1/16
印　　张：18
字　　数：440 千字
印　　数：1—4 000 册
版　　次：2009 年 1 月第 1 版　2009 年 1 月第 1 次印刷

ISBN 978-7-5635-1899-9　　　　　　　　　　　　　　　　　　定　价：29.00 元

· 如有印装质量问题，请与北京邮电大学出版社发行部联系 ·

应用型本科计算机科学与技术规划教材

编委会

主　任：金怡濂

副主任：（排名不分先后）

王命延　李秉智　俞俊甫　莫德举

委　员：（排名不分先后）

付　瑜　许学东　张雪英　马朝圣

邹永贵　谢建群　夏素霞　黄建华

前　言

　　学习计算机程序设计很重要的一点就是实践,通过实际上机编程的演练,加深对编程规则及理论知识的理解和掌握,因此,上机实验是学习计算机程序设计语言的重要环节。为此我们编写了《Visual Basic 程序设计上机指导与习题解答》,该书是北京邮电大学出版社出版的《Visual Basic 程序设计》一书的配套教材,同时也可以与其他 Visual Basic 教材配合使用。

　　本书按章节组织内容。内容包括引言、VB 概述、简单的 Visual Basic 程序设计、选择结构、循环结构及列表框和组合框、VB 编程基础、菜单设计与多文档界面、数组和用户自定义类型、过程、键盘与鼠标事件过程、数据文件、图形操作、ActiveX 控件的使用、Visual Basic 与数据库等。第 1 章引言的工程案例可在学过了本书及配套教材其他章节后进行学习,让学生建立软件工程的意识,进行实际的软件开发。每章的实验,针对该章的重点内容编写了详细的实验指导;典型例题解析详细分析解答了本章包含知识点的典型示例;自测题包括大量的练习题目,并给出了自测题的答案。附录给出了部分配套教材习题的参考答案。

　　本书由具有多年从事 Visual Basic 程序设计的教学经验丰富的教师集体编写,全书由莫德举、张玉英任主编,刘利平、杜松江任副主编。第 1 章、第 2 章、第 3 章由周建敏编写;第 4 章、第 5 章、第 6 章由张玉英编写;第 7 章、第 8 章、第 9 章由张秋菊编写;第 10 章、第 11 章、第 12 章由刘利平编写;第 13 章、第 14 章由孙旭光编写;附录由杜松江编写。全书由张玉英统稿,刘利平审稿。

　　非常感谢北京化工大学北方学院信息院莫德举院长对本书编写过程中给予的指导和帮助。

　　由于作者水平有限,加之时间仓促,书中的缺点和错误在所难免,恳请读者批评指正,不胜感激! 作者的电子邮箱为 bdrjxy@sohu.com。

作　者

目　　录

第 12 章　图形操作

第 13 章　ActiveX 控件的使用

第 14 章　Visual Basic 与数据库

第1章 引　　言

1.1　工程实例　企业进销存管理系统
（Visual Basic 6.0＋SQL Server 2000 实现）

1.1.1　实例简介

　　企业进销存管理系统是一个信息化管理软件,可以实现企业的进货、销售、库存管理等各项业务的信息化管理,而实现企业信息化管理是现代社会中小企业稳步发展的必要条件,它可以提高企业的管理水平和工作效率,最大限度地减少手工操作带来的失误。通过该工程实例,使学生能真正地从中了解软件开发的整个过程。结合实际软件开发项目,让学生从问题定义开始,经过可行性研究、需求分析、概要设计、详细设计、编码直到最后要对自己开发的软件还要进行测试,这样一个软件开发过程,使学生掌握软件开发的基本技能,开始进行项目实践。

1.1.2　开发步骤

1. 开发背景

　　加入 WTO 之后,随着国内经济的高速发展,中小型的商品流通企业越来越多。这些企业经营的商品种类繁多,难以管理,而进销存管理系统便成为企业经营和管理中的核心环节,也是企业取得效益的关键。××有限公司是一家以商业经营为主的私营企业。公司为了完善管理制度,增强企业的竞争力,决定开发进销存管理系统,以实现商品管理的信息化。现需要委托其他单位开发一个企业进销存管理系统。

2. 系统分析

（1）需求分析

通过与××有限公司的沟通和需求分析,要求系统具有以下功能。

- 系统操作简单,界面友好。
- 规范、完善的基础信息设置。
- 支持多人操作,要求有权限分配功能。
- 为了方便用户,要求系统支持模糊查询。
- 支持库存商品盘点的功能。
- 当外界环境（停电、网络病毒）干扰本系统时,系统可以自动保护原始数据的安全。

（2）可行性分析

根据《GB8567－88 计算机软件产品开发文件编制指南》中可行性分析的要求,制定可行性研究报告如下。

1）引言

① 编写目的

以文件的形式给企业的决策层提供项目实施的参考依据，其中包括项目存在的风险、项目需要的投资和能够收获的最大效益。

② 背景

××有限公司是一家以商业经营为主的私营企业。为了完善管理制度、增强企业的竞争力、实现信息化管理，公司决定开发进销存管理系统。

2）可行性研究的前提

① 要求

企业进销存管理系统必须提供商品信息、供应商信息和客户信息的基础设置；强大的模糊查询功能和商品的进货、销售和库存管理功能；可以分不同权限、不同用户对该系统进行操作。另外，该系统必须保证数据的安全性、完整性和准确性。

② 目标

企业进销存管理系统的目标是实现企业的信息化管理，减少盲目采购、降低采购成本、合理控制库存、减少资金占用并提升企业市场竞争力。

③ 条件、假定和限制

为实现企业的信息化管理，必须对操作人员进行培训，而且将原有的库存、销售、入库等信息转化为信息化数据，需要操作员花费大量时间和精力来完成。为不影响企业的正常运行，进销存管理系统必须在两个月的时间内交付用户使用。

系统分析人员需要两天内到位，用户需要 5 天时间确认需求分析文档。去除其中可能出现的问题，例如用户可能临时有事，占用 6 天时间确认需求分析。那么程序开发人员需要在一个月零 15 天的时间内进行系统设计、程序编码、系统测试、程序调试和程序的打包工作。其间，还包括员工每周的休息时间。

④ 评价尺度

根据用户的要求，项目主要以企业进货、销售和查询统计功能为主，对于库存、销售和进货的记录信息应该及时准确地保存，并提供相应的查询和统计。

3）投资及效益分析

① 支出

根据系统的规模及项目的开发周期（2 个月），公司决定投入 7 个人。为此，公司将直接支付 9 万元的工资及各种福利待遇。在项目安装及调试阶段，用户培训、员工出差等费用支出需要 2 万元。在项目维护阶段预计需要投入 3 万元的资金。累计项目投入需要 14 万元资金。

② 收益

用户提供项目资金 32 万元。对于项目运行后进行的改动，采取协商的原则根据改动规模额外提供资金。因此从投资与收益的效益比上看，公司可以获得 18 万元的利润。

项目完成后，会给公司提供资源储备，包括技术、经验的积累，其后再开发类似的项目时，可以极大地缩短项目开发周期。

4）结论

根据上面的分析，在技术上不会存在问题，因此项目延期的可能性很小。在效益上公司投入 7 个人、2 个月的时间获利 18 万元,效益比较可观。在公司今后发展上可以储备项目开发的经验和资源。因此认为该项目可以开发。

（3）编写项目计划书

根据《GB8567—88 计算机软件产品开发文件编制指南》中的项目开发计划要求,结合单位实际情况,设计项目计划书如下。

1）引言

① 编写目的

为了保证项目开发人员按时保质地完成预定目标,更好地了解项目实际情况,按照合理的顺序开展工作,现以书面的形式将项目开发生命周期中的项目任务范围、项目团队组织结构、团队成员的工作责任、团队内外沟通协作方式、开发进度、检查项目工作等内容描述出来,作为项目相关人员之间的共识和约定及项目生命周期内的所有项目活动的行动基础。

② 背景

企业进销存管理系统是由××有限公司委托本公司开发的大型管理系统。主要功能是实现企业进销存的信息化管理,包括统计查询、进货、退货、入库销售和库存盘点等功能。项目周期 2 个月。项目背景规划如表 1-1-1 所示。

表 1-1-1　项目背景规划

项目名称	项目委托单位	任务提出者	项目承担部门
企业进销存管理系统	××有限公司	陈经理	策划部门 研发部门 测试部门

2）概述

① 项目目标

项目目标应当符合 SMART 原则,把项目要完成的工作用清晰的语言描述出来。企业进销存系统的项目目标如下。

企业进销存管理系统的主要目的是实现企业的信息化管理,主要的业务就是商品的销售和入库,另外还需要提供统计查询功能,其中包括商品查询、供应商查询、销售查询、入库查询和现金统计等。项目实施后,能够降低采购成本、合理控制库存、减少资金占用并提升企业市场竞争力。整个项目需要在 2 个月的时间内交付用户使用。

② 产品目标

时间就是金钱,效率就是生命。项目实施后,企业进销存管理系统能够为企业节省大量人力资源,减少管理费用,从而间接为企业节约了成本,并提高了企业的竞争力。

③ 应交付成果

a）在项目开发完成后,交付内容有企业进销存管理系统的源程序、系统的数据库文件、系统使用说明书。

b）将开发的进销存管理系统打包并安装到企业的计算机中。

c）企业进销存管理系统交付用户之后,进行系统无偿维护和服务 6 个月,超过 6 个月进行系统有偿维护与服务。

④ 项目开发环境

操作系统为 Windows XP 或 Windows 2003 均可，使用 Visual Basic 6.0 集成开发工具，打 SP6 补丁，数据库采用 SQL Server 2000。

⑤ 项目验收方式与依据

项目验收分为内部验收和外部验收两种方式。在项目开发完成后，首先进行内部验收，由测试人员根据用户需求和项目目标进行验收。项目在通过内部验收后，交给客户进行验收，验收的主要依据为需求规格说明书。

3）项目团队组织

① 组织结构

为了完成企业进销存管理系统的项目开发，公司组建了一个临时的项目团队，由公司副经理、项目经理、系统分析员、软件工程师、美工人员和测试人员构成，如图 1-1-1 所示。

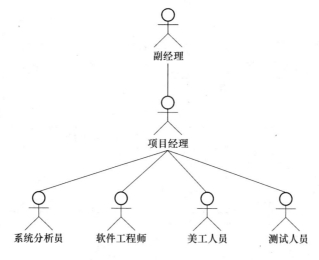

图 1-1-1　项目团队组织结构

② 人员分工

为了明确项目团队中每个人的任务分工，现制定人员分工表如表 1-1-2 所示。

表 1-1-2　人员分工表

姓　名	技术水平	所属部门	角　色	工作描述
陈××	MBA	经理	副经理	负责项目的审批、决策的实施
侯××	MBA	项目开发部	项目经理	负责项目的前期分析、策划、项目开发进度的跟踪、项目质量的检查
钟××	高级系统分析员	项目开发部	系统分析员	负责系统功能分析、系统框架设计
梁××	中级系统分析员	项目开发部	系统分析员	负责系统功能分析、系统框架设计
李××	高级软件工程师	项目开发部	软件工程师	负责软件设计与编码
马××	高级软件工程师	项目开发部	软件工程师	负责软件设计与编码
王××	中级软件工程师	项目开发部	软件工程师	负责软件设计与编码
赵××	中级设计师	设计部	美工人员	负责程序界面设计
刘××	测试员	程序测试部	测试人员	负责程序的测试

3. 系统设计

（1）系统目标

根据需求分析的描述以及与用户的沟通,现制定系统实现目标如下。

- 界面设计简洁、友好、美观大方。
- 操作简单、快捷方便。
- 数据存储安全、可靠。
- 信息分类清晰、准确。
- 强大的模糊查询功能,保证数据查询的灵活性。
- 提供销售排行榜,为管理员提供真实的数据信息。
- 提供灵活、方便的权限设置功能,使整个系统的管理分工明确。
- 对用户输入的数据,系统进行严格的数据检验,尽可能排除人为的错误。

（2）系统功能结构

本系统包括基础信息设置、商品入库管理、商品销售管理、商品库存管理、数据统计与报表、系统维护共计 6 大部分。系统结构如图 1-1-2 所示。

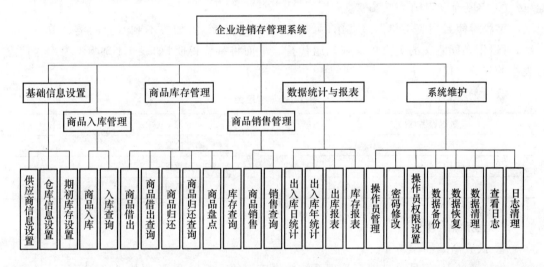

图 1-1-2　系统功能结构

（3）业务逻辑编码规则

遵守程序编码规则所开发的程序,代码清晰、整洁、方便阅读,并可以提高程序的可读性,真正做到"见其名知其意"。本节从数据库设计和程序编码两个方面介绍程序开发中的编码规则。

1）数据库对象命名规则

① 数据库命名规则

数据库命名以字母 db 开头(小写),后面加数据库相关英文单词或缩写。下面将举例说明,如表 1-1-3 所示。

表 1-1-3　数据库命名

数据库名称	描　述
db_SPJXC	企业进销存管理系统数据库
db_library	图书馆管理系统数据库

注意：在设计数据库时,为使数据库更容易理解,数据库命名时要注意大小写。

② 数据表命名规则

数据表命名以字母 tb 开头(小写),后面加数据库相关英文单词或缩写和数据表名,多个单词间用"_"分隔。下面将举例说明,如表 1-1-4 所示。

表 1-1-4　数据表命名

数据库名称	描　述
tb_gys	供应商信息表
tb_KCXX	库存信息表

③ 字段命名规则

字段一律采用英文单词或词组(可利用翻译软件)命名,如找不到专业的英文单词或词组,可以用相同意义的英文单词或词组代替。下面将举例说明,如表 1-1-5 所示为库存信息表中的部分字段。

表 1-1-5　字段命名

数据库名称	描　述
KC_Name	库存商品名称
KC_Num	库存数量
KC_Price	库存单价

2) 业务编码规则

① 供应商编号

供应商的 ID 编号是进销存管理系统中供应商的唯一标识,不同的供应商可以通过该编号来区分。在本系统中该编号的命名规则:以字符串 GYS 为编号前缀,加上 6 位数字作编号的后缀,这 6 位数字从 000001 开始。例如,GYS000001。

② 入库编号

商品入库编号用于区分不同商品的不同入库时间,入库编号的命名规则以 J 字符作前缀,加上 6 位数字作编号的后缀。例如,J000002。

③ 出库编号

出库编号用于区分不同的出库操作。出库编号的命名规则:以 L 字符作前缀,加上 6 位数字作编号的后缀。例如,L000003。

④ 商品归还编号

商品归还编号用于标识不同的归还信息。商品归还编号的命名规则:以 GH 字符串作前缀,加上 6 位数字作编号的后缀。例如,GH000001。

⑤ 商品借出编号

商品借出编号用于标识不同的商品借出信息。商品借出编号的命名规则：以 JC 字符串作前缀，加上 6 位数字作编号的后缀。例如，JC000003。

（4）系统预览

企业进销存管理系统由多个窗体组成，下面仅列出几个典型窗体，其他窗体参见光盘中的源程序。

系统主窗体的运行效果如图 1-1-3 所示，主要功能是调用执行本系统的所有功能。系统登录窗体的运行效果如图 1-1-4 所示，主要用于限制非法用户进入到系统内部。

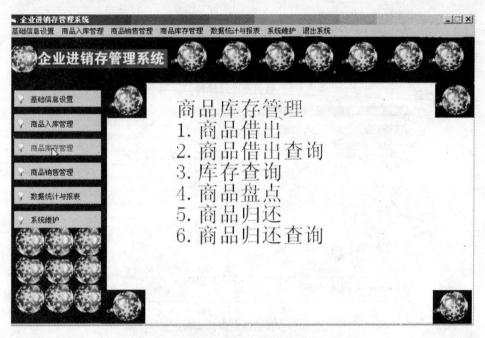

图 1-1-3　主窗体运行效果

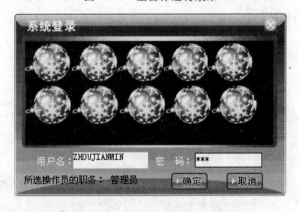

图 1-1-4　登录窗体运行效果

商品入库窗体的运行效果如图 1-1-5 所示，主要功能是对入库商品的信息进行增、删、改操作。商品借出窗体的运行效果如图 1-1-6 所示，主要功能是对借出商品的信息进行增、删、改操作。

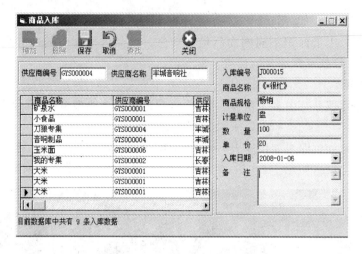

图 1-1-5　商品入库窗体运行效果

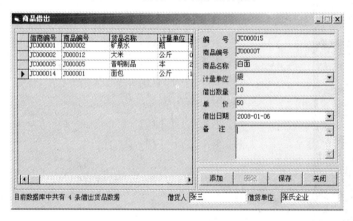

图 1-1-6　商品借出窗体运行效果

商品出入库现金年统计数据窗体的效果如图 1-1-7 所示,主要功能是统计某年的商品出入库现金总数。出入库日统计窗体的效果如图 1-1-8 所示,主要功能是统计某日商品的出入库信息。

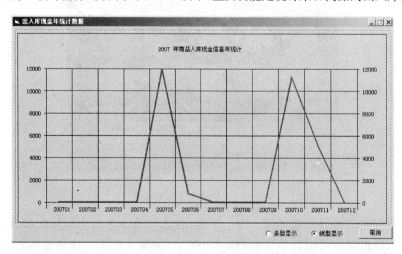

图 1-1-7　出入库现金年统计数据窗体运行效果

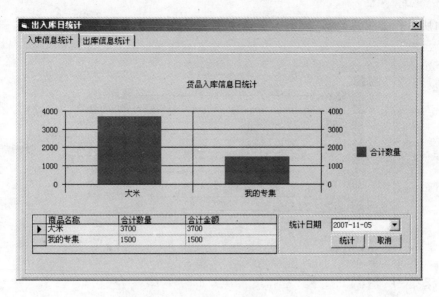

图 1-1-8　出入库日统计窗体运行效果

（5）业务流程图

企业进销存管理系统的业务流程如图 1-1-9 所示。

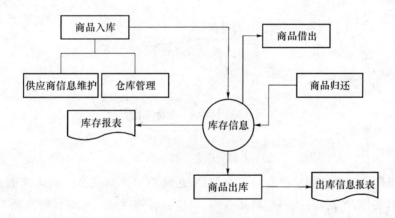

图 1-1-9　企业进销存管理系统的业务流程

4. 数据库设计

（1）数据库概要说明

在企业进销存管理系统中，采用的是 SQL Server 2000 数据库，用来存储商品入库信息、商品出库信息、商品库存信息、操作员信息等。这里将数据库命名为 db_SPJCX，其中包含了 11 张数据表，用于存储不同的信息，如图 1-1-10 所示。

（2）数据库概念设计

通过对系统需求分析、业务流程设计以及系统功能结构的确定，规划出系统中使用的数据库实体对象及实体 E-R 图。

进销存管理系统的主要功能是商品的入库、出库管理，因此需要规划库存实体，包括商品编号、商品名称、商品规格、单价、入库数量和入库时间等属性。库存实体 E-R 图如

图 1-1-11 所示。

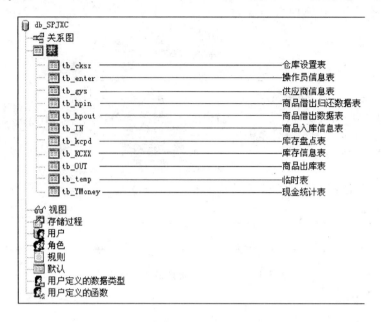

图 1-1-10　数据库结构

图 1-1-11　库存实体 E-R 图

在本系统中不仅需要记录商品的库存信息,还需要记录商品是何时入库的。根据该需求规划出入库实体,包括商品编号、商品名称、供应商名称、数量、入库日期和经手人等属性。入库实体 E-R 图如图 1-1-12 所示。

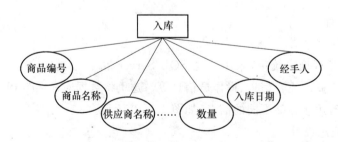

图 1-1-12　入库实体 E-R 图

商品一旦销售,就要从库存中减去相应的数量,因此规划出库实体。出库实体包括出库编号、商品名称、数量、单价、出库日期和经手人等属性。出库实体 E-R 图如图 1-1-13 所示。

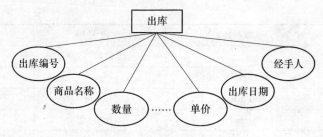

图 1-1-13 出库实体 E-R 图

（3）数据库逻辑设计

根据设计好的 E-R 图在数据库中创建数据表。下面给出比较重要的数据表结构。

1) tb_KCXX（库存信息表）

库存信息表用于存储商品库存的相关信息，库存信息表的结构如表 1-1-6 所示。

表 1-1-6　tb_KCXX 表的结构

字段名称	数据类型	字段大小	说　明
KC_ID	int	4	自动编号
Kc_IDs	nvarchar	30	商品编号
KC_Name	nvarchar	50	商品名称
KC_SPEC	nvarchar	30	商品规格
KC_UNIT	nvarchar	20	商品单位
KC_Num	int	4	入库数量
KC_Price	float	8	单价
KCIN_Date	smalldatetime	4	入库日期
kc_remark	ntext	16	备注

2) tb_IN（商品入库信息表）

商品入库信息表存储了商品入库的相关信息，商品入库信息表的结构如表 1-1-7 所示。

表 1-1-7　tb_IN 表的结构

字段名称	数据类型	字段大小	说　明
ID	int	4	自动编号
IN_NumID	nvarchar	30	商品编号
IN_Name	nvarchar	50	商品名称
IN_gysid	nvarchar	30	供应商编号
IN_gysname	nvarchar	50	供应商名称
IN_SPEC	nvarchar	30	商品规格
IN_UNIT	nvarchar	20	计量单位
IN_Num	int	4	数量
IN_Price	float	8	单价

字段名称	数据类型	字段大小	说　明
IN_Money	float	8	金额
IN_Date	smalldatetime	4	入库日期
IN_Year	nvarchar	10	入库年
IN_Month	nvarchar	10	入库月
IN_People	nvarchar	20	经手人
IN_Remark	Ntext	16	备注
IN_Medit	nvarchar	20	修改人
IN_Edate	smalldatetime	4	修改日期

3）tb_OUT(出库信息表)

出库信息表用于存储商品的出库信息,出库信息表的结构如表1-1-8所示。

表 1-1-8　tb_OUT 表的结构

字段名称	数据类型	字段大小	说　明
ID	int	4	自动编号
OUT_NumID	nvarchar	30	出库编号
OUT_Id	nvarchar	50	商品编号
OUT_name	nvarchar	30	商品名称
OUT_UNIT	nvarchar	20	计量单位
OUT_Num	int	4	数量
OUT_Price	money	8	单价
OUT_Money	money	8	金额
OUT_Date	smalldatetime	4	出库日期
OUT_Year	nvarchar	10	出库年
OUT_Month	nvarchar	10	出库月
OUT_THDW	nvarchar	50	提货单位
OUT_people	nvarchar	20	提货人
OUT_Wpeople	nvarchar	20	经手人
OUT_Remark	ntext	16	备注
OUT_MEdit	nvarchar	20	修改人
OUT_MDate	smalldatetime	4	修改日期

5. 公共模块设计

公共模块中定义了在本系统中需要使用的公共变量和公共过程。在工程创建完毕后,选择"工 程"/"添加模块"命令,创建一个新模块,将其命名为Mod1,用于存放公共的变量和数据库连接过程 Main。其关键代码如下:

```
Public adoCon As New ADODB.Connection    '定义一个数据连接
```

```
Public adoRs As New ADODB.Recordset     '定义一个数据集对象
Public adoRs1 As New ADODB.Recordset    '定义一个数据集对象
Public Temps                            '定义一个变体类型的公共变量
'声明一个 API 函数,用于实现使窗体置前还是取消窗体置前的功能
Public Declare Function SetWindowPos Lib "user32" (ByVal hwnd As Long, ByVal
hWndInsertAfter As Long, ByVal X As Long, ByVal Y As Long, ByVal cx As Long, ByVal cy
As Long, ByVal wFlags As Long) As Long
Public rtn                              '定义变量存储 SetWindowPos 函数的返回值
```

定义函数 Main()用于连接数据库。关键代码如下:

```
Public Sub Main()                       '定义一个公共主函数,用于连接数据库
Dim CnnStr As String                    '定义字符串变量
CnnStr = "Provider = SQLOLEDB.1;Persist Security Info = False;User ID = sa;Ini-
tial Catalog = db_SPJXC;Data Source = ."  '将连接字符串赋给变量
adoCon.Open (CnnStr)                    '执行数据库连接
End Sub
```

1.1.3　重点难点分析

一切工业产品都有自己的生存周期,软件(产品)也不例外。生存周期是软件工程的一个重要的概念。它是把软件在形成产品的整个期间划分为若干个阶段并赋予每个阶段相对独立的任务,下面我们从工程实例中观测出软件生存周期的每个阶段的任务。

1. 软件系统的可行性研究:从技术、经济和社会等几个方面论证软件系统的可行性,制订初步软件项目计划,形成报告。主要回答"要解决的问题是什么?",探索这个问题是否值得去解决,是否有可行的解决办法。

2. 需求分析:明确任务;明确重要性与困难;由用户、SA(系统分析员)和开发人员共同完成;形成软件需求规格说明书(SRS),注明功能需求、性能需求、接口需求、设计需求、基本结构。以上是软件定义阶段。

3. 概要设计:建立软件系统的总体结构和模块间的关系,定义各功能模块的接口,设计全局数据库,规定设计约束,指定组装测试计划。对于大型软件,应对需求进行分解,形成若干子系统,采用分层结构,体现自顶向下,逐步求精的设计思想。形成概要设计说明书、数据库或数据结构设计说明书、组装测试计划等文件。

4. 详细设计:对概要设计产生的功能模块细化,形成若干个可编程的程序模块。可以使用 PDL,结构化英语,伪代码,Ada。遵循设计与需求一致,设计的软件结构支持模块化和信息隐藏,采用结构化设计方法。

5. 实现(implementation):编程,应与设计语言尽量匹配。注意正确性和风格,利于调试和维护;合法、非法数据进行验证测试。

6. 组装测试:根据组装测试计划,将经过单元测试的模块逐步进行组装测试。各模块之间的连接正确,I/O 系统承受错误的能力,经过此步以后,系统达到概要设计要求,生成可运行的系统源程序清单和组装测试报告。

7. 确认测试:根据需求规格说明书的全部功能和性能要求及确认测试计划对软件系统

进行测试。有用户参加,然后提交最终的用户手册、操作手册、源程序清单及其他文档;采用多种方法和测试用例;结束时生成确认测试报告,项目开发总结报告。由专家、客户、开发人员组成评审小组对确认报告、测试结果和软件进行评审后,软件产品正式得到确认,交付用户使用。以上是软件开发阶段。

8. 软件使用:应大力推广软件的使用。

9. 软件的维护:对软件产品进行修改,对需求变化作出响应,对发现的软件潜在错误进行改正。软件维护直接影响到软件的生存周期,应重视。

10. 退役:软件停止使用。

1.2 自测题

1. 软件需求分析阶段的工作,可以分为几个方面?

2. 软件需求分析是软件工程过程中交换意见最频繁的步骤。为什么交换意见的途径会经常阻塞?

3. 你认为一个系统分析员的理想训练和基础知识是什么?请说明理由。

4. 软件需求分析的操作性原则和需求工程的指导性原则是什么?

自测题答案

1. 对问题的识别、分析与综合,编写需求分析文档以及需求分析评审。

2. 软件需求分析过程中,由于最初分析员对要解决的问题了解很少,用户对问题的描述、对目标软件的要求也很凌乱、模糊,再加上分析员和用户共同的知识领域不多,导致相互间通信的需求。首先,由于分析员和用户之间需要通信的内容相当多,业务知识上的不足,表达方式的不足,可能对某些需求存在错误解释或误解的可能性,造成需求的模糊性。其次,用户和分析员之间经常存在无意识的"我们和他们"的界限,不是按工作需要组成统一的精干的队伍,而是各自定义自己的"版图",并通过一系列备忘录、正式的意见书、文档,以及提问和回答来相互通信。历史已经证明,这样会产生大量误解。忽略重要信息,无法建立成功的工作关系。

3. 系统分析员处在用户和高级程序员之间,负责沟通用户和开发人员的认识和见解,起着桥梁的作用。一方面要协助用户对所开发的软件阐明要求,另一方面还要与高级程序员交换意见,探讨用户所提要求的合理性以及实现的可能性。最后还要负责编写软件需求规格说明和初步的用户手册。分析员的作用如图 1-2-1 所示。

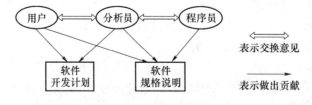

图 1-2-1 分析员的作用

为能胜任上述任务,分析员应当具备如下的素质:

(1) 能够熟练地掌握计算机硬、软件的专业知识,具有一定的系统开发经验;

(2) 善于进行抽象的思维和创造性的思维,善于把握抽象的概念,并把它们重新整理成为各种逻辑成分,并给出简明、清晰的描述;

(3) 善于从相互冲突或混淆的原始资料中抽出恰当的条目来;

(4) 善于进行调查研究,能够很快学习用户的专业领域知识,理解用户的环境条件;

(5) 能够倾听他人的意见,注意发挥其他人员的作用;

(6) 具有良好的书面和口头交流表达能力。

4. 所有的需求分析方法都与一组操作性原则相关联:

• 必须理解和表示问题的信息域;

• 必须定义软件将完成的功能;

• 必须表示软件的行为(作为外部事件的结果);

• 必须对描述信息、功能和行为的模型进行分解,能够以层次方式揭示其细节;

• 分析过程应当从要素信息转向细节的实现。

通过使用这些原则,分析员可以系统地处理问题。首先检查信息域以便更完整地理解目标软件的功能,再使用模型以简洁的方式表达目标软件的功能和行为,并利用自顶向下、逐层分解的手段来降低问题的复杂性。在这些处理过程中,因处理需求带来的逻辑约束和因其他系统元素带来的物理约束需要通过软件要素和视图的实现加以检验和确认。

除此以外,Davis 建议了一组针对"需求工程"的指导性原则。

(1) 在开始建立分析模型之前应当先理解问题。如果问题没有很好理解就急于求成,常常会产生一个解决错误问题的完美的软件。

(2) 强力推荐使用原型。这样做可以使用户了解将如何与计算机交互,而人们对软件质量的认识常常是基于对界面"友好性"的切身体会。

(3) 记录每一个需求的起源和原因。这是建立对用户要求的可追溯性的第一步。

(4) 使用多个视图,建立系统的数据、功能和行为模型。这样做可帮助分析员从多方面分析和理解问题,减少遗漏,识别可能的不一致之处。

(5) 给需求赋予优先级。因为过短的时限会减少实现所有软件需求的可能性。因此,对需求排定一个优先次序,标识哪些需求先实现,哪些需求后实现。

(6) 注意消除歧义性。因为大多数需求都是以自然语言描述,存在叙述的歧义性问题,造成遗漏和误解。采用正式的技术评审是发现和消除歧义性的好方法。

遵循以上原则,就可能开发出较好的软件需求规格说明,为软件设计奠定基础。

第 2 章　VB 概述

2.1　实验　使用 VB 建立简单的应用程序

2.1.1　实验目的

1．了解 Visual Basic 6.0 特点；

2．掌握 Visual Basic 6.0 程序设计的基本步骤；

3．初步建立事件驱动面向对象程序设计的概念。

2.1.2　实验内容

1．设计一个简单程序，程序运行后，单击左边按钮，文本框中显示"欢迎使用 VB 6.0"。运行效果如图 2-1-1 所示。若单击中间按钮时，清除文本框的内容，若单击右边按钮，则程序结束。

2．设计一简单应用程序，在窗体中添加 1 个标签和 2 个命令按钮。运行程序时，标签（label1）上无文字显示。单击"显示"按钮，在标签（label1）上显示"VB 程序设计快速入门"；单击"清除"按钮，标签（label1）上无文字显示，如图 2-1-2 所示。

图 2-1-1　　　　　　　　　　　　　　　　图 2-1-2

2.1.3　实验步骤

1．（1）建立程序初始界面。

在主菜单上选择：文件→ 新建工程。在窗体上建立 4 个控件：1 个文本框 Text1；3 个命令按钮，Command1、Command2、Command3。单击工具箱中的命令按钮，置入窗体适当位置。因有 3 个命令按钮,因此必须重复 3 次。再单击工具箱中的文本框,置入窗体中,如图 2-1-3所示。

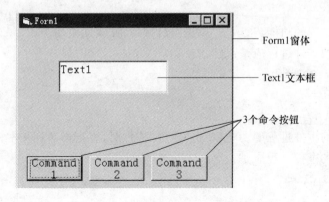

图 2-1-3

（2）设置属性。对每个对象而言,有很多属性可用,下面只对每个控件的属性进行设置。说明:

① 什么是属性？属性是控件对象的特征。例如,桌子的属性有形状、颜色、材质等。控件对象的属性有 Caption、BackColor、Visible 等。

② 属性如何设置？

属性设置的方法之一:在属性窗口设置控件的属性。属性设置如表 2-1-1 所示。

表 2-1-1

对象名	属性	属性值
Command1	Caption	单击
Command2	Caption	清屏
Command3	Caption	结束
Text1	Text	空白

（3）编写代码。

编写代码主要就是编写事件过程。

① 属性设置的方法之二:在程序中用语句设置属性。格式如下:对象.属性＝属性值。

② 什么是事件？事件是预先设置好的能够被对象识别的动作。例如,单击鼠标事件 Click 。

③ 什么是事件过程？事件过程:对象响应某个事件后所执行的操作。例如,单击按钮 Command1 后,所执行的操作是:在文本框 Text1 上显示"欢迎使用 VB 6.0"。

事件过程的格式如下:

Sub 对象名_事件名( )

　　事件过程

End Sub

根据题目要求,单击 Command1,则在文本框中显示"欢迎使用 VB 6.0",因此, Command1的事件过程应是:

— 17 —

Sub Command1_Click( )

    Text1. Text = ″欢迎使用 VB 6.0″

End Sub

Command1 过程的功能：当单击"单击"控件时，将"欢迎使用 VB 6.0"在文本框上显示。

Command2 的事件过程应是：

Sub Command2_Click( )

    Text1. Text = ″″

End Sub

Command2 的事件过程的功能：单击"清屏"控件时，将空格送到文本框，即清屏。

Command3 的事件过程应是：

Sub Command3_Click( )

    End

End Sub

Command3 过程的功能：结束程序。

（4）运行程序。

运行➡启动

（5）保存文件。

文件➡保存 Form1

文件➡保存工程

注意：既要保存窗体，也要保存工程。不能只保存工程。

2.（1）运行 Visual Basic 6.0 并建立标准工程。

（2）单击工具箱中的【Label】控件，在 Form1 窗体中绘制一个标签，并将其 Caption 属性设为空，BackColor 属性设置为白色，BorderStyle 属性设置为 1-fixed Single。

（3）单击工具箱中的【Command Button】控件，并在 Form1 窗体中绘制一个命令按钮 Command1，然后将其 Caption 属性设为"显示"。

（4）单击工具箱中的【Command Button】控件，并在 Form1 窗体中绘制一个命令按钮 Command2，然后将其 Caption 属性设为"清除"。设计好的程序界面如图 2-1-4 所示。

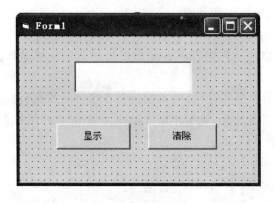

图 2-1-4　设计好的程序界面布局

(5) 编写代码。

```
Private Sub Command1_Click()
    Label1.Caption = "VB 程序设计快速入门"
End Sub
Private Sub Command2_Click()
    Label1.Caption = ""
End Sub
```

(6) 运行程序。

运行程序,分别单击"显示"按钮和"清除"按钮,程序运行结果是正确的。

(7) 保存工程。

2.1.4 重点分析

本章重点是掌握 Visual Basic 可视化编程的一般步骤。Visual Basic 可视化编程的一般步骤如下。

(1) 设计界面:先建立窗体,再利用控件在窗体上创建各种对象。

(2) 设置属性:设置窗体或控件等对象的属性。

(3) 编写代码。

2.2 典型例题解析

例 1 编写一个随手画程序,程序运行结果如图 2-2-1 所示。

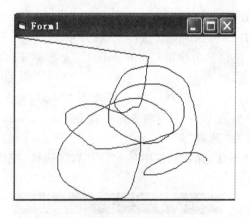

图 2-2-1 随手画程序

解:(1) 界面设计:界面上不放置任何其他控件。

(2) 对象属性设置:将窗体 Form1 的 BackColor 属性设置为白色。

(3) 程序代码。

```
Private Sub Form_MouseMove(Button As Integer, Shift As Integer, X As Single, Y
As Single)
    Line -(X, Y)                    '在上一点与鼠标移动到的(x,y)点之间画一条直线
End Sub
```

例 2 单击命令按钮改变窗体颜色。单击窗体,窗体变成红色。

解:(1)设计界面,在窗体中添加命令按钮,界面如图 2-2-2 所示。

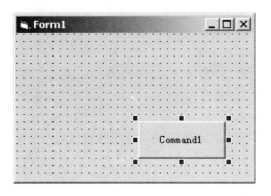

图 2-2-2　程序界面

(2)设置属性,设置窗体的 Caption 为"改变颜色",设置命令按钮的 Caption 为"确定"。

(3)编写代码如下。

```
Private Sub Command1_Click()
    Form1.BackColor = vbRed
End Sub
```

2.3　自测题

1. 对于 2.1 实验,回答下列问题。

(1)怎样使界面更好看?

(2)按钮 Command1 的标题"单击"怎样变成"显示"?

(3)怎样修改程序,使得单击按钮 Command1 后,文本框 Text1 中显示的内容怎样变成"新学期,新的开始"?

(4)怎样学好一门程序设计语言?

2. 在窗体上画一个标签 Label1 和两个命令按钮 Command1、Command2,并把两个命令按钮的标题分别设置为"隐藏"和"显示"。当单击 Command1 时,标签消失;而当单击 Command2 时,标签重新出现,并在标签中显示"VB 程序设计(字体大小为 18)"。程序运行结果如图 2-3-1 所示。

图 2-3-1　自测题 2

自测题答案

1. （1）答：使用控件的布局。相关知识：控件的选择；控件的复制、删除；控件的间距、尺寸。

（2）设置 Command1 的 Caption 属性为"显示"。

（3）修改 Command1 的 Click 事件过程代码如下：

Sub Command1_Click()

    Text1. Text = ″新学期，新的开始″

End Sub

（4）多编程，多上机调试程序。刚开始学习一门程序设计语言时，要多看书上的程序，并模仿书上的程序，自己慢慢学着编程。

2. 修改标签 Label1 的 BackColor 属性为白色；BorderStyle 属性为 1-Fixed Single；修改 Label1 的 Font 属性字号为 18。

事件代码如下：

Private Sub Command1_Click()

Label1. Visible = False

End Sub

Private Sub Command2_Click()

Label1. Visible = True

Label1. Caption = ″VB 程序设计″

End Sub

第3章 简单的 Visual Basic 程序设计

3.1 实验一 窗体和常用控件的使用

3.1.1 实验目的

1. 熟悉窗体的属性和事件；
2. 掌握标签、文本框、命令按钮等控件的使用方法；
3. 了解计时器、滚动条控件的使用方法。

3.1.2 实验内容

1. 利用属性窗口和程序代码设置 Form 的属性，要求将窗体标题由"Form1"修改为"牛刀小试"，窗体是黑底白字"HOW ARE YOU?"。运行效果如图 3-1-1 所示。

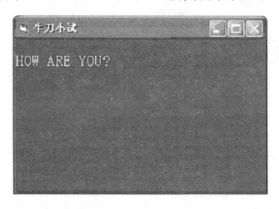

图 3-1-1　运行效果图

2. 使用文本框输入数据、单击命令按钮，用标签输出数据结果的实验。自由落体位移公式为：$S = \frac{1}{2}gt^2 + v_0t$，其中 v_0 为初始速度，g 为重力加速度，t 为经历的时间。编写程序用文本框输入 v_0 和 t 两个变量的值，求位移量 S，并用标签输出。

3. 使用定时器控件的实验。编写设计滚动字幕的程序。使滚动字幕内容"海阔凭鱼跃，天高任鸟飞"在窗体中从右向左反复地移动。

4. 使用滚动条控件的实验。使用 3 个滚动条控件来改变窗体的颜色。

3.1.3 实验步骤

1.（1）在主菜单上选择：文件→ 新建工程。

（2）选中 Form1，在属性窗口中找到 Caption（标题）。在 Caption 属性值上单击鼠标左键，将原缺省值 Form1 删除，再键入新的内容，如图 3-1-2 所示。

图 3-1-2　修改属性 Caption

（3）移动鼠标在 BackColor 属性值栏上单击鼠标左键，然后再单击下拉箭头，调出调色板，选中黑色，如图 3-1-3 所示。

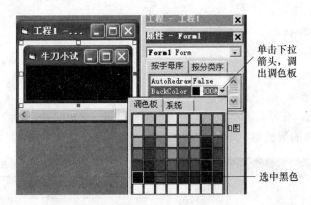

图 3-1-3　修改属性 BackColor

（4）移动鼠标在 ForeColor 属性值栏上单击鼠标左键，然后再单击下拉箭头，调出调色板，选中白色。

（5）编写事件过程。在牛刀小试窗体上双击鼠标左键，调出代码窗口，单击过程栏的下拉箭头，选择"Click"事件，在代码区输入 Print "HOW ARE YOU?"。

Private Sub Form_Click( )

　　Print "HOW ARE YOU?"

End Sub

注意：此处代码是 Form，不是 Form1。

（6）保存窗体、工程。

（7）运行程序。最后点击工具条中的"▶"图标则可进入运行阶段。单击窗体看到字符串"HOW ARE YOU?"出现在窗体上。

2.（1）设计界面。在界面上添加 3 个标签（Label1～ Label3）、2 个文本框（Text1、Text2）和 1 个命令按钮（Command1），如图 3-1-4 所示。

（2）设置各控件的属性值，参见表 3-1-1 来设置。

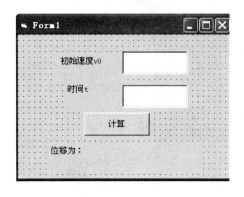

图 3-1-4　计算位移

表 3-1-1　控制属性值

对象	属性	属性值
Label1	Caption	初始速度 v_0
Label2	Caption	时间 t
Label3	Caption	位移为：
Text1	Text	
Text2	Text	
Command1	Caption	计算

（3）编写程序代码

编写命令按钮 Command1 的单击 Click 事件代码：

Private Sub Command1_Click()

v0 = Val(Text1.Text)

t = Val(Text2.Text)

s = v0 * t + 9.8 * t * t / 2

Label3.Caption = Label3.Caption & s

End Sub

3.（1）设计界面。在界面上添加一个标签（Label1）和一个定时器（Timer1），如图 3-1-5 所示。

（2）设置各控件的属性值，如表 3-1-2 所示。

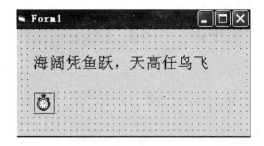

图 3-1-5　设计界面

表 3-1-2　控件的属性值

对象	属性	属性值
Label1	Caption	海阔凭鱼跃，天高任鸟飞
	FontSize	三号
	ForeColor	蓝色
Timer1	Interval	100

（3）编写程序代码。

Private Sub Timer1_Timer( )

If Label1.Left + Label1.Width > 0 Then

　Label1.Move Label1.Left － 30　　　　　　　'当标签右边位置＞0 时，标签向左移

Else

— 24 —

```
    Label1.Left = Form1.ScaleWidth        '标签从最右开始往左移
End If
```
End Sub

（4）运行程序，就可以看到字的滚动效果。

4.（1）设计界面。在窗体中添加标签 Label1、Label2 和 Label3，添加 HScroll1、HScroll2 和 HScroll3。界面如图 3-1-6 所示。

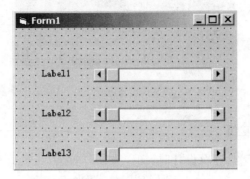

图 3-1-6　设计界面

（2）设置属性，如表 3-1-3 所示。

表 3-1-3　属性值

对象	属性	属性值
HScroll1	Max	255
	Min	0
HScroll2	Max	255
	Min	0
HScroll3	Max	255
	Min	0
Label1	caption	红
Label2	caption	绿
Label3	caption	蓝

（3）编写代码。

Private Sub HScroll1_Change()
```
    Form1.BackColor = RGB(HScroll1.Value, HScroll2.Value, HScroll3.Value)
```
End Sub
Private Sub HScroll2_Change()
```
    Form1.BackColor = RGB(HScroll1.Value, HScroll2.Value, HScroll3.Value)
```
End Sub
Private Sub HScroll3_Change()
```
    Form1.BackColor = RGB(HScroll1.Value, HScroll2.Value, HScroll3.Value)
```
End Sub

（4）运行程序，如图 3-1-7 所示。

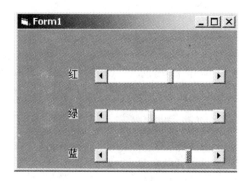

图 3-1-7　程序界面

3.1.4　重点难点分析

1. 利用工具箱中的工具进行设计时，操作方便，如果工具箱被关闭了，可以单击"视图"→"工具箱"命令或单击工具栏中的"工具箱"图标，调出工具箱。

2. Text 属性的值就是文本框控件内显示的内容，要显示的内容写在""之间，设置文本框内容清空可用下面的语句实现 Text1. Text＝""。

3. 添加注释是良好的编程习惯之一，本节相关程序中，使用撇号"'"开始引导注释行，在编译程序时会自动跳过注释行。

4. 文件保存时，对于新程序，系统都会打开"文件另存为"对话框，要求用户给定存放的路径和文件名，并分别保存窗体文件和工程文件。

3.2　实验二　基本语句的使用

3.2.1　实验目的

1. 熟悉 VB 程序中代码和语句书写规则；
2. 掌握赋值语句、输入框函数（InputBox）的使用；
3. 掌握 Print 输出语句使用；
4. 熟练掌握输出消息框函数（MsgBox）的使用。

3.2.2　实验内容

1. 已知矩形的长是 5，宽是 7，求矩形的面积。

2. 修改实验一的计算位移程序。编写程序：单击命令按钮，用输入框函数输入 v_0 和 t 两个变量的值，求位移量 S，并用标签输出。

3. 利用下列程序测试 Print 方法、Tab 函数和 Spc 函数的功能。

```
Private Sub Form_Click()
    Print
    Print Tab(5); "2 * 3 + 4 = "; 2 * 3 + 4
```

```
Print
Print Tab(6);"欢迎学习";Tab(17);"Visual Basic"
Print
Print Tab(7);"欢迎学习";Spc(3);"Visual";Spc(2);"Basic"
```
End Sub

4. 修改程序 2。编写程序：单击命令按钮,用输入框函数输入 v_0 和 t 两个变量的值,求位移量 S,并利用 MsgBox 函数输出。

3.2.3 实验步骤

1. (1) 设计程序界面。选择"新建"工程,然后在窗体中增加一个标签 Label1,一个命令按钮 Command1 和一个文本框 Text1。

(2) 设置对象属性,如表 3-2-1 所示。

表 3-2-1 属性设置

对象	属性	属性值
Label1	Caption	已知:长=5,宽=7
Label2	Caption	
Command1	Caption	则矩形面积=

(3) 编写事件代码。

命令按钮 Command1 的 Click 事件代码为：

Private Sub Command1_Click()
```
    Dim a As Single,b As Single,area As Single
    a = 5
    b = 7
    area = a * b
    Label2.Caption = Str(area)
```
End Sub

2. (1) 设计程序界面。选择"新建"工程,然后在窗体中增加一个标签 Label1 和一个命令按钮 Command1。

(2) 设置对象属性,如表 3-2-2 所示。

表 3-2-2 属性设置

对象	属性	属性值
Label1	Caption	位移为:
Command1	Caption	计算

(3) 编写事件代码。结果如图 3-2-1 所示。

命令按钮 Command1 的 Click 事件代码为：

Private Sub Command1_Click()

```
v0 = Val(InputBox("请输入初速度 v0"))
t = Val(InputBox("请输入经历的时间 t"))
s = v0 * t + 9.8 * t * t / 2
Label1.Caption = Label1.Caption & s
End Sub
```

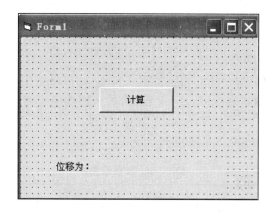

图 3-2-1　计算位移

（4）运行程序，单击命令按钮，弹出第一个输入框（如图 3-2-2(a)所示），输入一个数值后点击"确定"按钮，弹出第二个输入框（如图 3-2-2(b)所示），输入一个数值后点击"确定"按钮，在标签中显示出计算结果（如图 3-2-2(c)所示）。

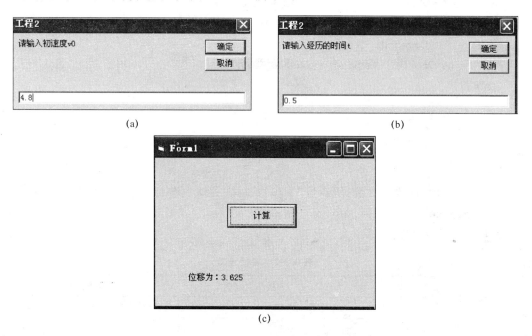

图 3-2-2　运行计算位移程序

3. 首先阅读程序，写出实验结果。然后新建一个工程，打开代码编辑器，输入程序代码。

接着运行程序,结果如图 3-2-3 所示。最后分析程序运行结果。

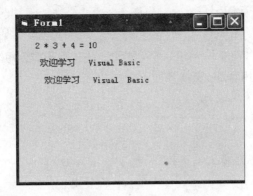

图 3-2-3　测试 Print 语句

4. (1) 界面设计。在窗体上添加一个命令按钮,设置其 Caption 属性为"计算"。

(2) 程序代码。

Private Sub Command1_Click()

v0 = Val(InputBox("请输入初速度 v0"))

t = Val(InputBox("请输入经历的时间 t"))

s = v0 * t + 9.8 * t * t / 2

MsgBox "位移为:" & s

End Sub

(3) 运行程序,在先后弹出的两个输入框中输入数值,点击"确定"命令按钮后,弹出如图 3-2-4 的程序运行结果。

图 3-2-4　消息框输出位移结果

3.2.4　重点难点分析

1. 赋值语句

"="是赋值符号,注意与数学意义上的该符号区分开来。

2. 输入框函数

过程格式:value＝InputBox(message [, title [, default [, xcord , ycord]]])

语句功能:产生一个具有提示信息并可供用户输入数据的对话框。返回字符串型数据。

3. Print 输出语句

在 Print 输出语句可以使用 Tab、Spc 函数输出各种格式的数据。

4. 消息框输出

过程格式:MsgBox message [, buttons [, title]]

函数格式:value＝MsgBox (message [, buttons [, title]])

3.3 典型例题解析

例1 弹出一个如图 3-3-1 所示输入框,观察输入框的各部分组成。

解:(1)新建一个应用程序,窗体界面不添加控件。

(2)程序编码。

Private Sub Form_Click( )

    Dim x As Integer

    x = Val(InputBox("请输入一个数","输入框",100))

    Print "x = "; x

End Sub

(3)运行程序后,单击窗体,打开如图 3-3-1 所示输入框。

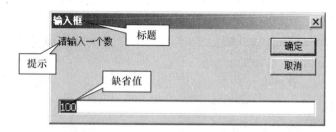

图 3-3-1 运行的输入框

例2 利用 Textbox 控件制作一个密码框。

设密码为"1111",在文本框内输入正确密码,再按"输入"命令按钮,结果如图 3-3-2 所示。

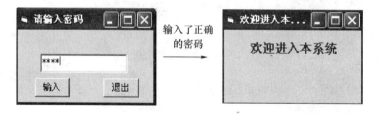

图 3-3-2 通过密码验证

若输入错误密码,结果如图 3-3-3 所示。

图 3-3-3 未通过密码验证

解:(1)界面设计。在窗体 Form1 上添加两个命令按钮(Command1、Command2),一个文本框(Text1)和一个标签(Label1)。

（2）属性设置,属性值如表 3-3-1 所示。

表 3-3-1

对象	属性	属性值
Form1	Caption	请输入密码
Command1	Caption	输入
Command2	Caption	退出
Text1	Text	
	MaxLength	16
	PasswordChar	*
Label1	Caption	欢迎进入本系统
	Font	新宋体
	ForeColor	红色
	BackStyle	0
	Visible	False

（3）程序代码。

在 Command1_Click( )事件代码窗口中输入代码如下。

```
Private Sub Command1_Click( )
If Text1.Text = "1111" Then
    Form1.Caption = "欢迎进入本系统"
    Form1.BackColor = vbYellow
    Label1.Visible = True
    Command1.Visible = False
    Command2.Visible = False
    Text1.Visible = False
Else
    Form1.Caption = "密码错,请重新输入"
End If
End Sub
```

例 3 计算圆面积,程序设计界面,如图 3-3-4 所示。

图 3-3-4 程序设计界面

解:(1)设置窗体和控件的属性,如表 3-3-2 所示。

表 3-3-2 控件的属性值

对象类型	属性	属性值
窗体	名称	Example2
	Caption	计算圆的面积
命令按钮	名称	cmdArea
	Caption	计算面积

(2)程序代码如下。

在"计算面积"命令按钮的 Click 事件过程中输入以下代码:

```
Private Sub cmdArea_Click()
Dim r As Single , s As Single
r = Val(InputBox("请输入圆的半径","输入框"))
s = 3.14 * r * r
MsgBox "圆的面积为:" & s
End Sub
```

例 4 用 InputBox 输入球体的半径,然后计算球体的体积。

解:(1)界面设计:在窗体上添加一个标签(Label1)和一个命令按钮(Command1)。

(2)设置属性:设置命令按钮的 Caption 属性为"计算"。

(3)编写事件代码。

命令按钮 Command1 的 Click 事件代码为:

```
Private Sub Command1_Click( )
    Dim r As Single,v As Single
    Const PI = 3.14
    r = Val(InputBox("请输入球体半径","球体半径",0))
    v = 4/3 * PI * r^3
    Label1.Caption = "球体的体积 = " & Str(v)
End Sub
```

例 5 使用定时器设计一个 30 秒比赛的倒计器。

解:(1)界面设计:在窗体上添加两个标签(Label1)、两个命令按钮(Command1、Command2)和一个定时器(Timer1)。

(2)设置属性,如表 3-3-3 所示。

表 3-3-3 属性值

对象	属性	属性值
Text1	text	
Timer1	Interval	1 000
	Enabled	False
Label1	Caption	三十秒倒计时 您剩余时间为:
Label1	Caption	秒
Command1	Caption	开始
Command2	Caption	复位

（3）编写如下代码。

```
Dim m As Integer
Private Sub Command1_Click()
Timer1.Enabled = True
End Sub
Private Sub Command2_Click()
Timer1.Enabled = False
Text1.Text = ""
m = 30
End Sub
Private Sub Form_Load()
Text1.Text = ""
Timer1.Enabled = False
m = 30
End Sub
Private Sub Timer1_Timer()
m = m - 1
Text1.Text = m
If m = 0 Then
    Text1.Text = 0
    Timer1.Enabled = False:
End If
End Sub
```

（4）运行程序，点击"开始"按钮，开始 30 秒倒计时；点击"复位"按钮，回到初始运行状态，如图 3-3-5 所示。

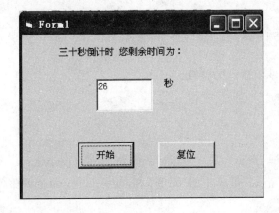 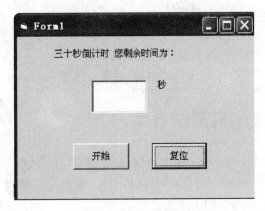

图 3-3-5 程序运行界面

3.4 自测题

1. 建立程序,功能如下:当按"红色"按钮时,文本框中出现红色的文字"红色";当按"绿色"按钮时,文本框中出现绿色的文字"绿色";当按"蓝色"按钮时,文本框中出现蓝色的文字"蓝色"。当按"退出"按钮时,结束程序。程序界面如图 3-4-1 所示。

提示:可使用 RGB()函数设置颜色。

图 3-4-1　程序运行结果

2. 设计一个简单的加减计算器,输入两个数,然后选择所需运算符的"＋"或"－",其结果显示在一个文本框中。

3. 创建一个程序。在程序设计界面上放置一个滚动条 HScroll1 和一个标签控件 Label1,每次单击滚动条两端箭头时,或单击滚动条滑块与两端箭头之间的空白区域时,标签内容反映滚动条的值。

4. 创建一个数字时钟。在窗体上显示一个动态的数字时钟。窗体上有 3 个控件,标签控件(Label1:显示当前系统时间)、定时器控件(Timer1:定时更新时间显示)、命令按钮控件("停止":时间停止)。

5. 编写程序,要求用户输入下列信息:姓名,年龄,电话,住址,然后将输入的数据用适当的格式在窗体上显示出来。

6. 输入一个整数,并在文本框 Text1 中显示输入的整数。

自测题答案

1. (1)程序中含 1 个窗体,1 个文本框 Text1 和 4 个命令按钮控件 Command1、Command2、Command3 和 Command4,使用"格式"菜单中的"对齐"和"统一尺寸"命令调整各对象的大小及位置。

(2)界面设计,如表 3-4-1 所示。

表 3-4-1 设置属性

对象	属性	属性值
窗体	(名称) Caption	Form1 颜色设置
文本框	(名称) Text Alignment Font	Text1 空 2 粗体,小四
命令按钮	(名称) Caption	Command1 红色
命令按钮	(名称) Caption	Command2 绿色
命令按钮	(名称) Caption	Command3 蓝色
命令按钮	(名称) Caption	Command4 退出

(3) 对命令按钮 Command1 编写事件代码如下:

Private Sub Command1_Click()

Text1.Text = ″红色″

Text1.ForeColor = RGB(255,0,0)

End Sub

对命令按钮 Command2 编写事件代码如下:

Private Sub Command2_Click()

Text1.Text = ″绿色″

Text1.ForeColor = RGB(0,255,0)

End Sub

对命令按钮 Command3 编写事件代码如下:

Private Sub Command3_Click()

Text1.Text = ″蓝色″

Text1.ForeColor = RGB(0,0,255)

End Sub

对命令按钮 Command4 编写事件代码如下:

Private Sub Command4_Click()

End

End Sub

2. (1) 属性设置,如表 3-4-2 所示。

表 3-4-2

对象	属性	属性值
Label1	Caption	输入数 1：
Label2	Caption	输入数 2：
Label3	Caption	结果：
Label4	（名称）	lblAdd
	Caption	＋
	BackColor	白色
Label5	（名称）	lblRemove
	Caption	—
	BackColor	白色
Label6	Caption	或
Label7	Caption	＝
Text1	（名称）	text1
	Text	
Text2	（名称）	text2
	Text	
Text3	（名称）	txtResult
	Text	

（2）程序代码。

事件过程如下所示：

Private Sub lblAdd_Click(   )

　Dim s1 as Single, s2 As Single, add As Single

　s1 = Val(Text1.Text)　　　'将用户输入的文本通过函数转换成能进行计算的数值

　s2 = Val(Text2.Text)

　add = s1 + s2

　txtResult.Text = Str(add)　'将计算的结果通过函数转换成文本进行显示

End Sub

Private Sub lblRemove_Click( )

Dim s1 as Single, s2 As Single, s As Single

s1 = Val(Text1.Text)

s2 = Val(Text2.Text)

s = s1 － s2

txtResult.Text = Str(s)

End Sub

说明：

（1）Val( )函数是将字符串型转换成数值型；

（2）Str( )函数是将数值型转换成字符串型。

3. **Private Sub HScroll1_Change( )**

    Label1. Caption = HScroll. Value

  End Sub

4. (1) 对象的属性设置,如表 3-4-3 所示。

表 3-4-3

对象类型	属性	属 性 值
窗体	名称	Form1
	Caption	数字时钟
标签	名称	Label1
	Font. size	四号
定时器	名称	Timer1
	Interval	500
命令按钮	名称	Command1
	Caption	停止

(2) 程序代码。

Private Sub Command1_Click()

  Timer1. Enabled = False

End Sub

Private Sub Timer1_Timer()

  Label1. Caption = Time

End Sub

(3) 程序运行。

程序运行界面如图 3-4-2 所示。

图 3-4-2　程序运行界面

5. **Private Sub Form_Click()**

  name0 = Trim(InputBox("请输入姓名:"))

  age = Trim(InputBox("请输入年龄:"))

  phone = Trim(InputBox("请输入电话:"))

  address = Trim(InputBox("请输入地址:"))

  Print

  Print Tab(3);"姓名:"; name0; Spc(2);"年龄:"age

  Print

```
    Print Tab(3);"电话:"; phone
    Print
    Print Tab(3);"住址:"; address
End Sub
```

6. 程序代码为

```
Private Sub Form_Click()
    Dim temp As String, num As Integer
    temp = InputBox("请输入一个整数:","输入窗口演示")
    num = Val(temp)
    Text1.Text = "你输入的数是:"& num
End Sub
```

第4章 选择结构

4.1 实验一 运算符和 If 语句的使用

4.1.1 实验目的

1. 掌握算术运算符、关系运算符、布尔运算符、字符串运算符以及条件表达式的求值;
2. 掌握各种 If 语句的使用方法。

4.1.2 实验内容

1. 利用下列各式测试算术运算符、关系运算符、布尔运算符、字符串运算符以及条件表达式的求值规则。

(1) 3+4>5 And 4=5　　　　　　　(2) 3 Or 4+5 And 4−5

(3) 5 Mod 2=13 Mod 4 And 5−3>0　　(4) Not 4 * (56−43)^2 And 5<4 Or 5−3>0

(5) "欢迎使用" & "VB6.0"

(6) y mod 4=0 And y Mod 100<>0 Or y Mod 400=0(y=2001)

2. 单行 If 语句和 IIF 函数的使用。

编程实现:输入一个整数,判断它是奇数还是偶数,并输出相应的提示信息。

3. 块结构 If 语句的使用。

输入一公元年号,判断是否是闰年。闰年的条件是:年号能被 4 整除但不能被 100 整除,或者能被 400 整除,程序界面自定。

4. If 语句的嵌套使用。

税务部门征收所得税,规定如下:收入在 1 000 元以内,免征;收入在 1 000~1 600 元内,超过 1 000 元的部分纳税 3% ;收入超过 1 600 元的部分,纳税 4%;收入达到或超过5 000元时,将 4%税金改为 5%。

5. ElseIf 语句的使用。

同实验内容 4,改用 ElseIf 语句来实现。

4.1.3 实验步骤

1. 测试运算符和表达式的求值规则。

(1) 选择"菜单栏"上的"视图"菜单,在其下拉菜单中选择"立即窗口",或按快捷键 Ctrl+G,打开"立即窗口"。

(2) 首先手工计算出题中各式的值,然后在"立即窗口"中使用 Print 方法计算和输出题中各式的值,可以使用"?"代替"Print",如图 4-1-1 所示,分析显示结果。

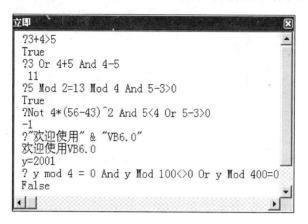

图 4-1-1　测试运算符和表达式的求值规则

2. 分析:可以利用文本框或 InputBox 函数接收用户的输入,本例使用文本框,并利用 MsgBox 函数输出相应的提示信息。有奇数或偶数两种结果,可用单行结构 If…then…else 语句来完成。

(1) 界面设计。

在窗体上添加一个标签 Label1,一个文本框 Text1 和一个命令按钮 Command1;修改 Label1 的 Caption 属性为"在下面的文本框中输入一个正整数:",修改 Text1 的 Text 属性 为""(空),修改 Command1 的 Caption 属性为"判断",如图 4-1-2 所示。

图 4-1-2　程序运行界面

(2) 编写程序代码如下。

Private Sub Command1_Click()

```
Dim num As Integer, str1 As String, str2 As String, str3 As String
str1 = "判断结果"
str2 = "你输入的是一个"
num = Val(Text1.Text)
If num Mod 2 = 0 Then str3 = "偶数" Else str3 = "奇数"
MsgBox str2 + str3, vbInformation + vbOKOnly, str1
```

End Sub

也可以将上面的行结构 IF 语句用 IFF 函数来完成。

Private Sub Command1_Click()

Dim num As Integer, str1 As String, str2 As String, str3 As String

str1 = ″判断结果″

str2 = ″你输入的是一个″

num = Val(Text1.Text)

str3 = Iff(num Mod 2 = 0 , ″偶数″, ″奇数″)

MsgBox str2 + str3, vbInformation + vbOKOnly, str1

End Sub

3. 分析：用块结构 If…then…Else…End If 语句来完成。

（1）界面设计。

在窗体上添加一个标签 Label1，一个文本框 Text1 和一个命令按钮 Command1；修改 Label1 的 Caption 属性为"请输入年号："，修改 Text1 的 Text 属性为空，修改 Command1 的 Caption 属性为"判断"，如图 4-1-3 所示。

图 4-1-3　程序运行界面

（2）编写程序代码如下。

Private Sub Command1_Click()

Dim x As Integer, y As String

x = Val(Text1.Text)

If x Mod 4 = 0 And x Mod 100 <> 0 Or x Mod 400 = 0 Then

y = x & ″年是闰年″

Else

y = x & ″年不是闰年″

End If

MsgBox y

End Sub

也可以将上面的块结构 IF 语句用 IFF 函数来完成。

Private Sub Command1_Click()

Dim x As Integer, y As String

```
x = Val(Text1.Text)
y = IIf(x Mod 4 = 0 And x Mod 100 <> 0 Or x Mod 400 = 0, x & "年是闰年", _
    x & "年不是闰年")
MsgBox y
End Sub
```

4. 分析：可以用嵌套的 If 语句来完成。

（1）界面设计。

在窗体上添加一个标签 Label1，一个文本框 Text1 和一个命令按钮 Command1；修改 Label1 的 Caption 属性为"请输入年号："，修改 Text1 的 Text 属性为空，修改 Command1 的 Caption 属性为"判断"，如图 4-1-4 所示。

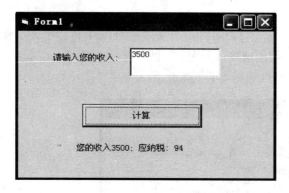

图 4-1-4　程序运行界面

（2）编写程序代码如下。

```
Private Sub Command1_Click()
    Dim x%, tax!
    x = Val(Text1.Text)
    If x <= 1000 Then
        tax = 0
    Else
        If x <= 1600 Then
            tax = (x - 1000) * 0.03
        Else
            If x <= 5000 Then
                tax = (x - 1600) * 0.04 + 600 * 0.03
            Else
                tax = (x - 5000) * 0.05 + 3400 * 0.04 + 600 * 0.03
            End If
        End If
    End If
    Label2.Caption = "您的收入" & x & "；应纳税：" & tax
End Sub
```

5. 分析：可以用多分支 ElseIf 来完成题目。

界面设计与步骤 4 相同。

编写程序代码如下。

```
Private Sub Command1_Click()
    Dim x%, tax!
    x = Val(Text1.Text)
    If x <= 1000 Then
        tax = 0
    ElseIf x <= 1600 Then
        tax = (x - 1000) * 0.03
    ElseIf x <= 5000 Then
        tax = (x - 1600) * 0.04 + 600 * 0.03
    Else
        tax = (x - 5000) * 0.05 + 3400 * 0.04 + 600 * 0.03
    End If
    Label2.Caption = "您的收入" & x & "；应纳税：" & tax
End Sub
```

4.1.4　重点难点分析

掌握各种运算符的优先级高低顺序；掌握各种 If 语句的基本结构，包括单分支或双分支的单行 If 语句、块结构 If 语句以及多分支的嵌套 If 语句和 ElseIf 语句，是本实验的重点和难点。

4.2　实验二　Select Case 语句和选项按钮、复选框控件的使用

4.2.1　实验目的

1. 掌握多条件选择语句 Select Case 的使用方法。
2. 掌握联合使用 If 语句和 Select Case 语句的方法。
3. 掌握选项按钮、复选框控件的使用方法。

4.2.2　实验内容

1. 提示用户输入一个小于 10 000 的正整数，利用标签显示输入的是一个几位数。
2. 输入一个年号和一个月份，判断该年是否为闰年，以及该月属于哪个季节和有多少天。（闰年的条件是：年号能被 4 整除但不能被 100 整除，或者能被 400 整除。）
3. 在窗体中有一个文本框，内有若干文字，要求通过窗体中的复选框、选项按钮修改文

本框中文字的字体、字号和字形，如图 4-2-1 所示。

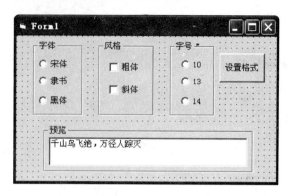

图 4-2-1　程序设计界面

4.2.3　实验步骤

1. 提示用户输入一个小于 10 000 的正整数，利用标签显示输入的是一个几位数。

分析：可以利用文本框或 InputBox 函数接收用户的输入，本例使用 InputBox 函数，并利用标签输出相应的结果信息。有 1 位数、2 位数、3 位数和 4 位数 4 种结果，用多条件选择语句 Select Case 来完成。

（1）界面设计。

在窗体上添加一个标签 Label1 和一个命令按钮 Command1；按表 4-2-1 修改它们的属性，如图 4-2-2 所示。

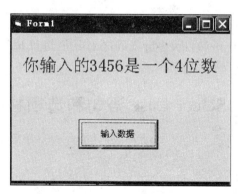

图 4-2-2　程序运行界面

表 4-2-1　属性设置

对象	属性	值
Label1	Caption	
	Font	宋体
	FontSize	18
	ForeColor	vbRed
Command1	Caption	输入数据

（2）编写程序代码如下。

Private Sub Command1_Click()
Dim num As Integer, digit As Integer
num = val(InputBox("请输入一个小于 1000 的正整数"))
Select Case num
  Case Is ＞ 999
    digit = 4
  Case 100 To 999
    digit = 3
  Case 10 To 99
    digit = 2
  Case Else
    digit = 1
End Select
Label1.Caption = "你输入的" & num & "是一个" & digit & "位数"
End Sub

2. 输入一个年号和一个月份，判断该年是否为闰年，以及该月属于哪个季节和有多少天。（闰年的条件是：年号能被 4 整除但不能被 100 整除，或者能被 400 整除。）

分析：可以利用两个文本框接收用户的输入的年份和月份，并利用标签输出相应的结果信息。要判断该年是否为闰年，以及该月属于哪个季节和有多少天，结果较复杂，须联合使用 If 语句和 Select Case 语句来完成。

（1）界面设计。

在窗体上添加 1 个框架 Frame1、2 个文本框 Text1、Text2、3 个标签 Label1、Label2、Label3 和 1 个命令按钮 Command1；按表 4-2-2 修改它们的属性，如图 4-2-3 所示。

表 4-2-2　控件属性值

对象	属性	值
Frame1	Caption	请输入年份、月份
Label1	Caption	年
Label2	Caption	月
Label3	Caption	
Command1	Caption	判断

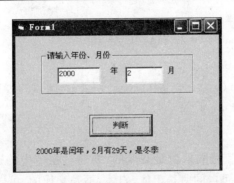

图 4-2-3　程序运行界面

（2）编写程序代码如下。

```
Private Sub Command1_Click()
Dim y As Integer, m As Integer, day As Integer
Dim jijie As String
Dim run As Boolean
y = Val(Text1.Text)
m = Val(Text2.Text)
If (y Mod 4 = 0 And y Mod 100 <> 0 Or y Mod 400 = 0) Then
run = True
Else
run = False
End If
Select Case m
    Case 3 To 5
        jijie = "春季"
    Case 6 To 8
        jijie = "夏季"
    Case 9 To 11
        jijie = "秋季"
    Case 12, 1, 2
        jijie = "冬季"
End Select
Select Case m
    Case 1, 3, 5, 7, 8, 10, 12
        day = 31
    Case 4, 6, 9, 11
        day = 30
    Case 2
        If run = True Then day = 29 Else day = 28
End Select
Label3.Caption = str(y)& "年" & IIf(run, "是", "不是") & "闰年," & str(m) & _
"月有" & str(day) & "天,是" & jijie
End Sub
```

3. 分析:因为字体和字号的取值是互斥的,要通过窗体中的选项按钮修改文本框中文字的字体和字号。而字形可以同时是粗体、斜体,不是互斥的,可以同时选择多项,要通过复

— 46 —

选框修改文本框中文字的字形。

（1）界面设计。

在窗体上添加如表 4-2-3 的控件并修改它们的属性，如图 4-2-4 所示。

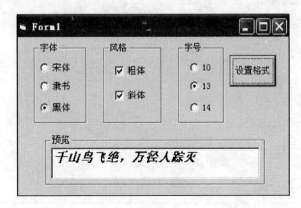

图 4-2-4　程序运行界面

表 4-2-3　属性设置值

对象	属性	值
Frame1	Caption	字体
Song（Option）	Caption	宋体
	Value	True
Li（Option）	Caption	隶书
Hei（Option）	Caption	黑体
Frame2	Caption	风格
Cuti（Check）	Caption	粗体
xieti（Check）	Caption	斜体
Frame3	Caption	字号
Zihao10（Option）	Caption	10
	Value	True
Zihao13（Option）	Caption	13
Zihao14（Option）	Caption	14
Command1	Caption	设置格式

（2）编写程序代码如下：

Private Sub Command1_Click()

If Song.Value Then

　　Text1.FontName = "宋体"

ElseIf Hei.Value Then

　　Text1.FontName = "黑体"

Else

```
      Text1.FontName = ″隶书″
End If
Text1.FontBold = False
Text1.FontItalic = False
If Cuti.Value = 1 Then Text1.FontBold = True
If xieti.Value = 1 Then Text1.FontItalic = True
If Zihao10.Value Then
   Text1.FontSize = 10
ElseIf Zihao13.Value Then
   Text1.FontSize = 13
Else
   Text1.FontSize = 14
End If
End Sub
```

4.2.4　重点难点分析

掌握多分支结构 Select Case 语句的使用是本实验的重点,在此基础上,学会灵活运用 Select Case 语句和 If 语句来解决复杂的具体问题。利用复选框、选项按钮来设计更友好的应用程序界面。

4.3　典型例题解析

例 1　对两个数进行升序排序。

解: 利用输入框分两次得到用户的两个数据,分别保存在变量 First 和 Second 中。比较两个数的大小,如果 First>Second,则交换两个变量中的值。

(1)我们在窗体上不添加任何控件。在窗体的单击事件过程中完成排序,如图 4-3-1 所示。

图 4-3-1　程序运行结果

（2）编写程序代码如下：

Private Sub Form_Click()

```
Dim First As Single, Second As Single, temp As Single
First = Val(InputBox("请输入第一个数"))
Second = Val(InputBox("请输入第二个数"))
Print "原数为：" & First; Spc(4); Second
If First > Second Then
    temp = First
    First = Second
    Second = temp
End If
Print "排序后为：" & First; Spc(4); Second
```

End Sub

（3）运行程序，在窗口上单击，再弹出的输入框中分别输入 56 和 34，运行结果如图 4-3-1所示。

例 2 设计"健康称"程序，界面设计如图 4-3-2 所示。单击"健康状况"按钮后，根据计算公式将相应的提示信息通过标签显示在下面。

计算公式为：标准体重＝身高－105

- 体重高于标准体重的 1.1 倍为偏胖，提示"偏胖，加强锻炼，注意节食"；
- 体重低于标准体重的 90％为偏瘦，提示"偏瘦，加强营养"；
- 其他为正常，提示"正常，继续保持"。

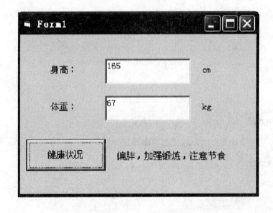

图 4-3-2　健康称

解：本题是一个典型的多分支情况，如果使用嵌套的 if 结构，层次复杂，容易产生 If 和 End if 不匹配的语法错误。因此建议使用 If-Then-ElseIf 结构或 Select Case 结构，程序比较清晰，可读性好。

（1）界面设计。控件及属性值如表 4-3-1 所示。

表 4-3-1　控件及属性值

对象	属性	值
Label1	Caption	在下面的文本框中输入 x 的值
Label2	Caption	身高：
Label3	Caption	体重：
Label4	Caption	cm
Label5	Caption	kg
Text1	Text	
Text2	Text	
Command1	Caption	健康状况

（2）编写程序代码如下。

可以使用 If-Then-ElseIf 结构：

Private Sub Command1_Click()

Dim sg As Single, tz As Single, bz As Single

sg = Val(Text1.Text)

tz = Val(Text2.Text)

bz = sg − 105

If tz > 1.1 * bz Then

Label5.Caption = "偏胖，加强锻炼，注意节食"

ElseIf tz < 0.9 * bz Then

Label5.Caption = "偏瘦，加强营养"

Else

Label5.Caption = "正常，继续保持"

End If

End Sub

或者使用 Select Case 结构：

Private Sub Command1_Click()

Dim sg As Single, tz As Single, bz As Single

sg = Val(Text1.Text)

tz = Val(Text2.Text)

bz = sg − 105

Select Case tz

Case Is > 1.1 * bz

Label5.Caption = "偏胖，加强锻炼，注意节食"

Case Is < 0.9 * bz

Label5.Caption = "偏瘦，加强营养"

Case Else

Label5.Caption = "正常，继续保持"

End Select

End Sub

例3　根据以下函数,编写程序,对输入的每个 x 值,计算出 y 值,并在窗体上输出,如图 4-2-3 所示。

$$y=\begin{cases} x-1, & x\leqslant-1 \\ 2x, & -1<x\leqslant2 \\ x(x+2), & x>2 \end{cases}$$

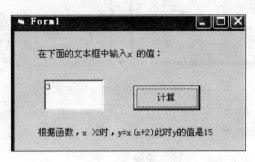

图 4-3-3　分段函数

解:用文本框接受用户输入的 x,用 3 个行结构的 If 语句完成 y 的计算并用标签输出结果。

(1) 界面设计。

在窗体上添加 2 个标签 Label1、Label2,1 个文本框,1 个命令按钮,按照表 4-3-2 设置各控件的属性。

表 4-3-2　控件及属性设置值

对象	属性	值
Label1	Caption	在下面的文本框中输入 x 的值
Label2	Caption	
Text1	Text	
Command1	Caption	计算

(2) 编写程序代码如下。

Private Sub Command1_Click()

```
Dim x As Single, y As Single, str As String
x = Val(Text1.Text)
If x <= -1 Then y = x - 1: str = "根据函数,x <= -1 时,y = x - 1"
If x > -1 And x <= 2 Then y = 2 * x: str = "根据函数,-1<x <= 2 时,y = 2x"
If x > 2 Then y = x * (x + 2): str = "根据函数,x >2 时,y = x(x + 2)"
Label2.Caption = str & "此时 y 的值是" & y
```

End Sub

例4　编写一个简易学生成绩管理系统,要求输入姓名和成绩,点击"添加"按钮后,在文本框中追加并换行显示"姓名"、"成绩"和"合格"或"不合格"信息,如图 4-3-4 所示。

图 4-3-4　简易学生成绩管理系统

解：换行追加并且显示时,可用 Text1. Text＝Text1. Text ＆ vbCrLf ＆ (待追加并显示的字符串),同时应该将 Text1 的 MultiLine 属性设置为 True,ScrollBars 属性设置为 Both。按照成绩≥60 为合格,＜60 为不合格来显示等级。

进一步可扩展按照成绩≥90 为"优",≥80 为"良",≥70 为"中",≥60 为"及格",＜60 为"不及格"来划分并显示上述信息。

(1) 界面设计。控件及属性设置值如表 4-3-3 所示。

表 4-3-3　控件及属性设置值

对象	属性	值
Label1	Caption	姓名
Label2	Caption	成绩
Text1	Text	
	MultiLine	True
	ScrollBars	3-Both
Command1	Caption	添加

(2) 编写程序的代码如下。

```
Private Sub Command1_Click()
Dim cj As Single, dj As String
cj = Val(Text2.Text)
If cj >= 60 Then
dj = "合格"
Else
dj = "不合格"
End If
Text3. Text = Text3. Text & vbCrLf & Text1. Text & " " & Text2. Text & " " & dj
End Sub
Private Sub Form_Load()
```

Text3.Text ="姓名 成绩 等级"

End Sub

按照五等级来显示的代码如下：

Private Sub Command1_Click()

Dim cj As Single, dj As String

cj = Val(Text2.Text)

Select Case cj

Case Is ＞＝ 90

dj ="优"

Case Is ＞＝ 80

dj ="良"

Case Is ＞＝ 70

dj ="中"

Case Is ＞＝ 60

dj ="及格"

Case Else

dj ="不及格"

End Select

Text3.Text = Text3.Text & vbCrLf & Text1.Text &" " & Text2.Text &" " & dj

End Sub

Private Sub Form_Load()

Text3.Text ="姓名 成绩 等级"

End Sub

例5 个人爱好统计。如图 4-3-5 所示，在输入了姓名，选择了性别和爱好后，单击命令按钮，程序给出前面所做的个人信息的统计结果。

图 4-3-5 个人爱好统计

解： 这是一个使用选项按钮、复选框控件的题目。

（1）界面设计。控件及属性设置值如表 4-3-4 所示。

表 4-3-4　控件及属性设置值

对象	属性	值
Label1	Caption	姓名
Label2	Caption	性别
Label3	Caption	
Text1	Text	
Option1	Caption	男
Option2	Caption	女
Frame1	Caption	爱好
Check1	Caption	音乐
Check2	Caption	绘画
Check3	Caption	其他
Command1	Caption	统计

（2）编写的程序代码如下。

Private Sub Command1_Click()

Dim xb As String, ah As String

If Option1.Value Then xb = "男," Else xb = "女,"

If Check1.Value = 1 Then ah = ah & "音乐"

If Check2.Value = 1 Then ah = ah & "绘画"

If Check3.Value Then ah = ah & "其他"

If Check1.Value <> 1 And Check2.Value <> 1 And Check3.Value <> 1 Then

ah = ah & "无爱好"

End If

Label3.Caption = Text1.Text & "," & xb & "爱好：" & ah

End Sub

4.4　自测题

一、单选题

1. 运行下列程序段后,显示的结果为（　　）。

　　J1 = 4

　　J2 = 9

　　If J1<J2 Then Print J2 Else Print J1

　　A. 4　　　　　　　　B. 9　　　　　　C. true　　　　　　D. false

2. 下列程序段执行结果为（　　）。

　　x = 5

　　y = -6

If Not x>0 Then x = y + 3 Else y = x + 3

Print x − y; y − x

A. −33 B. −11 C. −15 D. 3−3

3. 设 a=6,则执行 x=IIf(a > 5,−1,0) 后 ,x 的值为(   )。

A. 6 B. 0 C. −1 D. 5

4. 下面程序段执行结果为(   )。

x = Int(Rnd() + 3)

Select Case x

　Case 5

　　Print ″excellent″

　Case 4

　　Print ″good″

　Case 3

　　Print ″pass″

　Case Else

　　Print ″fail″

End Select

A. excellent B. good C. pass D. fail

5. 窗体上有命令按钮(Command1) 和文本输入框 Text1,命令按钮 Click 中代码如下：

Private Sub Command1_Click()

A = 75

If A > 60 Then I = 1

If A > 70 Then I = 2

If A > 80 Then I = 3

If A > 90 Then I = 4

Text1. Text = I

End Sub

运行后,单击命令按钮,Text1 中显示(   )。

A. 1 B. 2 C. 3 D. 4

6. 执行以下程序段后,变量 b 的值是(   )。

a = 11

If a < 0 Then

　b = 0

ElseIf a > 5 And a <> 11 Then b = 2

ElseIf a < 15 Then b = 4

Else

```
        b = 6
      End If
      Print b
      A. 0              B. 2              C. 4              D. 6
```

7. 执行以下程序时,从键盘输入－2,输出是(   )。
```
      x = Val(InputBox("请输入一个整数:"))
      y = － 1
      If x <> 0 Then
         If x > 0 Then y = 10 Else y = 0
      End If
      Print y
```
      A. 0   B. －1   C. 10   D. 以上都不对

8. "x 是小于 10 的非负数",用 VB 表达式表示正确的是(   )。
    A. 0≤x<10   B. 0<=x<10
    C. 0<=x And x<10   D. 0<=x Or x<10

9. 设 a＝3,b＝4,c＝5,d＝6,表达式 Not a<=c Or 4 * c=b * b And b<>a＋c 的值
   是(   )。
    A. 1   B. －1   C. True   D. False

10. 以下程序执行后,x、y、z 的值是(   )。
```
      x = 3: y = 5: z = 7
      If x > y Then z = x
      x = y: y = z
```
    A. x＝3,y＝5,z＝7   B. x＝5,y＝7,z＝3
    C. x＝5,y＝7,z＝7   D. x＝5,y＝7,z＝5

二、编程题

1. 编制用户身份验证程序。设置两个不同密码表示不同类型用户,通过身份验证后显
示该用户的类型。运行界面如图 4-4-1 所示。

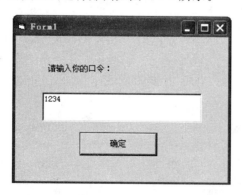

图 4-4-1　用户身份验证

设密码分别为 1234(普通用户)、5678(特权用户)。如果输入密码正确,则用 MsgBox

对话框显示"你的口令正确"并显示用户类型;否则显示"密码不符"。

2. 编写一个判断给定坐标在第几象限的程序,界面如图 4-4-2 所示。

图 4-4-2　判断给定坐标在第几象限

3. 编写程序,根据圆的周长和面积的计算公式,将由输入的圆的半径计算出圆的周长或面积。这是一个二选一的情况,所以可考虑选项按钮指定类别。计算时根据选项按钮的选中情况进行判断,来决定用哪一个计算公式,如图 4-4-3 所示。

图 4-4-3　计算出圆的周长或面积

4. 某商场采用购物打折的优惠办法促销,每位顾客一次购物

(1) 在 100 元以上,按九五折优惠;

(2) 在 500 元以上,按九折优惠;

(3) 在 1 000 元以上,按八五折优惠;

(4) 在 5 000 元以上,按八折优惠。

编写程序,输入顾客的购物款,计算并显示顾客的实际应付款。

5. 编写程序,输入学生的学号、姓名和成绩,成绩包括高数成绩、英语成绩和专业课成绩,判断该生能获几等奖并输出,如图 4-4-4 所示。获奖条件如下:一等,3 门成绩均大于 95;二等,3 门成绩均大于 90;三等,3 门成绩均大于 88。

6. 求一个一元二次方程 $ax^2+bx+c=0$ 的根,如图 4-4-5 所示。

图 4-4-4　判断奖学金

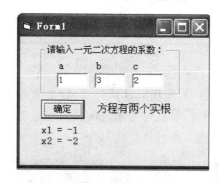

图 4-4-5　一元二次方程的根

7. 根据以下函数,编写程序,对输入的每个 x 值,计算出 y 值,并在窗体上输出。

$$y=\begin{cases} 0.25x, & x\leqslant 50 \\ 0.35(x-50)+12.5, & -1<x\leqslant 2 \\ 0.45(x-100)+30, & x>2 \end{cases}$$

8. 根据输入的三角形三边判断能否组成三角形,若可以则判断并输出三角形的类型是属于等边三角形、等腰三角形、直角三角形、等腰直角三角形、普通三角形中的哪一种,如图 4-4-6 所示。

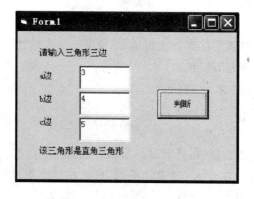

图 4-4-6　判断三角形

自测题答案

一、1. B 2. A 3. C 4. C 5. B 6. C 7. A 8. C 9. D 10. C

二、

1. Private Sub Command1_Click()

```
Dim x As String, y As String
x = Text1.Text
If x = "1234" Then
y = "你的口令正确,你是普通用户"
ElseIf x = "5678" Then
y = "你的口令正确,你是特权用户"
Else
y = "密码不符"
End If
MsgBox y
```

End Sub

2. Private Sub Command1_Click()

```
x = Val(Text1.Text)
y = Val(Text2.Text)
If x > 0 And y > 0 Then
Label3.Caption = "位于第 1 象限"
ElseIf x < 0 And y > 0 Then
Label3.Caption = "位于第 2 象限"
ElseIf x < 0 And y < 0 Then
Label3.Caption = "位于第 3 象限"
ElseIf x > 0 And y < 0 Then
Label3.Caption = "位于第 4 象限"
Else
Label3.Caption = "不位于任何象限"
End If
End Sub
```

3. Private Sub Option1_Click()

```
    Text1.SetFocus
```

End Sub

Private Sub Option2_Click()

```
    Text1.SetFocus
```

End Sub

Private Sub Option3_Click()

```
    Text1.SetFocus
End Sub
Private Sub Text1_GotFocus()
    Text1.SelStart = 0
    Text1.SelLength = Len(Text1.Text)
End Sub
Private Sub Text1_KeyPress(KeyAscii As Integer)
    Dim r As String
    If KeyAscii = 13 Then
       pi = 3.14159
       r = Text1.Text
       Select Case True
        Case Option1.Value
          n = pi * r * r
          Label1.Caption = "圆的面积为:" & Str(n)
        Case Option2.Value
          n = 2 * pi * r
          Label1.Caption = "圆的周长为:" & Str(n)
       End Select
     Text1.SelStart = 0
     Text1.SelLength = Len(Text1.Text)
    End If
End Sub
```

4. ```
Private Sub Form_Click()
Dim x As Single, y As Single
x = Val(InputBox("请输入购物款:", "输入"))
Select Case x
Case Is >= 5000
y = 0.8 * x
Case Is >= 1000
y = 0.85 * x
Case Is >= 500
y = 0.9 * x
Case Is >= 100
y = 0.95 * x
Case Else
y = x
End Select
MsgBox "该顾客实际应付款为:" & Str(y)
```
```

End Sub

5. **Private Sub Command1_Click()**

```
Dim gs As Single, yy As Single, zyk As Single
Dim jiang As String
gs = Val(Text3.Text)
yy = Val(Text4.Text)
zyk = Val(Text5.Text)
If gs > 95 And yy > 95 And zyk > 95 Then
jiang = "一等奖"
ElseIf gs > 90 And yy > 90 And zyk > 90 Then
jiang = "二等奖"
ElseIf gs > 88 And yy > 88 And zyk > 88 Then
jiang = "三等奖"
Else
jiang = "没有获奖"
End If
MsgBox Text1.Text & "号," & Text2.Text & "," & jiang
```

End Sub

或者用如下多分支结构 Select Case 语句完成。

Private Sub Command1_Click()

```
Dim gs As Single, yy As Single, zyk As Single
Dim jiang As String, i As Integer
gs = Val(Text3.Text)
yy = Val(Text4.Text)
zyk = Val(Text5.Text)
Select Case True
Case gs > 95 And yy > 95 And zyk > 95
jiang = "一等奖"
Case gs > 90 And yy > 90 And zyk > 90
jiang = "二等奖"
Case gs > 88 And yy > 88 And zyk > 88
jiang = "三等奖"
Case Else
jiang = "没有获奖"
End Select
MsgBox Text1.Text & "号," & Text2.Text & "," & jiang
```

End Sub

6. **Private Sub Command1_Click()**

```
Dim a As Single, b As Single, c As Single
```

```
Dim sb As Single, xb As Single, re As Single
a = Text1.Text
b = Text2.Text
c = Text3.Text
If a <> 0 Then                    ´有两个根
    delta = b ^ 2 - 4 * a * c
    re = - b / (2 * a)
    If delta > 0 Then             ´有两实根
        sb = Sqr(delta) / (2 * a)
        Label2.Caption = "方程有两个实根"
        p1 = "x1 = " & Str(re + sb)
        p2 = "x2 = " & Str(re - sb)
        Label3.Caption = p1 & Chr(13) & p2
    ElseIf delta = 0 Then ´有两相等实根
        Label2.Caption = "方程有两个相等实根"
        Label3.Caption = "x1 = x2 = " & Str(re)
    Else                          ´有两虚根
        xb = Sqr( - delta) / (2 * a)
        Label2.Caption = "方程有两个虚根"
        p1 = "x1 = " & Str(re) & " + " & IIf(xb = 1, "", Str(xb)) & "i"
        p2 = "x2 = " & Str(re) & " - " & IIf(xb = 1, "", Str(xb)) & "i"
        Label3.Caption = p1 & Chr(13) & p2
    End If
Else
    If b <> 0 Then                ´有一个根
        ygz = - b / c
        Label2.Caption = "方程仅有一个根"
        Label3.Caption = "x = " & Str(ygz)
    Else
        Label2.Caption = "方程无意义！"
        Label3.Caption = ""
    End If
    End If
End Sub
```

7. **Private Sub Command1_Click()**

```
Dim y As Single, x As Single
x = Text1.Text
If x < = 50 Then
    y = 0.25 * x
```

```
    Else
      If x < = 100 Then
          y = 12.5 + 0.35 * (x - 50)
      Else
          y = 30 + 0.45 * (x - 100)
      End If
    End If
    Text2.Text = y
End Sub
```

8. **Private Sub Command1_Click**()
```
Dim a As Single, b As Single, c As Single, str As String
a = Val(Text1.Text)
b = Val(Text2.Text)
c = Val(Text3.Text)
If a + b > c And b + c > a And a + c > b Then
  If a = b And b = c Then
    str = "该三角形是等边三角形"
  ElseIf (a = b Or a = c Or b = c) And (a ^ 2 + b ^ 2 = c ^ 2 Or c ^ 2 + b ^ 2 = a ^ 2 Or a ^ 2
  + c ^ 2 = b ^ 2) Then
    str = "该三角形是等腰直角三角形"
  ElseIf a = b Or a = c Or b = c Then
    str = "该三角形是等腰三角形"
  ElseIf a ^ 2 + b ^ 2 = c ^ 2 Or c ^ 2 + b ^ 2 = a ^ 2 Or a ^ 2 + c ^ 2 = b ^ 2 Then
    str = "该三角形是直角三角形"
  Else
    str = "该三角形是普通三角形"
  End If
Else
str = "不能构成三角形"
End If
Label5.Caption = str
End Sub
```

第5章　循环结构、列表框和组合框

5.1　实验一　一般循环语句

5.1.1　实验目的

1. 掌握循环的基本概念；
2. 掌握 For…Next 循环语句的语法格式与使用方法；
3. 掌握 Do…Loop While 循环和 Do While…Loop 循环，注意区分两种循环；
4. 了解 Do…Loop Until 循环和 Do Until…Loop 循环；
5. 掌握如何利用循环条件来控制循环，防止死循环的出现。

5.1.2　实验内容

1. 输入 n 的值，计算 $1 \sim n$ 之间能被 7 整除的所有正整数的和。

2. 求 π 的近似值。用 $\pi/4 \approx 1-1/3+1/5-1/7+1/9- \cdots \cdots \pm 1/n$，直到最后一项的绝对值小于 10^{-4} 为止。

3. 从键盘上输入两个正整数 m 和 n，求最大公约数（最大公因子）。

5.1.3　实验步骤

1. 分析：用文本框输入 n 的值，然后判断 $1 \sim n$ 之间的每个整数能否被 7 整除，能整除的数加和到一起，要判断 n 次，循环次数确定的循环结构用 For…Next 循环语句，步长为 1。

（1）界面设计。程序设计界面与各控件的属性的设置参见图 5-1-1 和表 5-1-1。

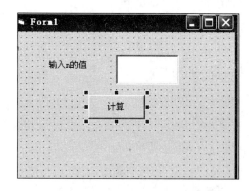 

图 5-1-1　计算 $1 \sim n$ 之间能被 7 整除的所有正整数的和

表 5-1-1　各控件及属性值

对象	属性	值
Label1	Caption	输入 n 的值
Label2	Caption	
Text1	Text	
Command1	Caption	计算

（2）程序代码如下。

Private Sub Command1_Click()

```
Dim i As Integer, num As Integer
Dim sum As Long
num = Val(Text1.Text)
For i = 1 To num
    If i Mod 7 = 0 Then sum = sum + i
Next
Label2.Caption = "1～" & num & "之间能被 7 整除的所有数的和为" & sum
```

End Sub

2. 求 π 的近似值。

分析：由 $\pi/4 \approx 1 - 1/3 + 1/5 - 1/7 + 1/9 - \cdots \cdots \pm 1/n$，右边的式子每项很有规律，应用循环结构来计算，每次循环用前面的累加和加上后一项。直到最后一项的绝对值小于 10^{-4} 为止，用 Do…Loop While 循环和 Do While…Loop 循环结构，可写出 Abs(t) $\geqslant$ =0.000 1 循环条件。

用 Do While…Loop 循环程序代码如下：

Private Sub Form_Click()

```
Dim s As Integer
Dim n As Single, t As Single
Dim PI As Single
t = 1 '当前项
PI = 0 '累加和
n = 1 '每项分母
s = 1 '每项分子
Do While Abs(t) > = 0.0001
    PI = PI + t
    n = n + 2
    s = - s '改变符号
    t = s / n
Loop
PI = 4 * PI
Print PI
```

End Sub

用 Do While…Loop While 循环程序代码如下：

Private Sub Form_Click()

```
Dim s As Integer
Dim n As Single, t As Single
Dim PI As Single
t = 1 '当前项
PI = 0 '累加和
n = 1 '每项分母
s = 1 '每项分子
Do
  PI = PI + t
  n = n + 2
  s = - s '改变符号
  t = s / n
Loop While Abs(t) > = 0.0001
PI = 4 * PI
Print PI
```

End Sub

3. 从键盘上输入两个正整数 m 和 n，求最大公约数（最大公因子）。

分析：求 m, n 的最大公约数，可以用"辗转相除法"，具体方法如下。

(1) 以较大的数 m 作为被除数，以较小的数 n 作为除数，相除后余数为 r。

(2) 若 $r \neq 0$，则 $m \leftarrow n, n \leftarrow r$，继续相除得到新的余数 r。若 $r \neq 0$，则重复此过程，直到 $r = 0$ 为止。

(3) 最后的 n 就是最大公约数。

在 Form_Click() 事件处理过程中编写代码，用 InputBox 函数输入要求最大公约数的两个数，窗体上不放置任何控件。

用 Do…Loop Until 循环程序代码如下：

Private Sub Form_Click()

```
Dim m As Integer, n As Integer, r As Integer
Dim m1 As Integer, n1 As Integer
m = Val(InputBox("请输入 M 的值"))
m1 = m
n = Val(InputBox("请输入 N 的值"))
n1 = n
If (m < n) Then r = m: m = n: n = r
Do
  r = m Mod n
  m = n
  n = r
```

```
Loop Until r = 0
Print m1; "和"; n1; "的最大公因子是:"; m
```
End Sub

用 Do Until…Loop 循环程序代码如下:

Private Sub Form_Click()
```
Dim m As Integer, n As Integer, r As Integer
Dim m1 As Integer, n1 As Integer
m = Val(InputBox("请输入 M 的值"))
m1 = m
n = Val(InputBox("请输入 N 的值"))
n1 = n
If (m < n) Then r = m: m = n: n = r
Do Until r = 0
  r = m Mod n
  m = n
  n = r
Loop
Print m1; "和"; n1; "的最大公因子是:"; m
```
End Sub

5.1.4 重点难点分析

1. For…Next 循环语句的步长控制。

For…Next 循环语句一般用于循环次数确定的循环结构。For…Next 循环语句先将循环变量的值置为初值,然后测试该值是否满足条件(步长为正时,循环变量的值是否小于等于终值;步长为负时,循环变量的值是否大于等于终值)。若是,则执行语句块,遇到 Next 时,循环变量增加步长值,并返回 For 语句继续测试,直到循环变量的值不满足条件(步长为正时,循环变量的值大于终值;步长为负时,循环变量的值小于终值)时,退出循环。

2. 区分两种循环 Do…Loop While 循环和 Do While…Loop 循环的执行过程。

Do While…Loop 循环和 Do…Loop While 循环通常用于未知循环次数的循环结构,也是 VB 中最通用的循环结构。Do While…Loop 循环先测试条件,如果条件成立,则执行语句块,然后返回到 Do While 语句再测试条件,如此往复;如果条件不成立,则退出该循环。Do…Loop While 循环先执行一次语句块,再测试条件。如果条件成立,则返回执行语句块,如此往复;如果条件不成立,则退出该循环。

3. 区分两种循环 Do…Loop Until 循环和 Do Until…Loop 循环的执行过程。

Do…Loop Until 循环和 Do Until…Loop 循环也是用于未知循环次数的循环结构。Do Until…Loop 循环先测试条件,如果条件不成立,则执行语句块,然后返回到 Do Until 语句再测试条件,如此往复;如果条件成立,则退出该循环。Do…Loop While 循环先执行一次语句块,再测试条件。如果条件不成立,则返回执行语句块,如此往复;如果条件成立,则退出该循环。

4. 区分 While 和 Until 条件。

While 条件成立时执行循环体,直到条件不成立,退出循环;Until 条件不成立时执行循环体,直到条件成立,退出循环。

5.2 实验二 循环嵌套、列表框与组合框

5.2.1 实验目的

1. 掌握循环嵌套的使用方法。
2. 掌握循环嵌套结构程序的设计方法。
3. 掌握列表框与组合框控件的常用属性、事件和方法。

5.2.2 实验内容

1. 显示所有的水仙花数。所谓水仙花数,就是指一个 3 位正整数,其各位数字的立方和等于该数本身。例如,$153 = 1^3 + 5^3 + 3^3$,153 即为水仙花数。

2. 打印"＊"组成图形,如图 5-2-1 所示。

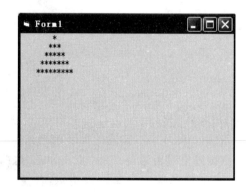

图 5-2-1 输出的图形

3. 求 100 以内的所有素数,如图 5-2-2 所示。

图 5-2-2 求 100 以内的所有素数

5.2.3　实验步骤

1. 分析:本题目解法有两种。

(1) 对 3 位数的各位数组合进行穷举:利用 3 重循环,将 3 个个位数组成一个 3 位数进行判断。例如,3 位数的各位数从高位到低位依次为 a、b、c,则对应的 3 位数为 $a \times 100 + b \times 10 + c$。

(2) 对所有 3 位数进行穷举:利用单循环对所有 3 位数进行穷举,循环内将一个 3 位数拆成 3 个个位数进行判断。例如,对 $s = 678$ 进行拆解时:个位数 $= s$ Mod 10;十位数 $= (s \backslash 10)$ Mod 10;百位数 $= s \backslash 100$。当然,也可以将上述拆解过程写为一个循环(这时就是利用双重循环,内层循环即为拆解过程)。

这里,我们用解法(1)来进行编程。

```
Private Sub Form_Click()
Dim a As Integer, b As Integer, c As Integer
For a = 1 To 9
 For b = 0 To 9
  For c = 0 To 9
    If 100 * a + 10 * b + c = a ^ 3 + b ^ 3 + c ^ 3 Then Print 100 * a + 10 * b + c
  Next c
 Next b
Next a
End Sub
```

2. 分析:打印的字符个数不同,内循环的次数也不同。因此,内循环的次数应与外循环的大小有关。

```
Private Sub Form_Click()
Dim i As Integer, j As Integer
For i = 1 To 5
   Print Tab(10 - i);
For j = 1 To 2 * i - 1
Print "*";
Next j
Print
Next i
End Sub
```

3. 分析:所谓"素数"是指除了 1 和该数本身,不能被任何整数整除的数。判断一个自然数 $i (i \geqslant 3)$ 是否为素数,只要依次用 $2 \sim \sqrt{i}$ 作除数去除 i,若 i 不能被其中任何一个数整除,则 i 为素数。

（1）界面设计。

程序设计界面与各控件属性的设置参见图 5-2-3 与表 5-2-1。

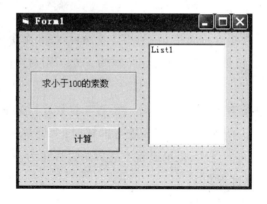

图 5-2-3　程序设计界面

表 5-2-1　设计界面各控件及属性

对象	属性	值
Frame1	Caption	
Label1	Caption	求小于 100 的素数
List1	List	List1
Command1	Caption	计算

（2）事件代码如下。

Private Sub Command1_Click()

Dim s As Integer，i As Integer，j As Integer

List1.Clear

For i = 3 To 100 Step 2

  s = 0

  For j = 2 To Int(Sqr(i))

    If i Mod j = 0 Then s = 1：Exit For

  Next j

  If (s = 0) Then List1.AddItem i

Next i

End Sub

5.2.4　重点难点分析

应用多重循环来设计程序时，应注意循环体执行的顺序和次数。

在打印各种图形时，应注意格式的控制。

列表框和组合框在使用时，应先 List1.Clear 来清空列表框，再使用 AddItem 方法在列表框中添加新项目。

5.3 典型例题解析

例1 $S = 1 + 1/(1+2) + 1/(1+2+3) + \cdots + 1/(1+2+3+\cdots+n)$，任意指定 n 值，求出 S 值。

 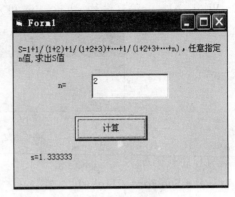

图 5-3-1 程序设计界面和运行结果

解： 本题循环次数是确定的，使用 For…Next 循环结构来编写程序。

（1）界面设计。

程序设计界面与各控件属性的设置参见图 5-3-1 与表 5-3-1。

表 5-3-1 程序设计界面各控件及属性

对象	属性	值
Label1	Caption	$S = 1 + 1/(1+2) + 1/(1+2+3) + \cdots + 1/(1+2+3+\cdots+n)$，任意指定 n 值，求出 S 值
Label2	Caption	$n=$
Label3	Caption	Label3
Text1	text	
Command1	Caption	计算

（2）编写程序代码如下。

```
Private Sub Command1_Click()
Dim n As Integer, sum As Single, i As Integer
Dim d As Integer
n = Val(Text1.Text)
sum = 0
d = 0
For i = 1 To n
d = d + i
sum = sum + 1 / d
Next
```

```
Label3.Caption = ˝s = ˝ & sum
```
End Sub

例2　编写程序,计算 sum＝1＋2＋3＋…＋n 的值,直到 sum ＞ 6 000 为止,并求出这时的 sum 和 n。

解:本题是循环次数是不确定的,可以使用各种 Do…Loop 循环结构来编写程序。采用 Do While…Loop 循环结构,注意 sum 和 n 的值要回退。

图 5-3-2　计算 sum

编写程序代码如下。

Private Sub Form_Click()
```
Dim sum As Long, n As Integer
sum = 0:n = 0
Do While sum < = 6000
n = n + 1
sum = sum + n
Loop
Print ˝n = ˝ & n - 1, ˝sum = ˝ & sum - n
```
End Sub

例3　输入两个正整数,求它们的最小公倍数。

解:求 m、n 的最大公约数用“辗转相除法”(参见实验一),最小公倍数等于 m、n 的乘积除以 m、n 的最大公约数。可以用各种 Do…Loop 循环结构来编写程序。

编写程序代码如下。

Private Sub Form_Click()
```
Dim m As Integer, n As Integer, r As Integer
Dim m1 As Integer, n1 As Integer
m = Val(InputBox(˝请输入 M 的值˝))
m1 = m
n = Val(InputBox(˝请输入 N 的值˝))
n1 = n
If (m < n) Then r = m:m = n:n = r
Do
  r = m Mod n
  m = n
  n = r
```

```
Loop Until r = 0
Print m1; "和"; n1; "的最大公因子是:"; m
Print m1; "和"; n1; "的最小公倍数是:"; m1 * n1 / m
End Sub
```

例 4 使用双重循环(循环嵌套),输出"九九乘法表",如图 5-3-3 所示。

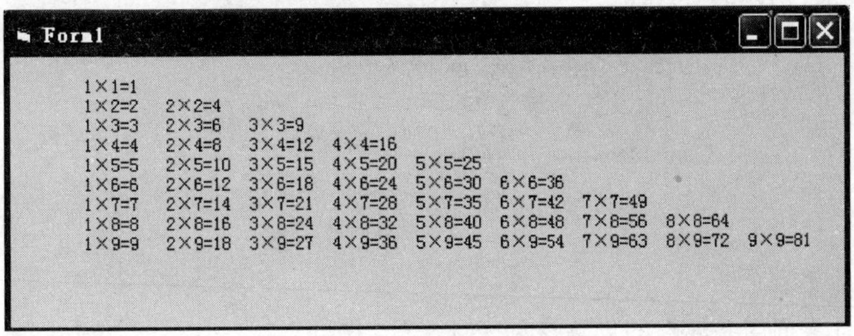

图 5-3-3　九九乘法表

解:

(1) 注意行号和该行乘法单元的个数之间的关系。

(2) 注意乘法单元的规律:"4×3＝12"中 4 为行号,3 为列号,且列号不大于行号。

(3) 乘号"×"可从汉字输入法软键盘菜单的"数学符号"中找到;或从 Word 中菜单【插入】→【符号】中找到,再从 Word 中剪切或复制到 VB 代码中。

(4) 可以将窗体的 AutoRedraw 属性设为 True,以防初始大小的窗体显示不下全部内容。

编写程序代码如下。

```
Private Sub Form_Click()
Dim i As Integer, j As Integer
j = 1; i = 1
Print
Do Until i > 9
  Do Until j > i
  Print Tab(j * 9); j & "×" & i & "=" & i * j;
  j = j + 1
  Loop
  Print
  j = 1
  i = i + 1
Loop
End Sub
```

例 5 百鸡问题:鸡翁一,值钱五,鸡母一,值钱三,鸡雏三,值钱一,百钱买百鸡,问鸡翁、鸡母和鸡雏各几只？编程解决这个问题，如图5-3-4所示。

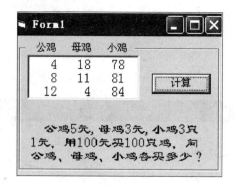

图 5-3-4　百鸡问题

（1）界面设计。

程序设计界面与各属性的设置参见表5-3-2与图5-3-4。

表 5-3-2　控件及属性设置值

对象	属性	值
Frame1	Caption	公鸡 母鸡 小鸡
List1		
Label1	Caption	公鸡 5 元，母鸡 3 元，小鸡 3 只 1 元，用 100 元买 100 只鸡，问公鸡、母鸡、小鸡各买多少？
Command1	Caption	计算

（2）编写程序代码如下。

```
Private Sub Command1_Click()
    List1.Clear
    For x = 1 To 19
        For y = 1 To 33
            z = 100 − x − y
            If 5 * x + 3 * y + z / 3 = 100 Then
                p = Format(x, "@@@@") & Format(y, "@@@@@") & Format(z, "@@@@@")
                List1.AddItem p
            End If
        Next
    Next
End Sub
```

5.4 自测题

一、单选题

1. 在窗体上面画一个文本框 Text1,然后编写如下事件过程:

```
Private Sub Form_Activate()
    Text1.Text = ""
    Text1.SetFocus
    For i = 1 to 10
        Sum = Sum + i
    Next
    Text1.Text = Sum
End Sub
```

上述程序的运行结果是( )。
A. 在文本框 Text1 中输出 55　　　　B. 在文本框 Text1 中输出 1
C. 在文本框 Text1 中输出 10　　　　D. 在文本框 Text1 中输出 45

2. 若 i 的初值为 8,则下列循环语句的循环次数为( )次。

```
Do While i <= 17
        i = i + 2
Loop
```

A. 4　　　　　　B. 7　　　　　　C. 6　　　　　　D. 5

3. 下列程序段的执行结果为( )。

```
a = 1
b = 5
Do
a = a + b
b = b + 1
Loop While a < 10
Print a; b
```

A. 12　7　　　　B. 12　6　　　　C. 11　7　　　　D. 11　6

4. 以下程序段的输出结果为( )。

```
x = 1
y = 4
Do Until y > 4
x = x * y
y = y + 1
Loop
Print x
```

A. 5　　　　　　B. 4　　　　　　C. 1　　　　　　D. 2

5. 假设有以下程序段：

```
For i = 1 to 3
  For j = 5 to 1 Step -1
    Print i * j
  Next j
Next i
```

则语句 Print i*j 的执行次数 i、j 的值分别是（　　）。

A. 12　3　1　　　　B. 15　4　-1　　　C. 15　4　0　　　　D. 8　3　1

6. 在窗体上画两个文本框（其 Name 属性分别为 Text1 和 Text2）和一个命令按钮（其 Name 属性为 Command1），然后编写如下的事件过程：

Private Sub Command1_Click()

```
    x = 0
    Do While x<50
      x = ( x + 2 ) * ( x + 3 )
      n = n + 1
    Loop
    Text1. Text = Str(n)
    Text2. Text = Str(x)
```

End Sub

程序执行后，单击命令按钮，在两个文本框中显示的值分别为（　　）。

A. 2 和 6　　　　B. 2 和 72　　　　C. 1 和 6　　　　D. 1 和 72

7. 阅读下面的程序段：

```
For i = 1 To 3
  For j = 1 To I
    For k = j To 3
      a = a + 1
    Next k
  Next j
Next I
```

执行上面的三重循环后，a 的值为（　　）。

A. 14　　　　　B. 12　　　　　C. 16　　　　　D. 15

8. 设有如下程序：

Private Sub Command1_Click()

```
Dim c As Integer, d As Integer
c = 4
d = InputBox("请输入一个整数")
Do While d > 0
If d > c Then
c = c + 1
```

```
    End If
    d = InputBox("请输入一个整数")
Loop
Print c + d
```
End Sub

程序运行后，单击命令按钮如果在输入对话框中依次输入 1、2、3、4、5、6、7、8、9、0，则输出结果是（　　）。

  A. 12　　　　　　　　B. 9　　　　　　　　C. 16　　　　　　　　D. 15

9. 有如下事件过程：

Private Sub Command1_Click()
```
    b = 10
    Do While b<> - 1
        a = InputBox("请输入 a 的值")
        a = Val(A)
        b = InputBox("请输入 b 的值")
        b = Val(b)
        a = a * b
    Loop
    Print a
```
End Sub

程序运行后，依次输入数值 30,20,10,-1,输出结果为（　　）。

  A. -20　　　　　　　B. 200　　　　　　　C. 600　　　　　　　D. -10

10. 在窗体上画一个列表框和一个文本框，然后编写如下两个事件过程：

Private Sub Form_Load()
```
    List1.AddItem"357"
    List1.AddItem"245"
    List1.AddItem"123"
    List1.AddItem"456"
    Text1.Text = ""
    End Sub
    Private Sub List1_DblClick()
    a = List1.Text
    Print a + Text1.Text
```
End Sub

程序运行后，在文本框中输入"789"，然后双击列表框中的"456"，则输出结果是（　　）。

  A. 456789　　　　　B. 789456　　　　　C. 654987　　　　　D. 987654

二、编程题

1. 编写程序，求 $1+2+3+\cdots+100$ 的和，将结果打印在窗体上。

2. 编写程序，计算 $Sum=2+4+6+\cdots+100$ 的值。

3. 计算 $S=1+\dfrac{1}{2^2}+\dfrac{1}{3^2}+\dfrac{1}{4^2}+\cdots+\dfrac{1}{n^2}$ 的值，当第 i 项 $\dfrac{1}{i^2}\leqslant10^{-5}$ 时结束。

4. 将第 3 题用 Do…Loop While 循环和 Do While…Loop 循环中的另外一种循环应该怎样实现？进一步地，要用 Do…Loop Until 循环或 Do Until…Loop 循环又该如何实现？

5. 用两种循环输出 $101\sim500$ 之间的所有奇数及其和，如图 5-4-1 所示。

图 5-4-1　求 $101\sim500$ 之间的所有奇数及其和

6. 编写程序，计算 $S=1+1/2!+1/3!+\cdots+1/n!$ 的值，直到最后一项小于 10^{-6} 为止。

7. 设 $s=1\times2\times3\times4\times\cdots\times n$，编程求不大于 s 时最大的 n，s 为键盘输入的数值，如图 5-4-2 所示。

图 5-4-2　运行界面

8. 计算 π 的近似值，π 的计算公式为：

$$\pi=2\times\frac{2}{\sqrt{2}}\times\frac{2}{\sqrt{2+\sqrt{2}}}\times\frac{2}{\sqrt{2+\sqrt{2+\sqrt{2}}}}\times\cdots$$

要求：直到最后一项小于 $0.000\,001$ 为止。

9. 编程序计算：

$$1 - \frac{1}{2!} + \frac{1}{3!} - \frac{1}{4!} + \cdots + (-1)^{n-1}\frac{1}{n!}$$

要求:直到最后一项绝对值小于 0.000 001 为止,并输出 n 的大小。

10. 求 $sn = a + aa + aaa + \cdots\cdots + aaa\cdots a(n\ \text{个}\ a)$,其中 a 是一个整数([1-9]),n 是一个整数([5-10]),n 和 a 由用户由输入框输入,如图 5-4-3 所示。

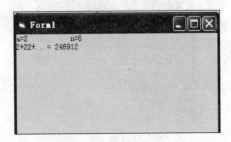

图 5-4-3　运行界面

11. 在窗体上输出 1 至 99 之间的全部同构数,如图 5-4-4 所示。同构数是这样一组数:它出现在它的平方数的右边。例如:5 是 25 右边的数,25 是 625 右边的数,因此 5 和 25 都是同构数。

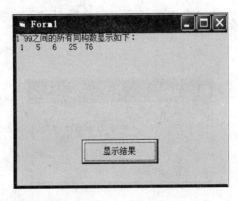

图 5-4-4　求同构数

12. 编写一个程序,当程序运行时,单击窗体后,用单循环在窗体上输出规则字符图形,如图 5-4-5 所示。

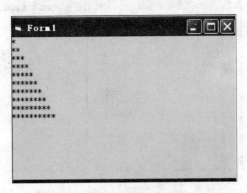

图 5-4-5　输出规则字符图形

— 79 —

【提示】使用 String( )函数，String( )函数可以重复显示某个字符串。例如，String(4，"∗")可以生成 4 个连续的"∗"，即"∗∗∗∗"。

13. 勾股定理中的 3 个数的关系是：$a^2+b^2=c^2$，如 3、4、5 就是这样的数。编写程序输出 20 以内满足此关系的整数组合，如图 5-4-6 所示。

图 5-4-6　20 以内满足勾股定理的整数组合

14. 编写程序，求出 2 和 1 000 之间的所有完全数，如图 5-4-7 所示。完全数是这样的数：它的因子之和等于这个数本身。例如整数 6 的因子是 1、2、3，其和是 $1+2+3=6$，因此 6 是一个完全数。

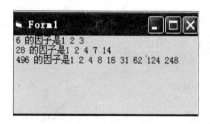

图 5-4-7　求出 2 和 1 000 之间的所有完全数

15. 在两个列表框之间移动数据，如图 5-4-8 所示。

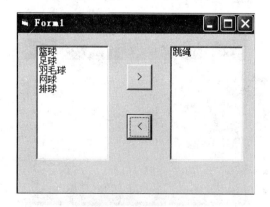

图 5-4-8　两个列表框之间移动数据

16. 组合框通常用于接受用户的选择或输入,用组合框实现如图5-4-9所示的程序。要求单击命令按钮将组合框中选定的职业或者用户在组合框内输入的职业显示在下面的标签中。

图 5-4-9　程序运行界面

自测题答案

一、1. A　2. D　3. A　4. B　5. C　6. B　7. A　8. B　9. D　10. A

二、

1. 程序代码如下：

Private Sub Form_Click()
    Dim I As Integer, sum As Integer
    sum = 0
    For I = 1 To 100
      sum = sum + I
    Next I
    Print sum
End Sub

2. 程序代码如下：

Private Sub Form_Click()
    Dim I As Integer, sum As Integer
    sum = 0
    For I = 2 To 100 Step 2
      sum = sum + I
    Next I
    Print sum
End Sub

3. 程序代码如下：

Private Sub Form_Click()
    Dim i As Integer, s As Single
    s = 0：i = 1

```
Do While 1 / i ^ 2 > 10 ^ - 5
  s = s + 1 / i ^ 2
  i = i + 1
Loop
Print "S = " & s
```
End Sub

4. Do…Loop While 循环程序代码如下：

Private Sub Form_Click()
```
Dim i As Integer, s As Single
s = 0: i = 1
Do
  s = s + 1 / i ^ 2
  i = i + 1
Loop While 1 / i ^ 2 > 10 ^ - 5
Print "S = " & s
```
End Sub

Do Until…Loop 循环程序代码如下：

Private Sub Form_Click()
```
Dim i As Integer, s As Single
s = 0: i = 1
Do Until 1 / i ^ 2 < = 10 ^ - 5
  s = s + 1 / i ^ 2
  i = i + 1
Loop
Print "S = " & s
```
End Sub

用 Do…Loop Until 循环程序代码如下：

Private Sub Form_Click()
```
Dim i As Integer, s As Single
s = 0: i = 1
Do
  s = s + 1 / i ^ 2
  i = i + 1
Loop Until 1 / i ^ 2 < = 10 ^ - 5
Print "S = " & s
```
End Sub

5. 程序代码如下：

Private Sub Command1_Click()
```
Dim i As Integer, s As Single
```

```
    s = 0
    List1. Clear
    For i = 101 To 500
      If i Mod 2 <> 0 Then
      List1. AddItem i
      End If
    Next
    i = 101
    Do While i < = 500
      If i Mod 2 <> 0 Then
        s = s + i
        i = i + 2
      End If
    Loop
    Label2. Caption = "101~500 之间的所有奇数和为" & s
End Sub
```

6. 程序代码如下：

```
Private Sub Form_Click()
    Dim s As Single, a As Long, n As Integer
    a = 1: s = 0: n = 1
    Do While a < = 10 ^ 6
      s = s + 1 / a
      a = a * n
      n = n + 1
    Loop
    Print s
End Sub
```

7. 程序代码如下：

```
Private Sub Command1_Click()
    Dim n As Integer, s As Long
    CurrentY = Label1. Height + 200
    n = 1
    s = 1
    s1 = Val(InputBox("请输入 s 的值"))
    Do
      n = n + 1
      s = s * n
      Print n, s              '通过本行可以看到循环过程
    Loop While s < = s1
```

```
    Label2. Caption = "n = " & Str(n - 1)
End Sub
```

8. 程序代码如下：

```
Private Sub Command1_Click()
    Dim m As Integer
    m = 0. 1^6
    p = 0# : s = 2# : e = 0. 1 ^ m
    Do
        t = s : p = Sqr(2 + p) : s = s * 2 / p
    Loop Until Abs(t - s) < 0. 1 ^ m
    f = String(m - 1, "#")
    Text2. Text = Format(s, "0." & f)
    Text1. SetFocus
End Sub
```

9. 程序代码如下：

```
Private Sub Form_Activate()
    Sum = 1 : n = 1 : t = 1 : s = 1
    Do
        t = t / n
        Sum = Sum + s * t
        n = n + 1
        s = - s
    Loop While t > = 10 ^ - 6
    Print "sum = " & Sum, "n = " & n - 1
End Sub
```

10. 程序代码如下：

```
Private Sub Form_Click()
Dim a As Integer, n As Integer
Dim sn As Long
a = Val(InputBox("请输入 a 的值(1～9)"))
n = Val(InputBox("请输入 n 的值(5～10)"))
sn2 = a
For i = 1 To n
sn = sn + sn2
sn2 = sn2 * 10 + a
Next
Print "a = " & a, "n = " & n
Print a & " + " & a ; a & " + ... = " ; sn
End Sub
```

11. 程序代码如下：

```vb
Private Sub Command1_Click()
Dim num As Integer, n As Integer, flag As Boolean
num = 0: n = 0
For i = 1 To 99
  flag = False
  If i < 10 And i * i Mod 10 = i Then flag = True
  If i > = 10 And i * i Mod 100 = i Then flag = True
  If flag Then
    num = num + 1
    If num = 1 Then Print "1~99 之间的所有同构数显示如下："
    Print Tab(4 * n + 1); i;
    n = n + 1
    If n Mod 10 = 0 Then n = 0
  End If
Next
End Sub
```

12. 程序代码如下：

```vb
Private Sub Form_Click()
Dim a As Integer, n As Integer
Dim s As String
For i = 1 To 10
s = String(i, " * ")
Print s
Next
End Sub
```

或者不用 String 函数，而用双重循环来完成，代码如下：

```vb
Private Sub Form_Click()
Dim a As Integer, n As Integer
Dim s As String
For i = 1 To 10
s = ""
For j = 1 To i
s = s & " * "
Next
Print s
Next
End Sub
```

13. 程序代码如下：

```
Sub Command1_Click()
  Dim a as Integer , b as Integer , c as Integer
  For a = 1 To 20
   For b = 1 To 20
    For c = 1 To 20
      If a * a + b * b = c * c Then
        List1.AddItem a & ″,″ & b & ″,″ & c
      End If
     Next c
    Next b
   Next a
End Sub
```

14. 程序代码如下：

```
Private Sub Form_Click()
  Dim i% , j% , s% , str $
  Cls
  For i = 2 To 1000
    s = 1
    str = ″1″
    For j = 2 To i - 1
      If i Mod j = 0 Then
        s = s + j
        str = str & ″ ″ & j
      End If
    Next j
    If s = i Then Print i; ″的因子是″; str
  Next i
End Sub
```

15. 程序代码如下：

```
Private Sub Command1_Click()
List2.AddItem List1.Text
List1.RemoveItem List1.ListIndex
End Sub

Private Sub Command2_Click()
List1.AddItem List2.Text
List2.RemoveItem List2.ListIndex
End Sub

Private Sub Form_Load()
List1.AddItem ″篮球″
```

```
List1.AddItem "排球"
List1.AddItem "足球"
List1.AddItem "羽毛球"
List1.AddItem "网球"
List1.AddItem "跳绳"
```
End Sub

16. 程序代码如下：

```
Private Sub Command1_Click()
Label2.Caption = "您的职业是：" & Combo1.Text
End Sub
Private Sub Form_Load()
Combo1.AddItem "工人"
Combo1.AddItem "工程师"
Combo1.AddItem "教师"
Combo1.AddItem "农民"
Combo1.AddItem "商人"
Combo1.AddItem "其他"
```
End Sub

第6章 VB编程基础

6.1 实验 数据类型、变量、常量和常用内部函数

6.1.1 实验目的

1. 掌握 VB 中的各种数据类型；
2. 掌握变量的声明方法及命名规则；
3. 掌握常量的使用方法；
4. 掌握常用内部函数的形式、功能和用法。

6.1.2 实验内容

型；str11、str22 定义为字符串型。y 定义成布尔型。自定义单精度型常量 PI，代表 3.141 592 6。在窗体的单击事件过程中写出相应的定义语句并进行简单的赋值，然后用 Print 方法显示它们的值，如图 6-1-1 所示。

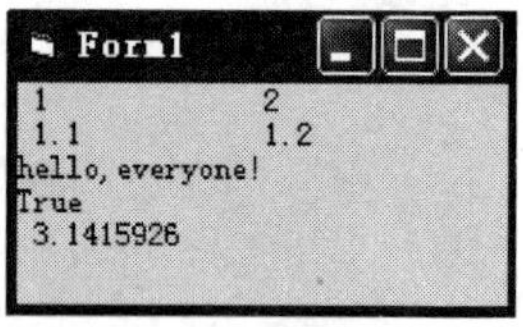

图 6-1-1　程序运行结果

2. 在"立即窗口"中测试下列各种函数的功能。

Sin(3.1415926/2)	Cos(3.1415926/2)	Sqr(9)	Abs(−25)
Sgn(−25)	Int(6.7)	Fix(6.7)	Int(−8.6)
Exp(3)	Log(24)	Asc("A")	Chr(42)
Chr(65)	Date$	Time	Date
Rnd()	Rnd(1)	Rnd(0)	Rnd(−1)

Len(欢迎使用 VB)	String(5,"ABCD")
Instr("DdiiggAAff","diig")	Mid("DDdiiggAAff",3,4)
Ltrm("欢迎使用 VB6.0")	Rtrim("欢迎使用 VB6.0")
Ucase("Visual Basic 程序设计")	Lcase("Visual Basic 程序设计")

3. 循环密文。现有一个字符串，将该字符串内的每个英文字符都改为其后（前）的第 n 个字符，非英文字符的符号保持不变，修改之后的字符串即为密文，而修改之前的字符串称为明文。当修改后的字符超出了"a"~"z"或"A"~"Z"字符序列范围后，应将其循环回字符序列的最开始或最末尾。例如，$n=4$ 时，"a"译为"e"，"w"译为"a"，"May!"就被译为"Qec!"。反之，当知道 n（正为向后，负为向前）后，即可恢复密文为可读文本。

给定一个任意由纯英文字符（ASCII 字符）和标点符号组成的字符串，例如"I Love This

Computer Game!",将其转换为密文(n 自己给定)并显示,然后再将密文译为明文。

6.1.3 实验步骤

1. 变量先定义后使用是一个很好的编程习惯。Form_Click()事件过程代码如下,注意各变量和常量定义和使用。

```
Private Sub Form_Click()
Dim i As Integer, j As Integer
Dim num1 As Single, num2 As Single
Dim str1 As String, str2 As String
Dim y As Boolean
Const PI = 3.1415926
i = 1: j = 2
num1 = 1.1: num2 = 1.2
str1 = "hello,": str2 = "everyone!"
y = True
Print i, j
Print num1, num2
Print str1; str2
Print y
Print PI
End Sub
```

2. 测试各种函数的功能。

选择"菜单栏"上的"视图"菜单,在其下拉菜单中选择"立即窗口",或按快捷键 Ctrl+G 打开"立即窗口"。

首先手工计算出题中各式的值,然后在"立即窗口"中使用 Print 方法计算根和输出题中各式的值,可以使用"?"代替"Print",如图 6-1-2 所示。

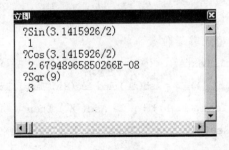

图 6-1-2　测试各种函数的功能

3. 循环密文。

分析:

(1) 加密需逐个字符进行。获取字符串中的某个字符可以从 Left()、Mid()或 Right()

等函数里选取一个;Len()函数可以返回字符串的长度。

(2) 应该判断从字符串中获取的字符是否为英文字符。

(3) 获取某字符的 ASCII 码值使用 Asc()函数,而获取某 ASCII 码值所对应的字符应使用 Chr()函数。

界面设计:用 InputBox 函数来输入移动位数,用文本框输入明文,用 MsgBox 函数来输出密文;界面设计如图 6-1-3 所示。控件及属性值如表 6-1-1 所示。

图 6-1-3　循环密文

表 6-1-1　控件及属性值

对象	属性	值
Label1	Caption	请输入明文:
Text1	Text	
Command1	Caption	密文

事件过程代码如下。

Private Sub Command1_Click()

```
Dim tmp As String
Dim i As Integer
Dim n As Integer
n = Val(InputBox("请输入移动位数"))
For i = 1 To Len(Text1.Text)
If Asc(Mid(Text1.Text, i, 1)) >= Asc("A") And Asc(Mid(Text1.Text, i, 1)) <= Asc("Z") Then
    If Asc(Mid(Text1.Text, i, 1)) + n > Asc("Z") Then
        tmp = tmp & Chr(Asc(Mid(Text1.Text, i, 1)) - 26 + n)
    Else
        tmp = tmp & Chr(Asc(Mid(Text1.Text, i, 1)) + n)
    End If
ElseIf Asc(Mid(Text1.Text, i, 1)) >= Asc("a") And Asc(Mid(Text1.Text, i, 1))
<= Asc("z") Then
```

```
      If Asc(Mid(Text1.Text, i, 1)) + n > Asc("z") Then
         tmp = tmp & Chr(Asc(Mid(Text1.Text, i, 1)) - 26 + n)
      Else
         tmp = tmp & Chr(Asc(Mid(Text1.Text, i, 1)) + n)
      End If
   Else
      tmp = tmp & Mid(Text1.Text, i, 1)
   End If
Next
MsgBox "密文为：" & tmp
End Sub
```

6.1.4　重点难点分析

本章内容不多,但却是编写代码时用到的最基础的知识,需要注意的细节比较多。

1. VB 基本数据类型

VB 有整型、长整型、单精度、双精度、字符串、日期型、字节型、货币型、布尔型、对象型和变体型等基本数据类型。不同的数据类型所占的存储空间也不一样,选择合适的数据类型,可以优化代码。只有相同或相容类型的数据之间才能进行赋值操作,否则就会出现错误。在实际编写程序时,须根据题目要求,把相应变量定义为合适的数据类型。

2. 变量

变量的功能是暂时存储信息,在变量命名上有很大的灵活性。很多时候把变量命名为对所包含信息具有描述性的名字,这样可以提高程序的可读性。在命名变量时,需要注意的是:①变量名须以字母或汉字开头;②只能包含字母、汉字、数字和下划线;③不能和关键字同名。

3. 常用内部函数

常用的内部函数包括数学函数、转换函数、字符串函数、日期时间函数、颜色函数等。执行每一个函数都相当于调用了系统内部的一段相对完整独立的代码。使用某个函数过程中,只需给出相应参数值,就能得到函数值。在编写程序时,经常会用到这些内部函数,这就要求须熟记各个函数的功能和格式,能根据题目要求选择合适的函数。

6.2　典型例题解析

例1　下列数据哪些是变量? 哪些是常量? 如果是常量,指出是什么类型的常量?

| name | "name" | false | ee | "11/15/08" |
| cj | "128" | i | #11/15/2008# | 123.45 |

解:name、ee、cj、i 是变量,其他为常量。"name"、"11/15/08"、"128"为字符串常量;false 为布尔型常量;"#11/15/2008#"为日期型常量;"123.45"是数值型常量。

例2　下列符号中哪些不是 VB 程序中合法的变量名?

ab7 8xyz for integer k_name a.b x,y ′i

解：VB 变量的命名规则是变量名必须以字母或汉字开头；变量名不能包含除字母、汉字、数字、下划线以外的字符；变量名不能和关键字同名；变量名在同一范围内必须是唯一的；变量名的长度不能超过 255 个字符。

本题给出的变量中 8xyz 以数字开头，而不是以字母或汉字开头，不能作为变量名；for、integer 与关键字同名，也不能作为变量名；a.b、x,y、′i 中含有除字母、汉字、数字、下划线以外的字符，也不能作为变量名。

例 3 写出 sin(30°) 的 VB 表达式。

解：由于函数 sin() 中的参数要求是弧度，应将角度转化为弧度，故与 sin(30°) 相对应的 VB 表达式为：sin(30 * 3.14/180)。

例 4 函数 Int(10 * Rnd(0)) 的值是哪个范围内的整数？

解：函数 Rnd(0) 是 0 到 1 之间的数，因此 Int(10 * Rnd(0)) 是 0 到 10 之间的整数，包含 0 不包含 10。

例 5 比较函数 Int(−1234.5678) 与 Fix(−1234.5678)、Int(1234.5678) 与 Fix(1234.5678) 的值。

解：Int 函数直接截断小数部分来取整，而 Fix 函数取小于或等于参数的最大整数。Int(−1234.5678) 与 Fix(−1234.5678) 的值分别为 −1234 和 −1235；Int(1234.5678) 与 Fix(1234.5678) 的值为 1234。

例 6 编写程序，用单循环在窗体上显示如图 6-2-1 所示的图形。

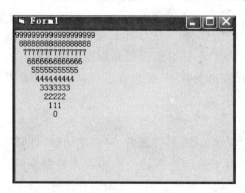

图 6-2-1 在窗体上实现图形

解：

（1）注意观察图形的规律：第 i 行在输出时是 m 个空格＋n 个字符 x，其中 m、n、x 均和 i 有关系。

（2）配合 Print 方法使用 Spc(n) 函数，其作用是产生 n 个连续的空格。

（3）使用 Str() 函数和 Trim() 函数。Str(f) 函数是将数值 f 转换为相同形式的字符串；Trim(s) 函数可将字符串 s 的最前和最后的空格（称为前导和后导空格，可为多个空格）剪切掉，字符串中的空格不受影响。当 i 为 7 时，Trim(Str(i)) 则是字符串″7777777777777″。

（4）结合（3），当 i 为 1 时，String(2 * i＋1,Trim(Str(i))) 则生成字符串″111″。

程序代码如下：

```
Private Sub Form_Click()
For i = 9 To 0 Step − 1
Print Spc(9 − i); String(2 * i + 1, Trim(Str(i)))
Next
End Sub
```

6.3 自测题

一、单选题

1. 下面的变量名合法的是(   )。

    A. 3a   B. k_name   C. x−y   D. exit

2. Abs(−8)+Len("ABCD") 的值是(   )。

    A. 12   B. 8   C. −8   D. 13

3. 变量未赋值时,数值型变量的值为(   )。

    A. 0   B. 1   C. −1   D. 0.1

4. 可获得当前系统日期的函数是(   )。

    A. Month   B. Day   C. Now   D. Date

5. 执行以下程序段后,变量 c 的值为(   )。

    a = "Visual Basic Programing"

    b = "Quick"

    c = b & Ucase (Mid (a ,7,6)) & Right (a ,11)

    A. Quick Programing BASIC   B. Quick BASIC Programing

    C. BASIC Programing Quick   D. Quick Basic Programing

6. 设有如下变量声明:Dim TestDate As Date,为变量 TestDate 正确赋值的表达方式是(   )。

    A. TextDate=1/1/2002   B. TextDate= ♯1/1/2002♯

    C. TextDate="1/1/2002"   D. TextDate='1/1/2002'

7. 如果一个变量未经定义就直接使用,则该变量的类型为(   )。

    A. String   B. Variant   C. Integer   D. Single

8. 设 a="Visual Basic",下面使 b="Basic" 的语句是(   )。

    A. b=Left(a,7,5)   B. b=Left(a,5,5)

    C. b=Left(a,5,8)   D. b=Left(a,8,5)

9. Rnd 函数不可能产生 (   ) 值。

    A. 0.2   B. 1   C. 0.5   D. 0.4

10. 下面程序执行的结果是(   )。

```
Private Sub Command1_Click()
A = "123":b = "456"
```

```
C = Val(a) + Val(b)
Print c
```
End Sub

    A. ″579″   B. 456123   C. 123456   D. 579

11. 要声明一个长度为 256 个字符的定长字符串变量 str,以下语句正确的是( )。

    A. Dim str as String[] * 256   B. Dim str as String

    C. Dim str as String * 256   D. Dim str as String() * 256

12. 函数 Left(″Hello″,2) 的值为( )。

    A. He   B. ll   C. lo   D. eh

13. 能够返回删除字符串前导和尾随空格符后的字符串,用( )函数。

    A. Rtrim   B. Trim   C. Ltrim   D. Space

14. 设 S=″中华人民共和国″,表达式 Left (S,1) ＋Right (S,1) ＋Mid (S,3,2)的值为( )。

    A. ″中国华人民″   B. ″中国华人″

    C. ″中国人民共″   D. ″中国人民″

15. 函数 UCase(Mid(″visual basic″,8,8)) 的值为 ( )。

    A. visual   B. basic   C. BASIC   D. VISUAL

16. 下面程序运行后,m 的值是 ( )。

```
a = 12.3
b = - 123
m = Len(Str(a) + Str(b))
```

    A. 4   B.9   C.8   D.7

17. 函数 InStr(″VB 程序设计教程″,″程序″) 的值为( )。

    A. ″程序″   B. 0   C. 2   D. 3

18. 设 a =″MicrosoftVisualBasic″则以下使变量 b 的值为″VisualBasic″的语句是( )。

    A. b＝Mid(a,10)   B. b＝Mid(a,9)

    C. b＝Right(a,10)   D. b＝InStr(a,VisualBasic)

19. 执行以下程序段

```
a = ″abbacddcba″
For i = 6 To 2 Step - 2
x = Mid(a,i,i)
y = Left(a,i)
z = Right(a,i)
z = UCase(x & y & z)
Next i
Print z
```

输出结果是(　　)。

　　A. BBAABBA　　　　　　　　B. BBBBABBA

　　C. BAAABBA　　　　　　　　D. BABABBA

20. 如果 x 是一个正实数,对 x 的第 3 位小数四舍五入的表达式是(　　)。

　　A. 0.01 * Int(x+0.005)　　　　C. 0.01 * Int(100 * (x+0.005))

　　C. 0.01 * Int(x+0.05)　　　　D. 0.01 * Int(100 * (x+0.05))

二、写出下列函数的值

(1) Int(−12.34)　　　　　　　　(2) String(3,"$")

(3) Val("12.34")　　　　　　　　(4) Cint(1234.5678)

(5) Abs(−100)　　　　　　　　　(6) Sgn(−100)

(7) Sqr(sqr(16))　　　　　　　　(8) Left("Visual Basic 6.0",6)

(9) Mid("Visual Basic 6.0",8,5)

(10) InStr(1,"Visual Basic 6.0","Basic")

自测题答案

一、1. B　2. A　　3. A　4. D　5. B　6. B　7. B　8. D　　9. B　　10. D　11. C

　　12. A　13. B　14. D　15. C　16. B　17. D　18. A　　19. B　20. B

二、(1) −12　(2) "$ $ $"　(3)12.34　(4) 1235　(5) 100　(6) −1　(7) 2

　　(8) Visual　(9) Basic　(10) 8

第7章 菜单设计与多重窗体界面

7.1 实验一 菜单与对话框的设计

7.1.1 实验目的

1. 掌握下拉式菜单的程序设计方法；
2. 掌握弹出式菜单的程序设计方法；
3. 掌握使用菜单编辑器设计菜单和修改菜单的操作过程。

7.1.2 实验内容

1. 设计下拉式菜单程序。在菜单栏中有字体、字号和颜色 3 个菜单。其中字体菜单中包含有楷体、魏碑和黑体 3 个选项；字号菜单中包含有 10、16、24 和自定义 4 个选项；颜色菜单中包含有红色、绿色和黄色 4 个选项。当用户选择某一选项时，应该能改变文本框中相应的文本内容。

2. 通过菜单命令向文本框中输入信息并对文本框中的文本进行格式化。

3. 为例 2 中的程序添加一个弹出式菜单。

4. 创建一个简易文本编辑器。

7.1.3 实验步骤

1. 设计下拉式菜单程序。在菜单栏中有字体、字号和颜色 3 个菜单。其中字体菜单中包含有楷体、魏碑和黑体 3 个选项；字号菜单中含有 10、16、24 和自定义 4 个选项；颜色菜单中含有红色、绿色和黄色 4 个选项。当用户选择某一选项时，应该能改变文本框中相应的文本内容。

(1) 分析：本题主要考察菜单操作，这里共有 3 个主菜单，每个主菜单下又分别有各自的子菜单项。

(2) 界面设计，在窗体 Form1 上添加一个文本框 Text1，在"菜单编辑器"中进行如表 7-1-1 设置。

表 7-1-1 菜单编辑器中各菜单项设置

Caption	名称	Caption	名称
字体	Font	…24	Twentyfour
…楷体	Kai	…自定义	zdj
…魏碑	Wei	颜色	Color

Caption	名称	Caption	名称
…黑体	Hei	…红色	Red
字号	Size	…绿色	Green
…10	Ten	…黄色	Yellow
…16	Sixteen	退出	End

（3）对各个子菜单编写 Click 事件过程如下：

Private Sub end_Click()

Unload Me

End Sub

Private Sub green_Click()

Text1. ForeColor = RGB(0，255，0)

End Sub

Private Sub hei_Click()

Text1. FontName =″黑体″

End Sub

Private Sub kai_Click()

Text1. FontName =″楷体_GB2312″

End Sub

Private Sub yellow_Click()

Text1. ForeColor = RGB(255，255，0)

End Sub

Private Sub you_Click()

Text1. FontName =″幼圆″

End Sub

Private Sub red_Click()

Text1. ForeColor = RGB(255，0，0)

End Sub

Private Sub sixteen_Click()

Text1. FontSize = 16

End Sub

Private Sub ten_Click()

Text1. FontSize = 10

End Sub

Private Sub twentyfour_Click()

Text1. FontSize = 24

End Sub

Private Sub zdj_Click()

a = Val(InputBox(″请输入字体大小″,″输入″,0))

Text1. FontSize = a

End Sub

2. 通过菜单命令向文本框中输入信息并对文本框中的文本进行格式化。

（1）界面设计：选择"新建"工程，进入窗体设计器，在窗体中增加一个文本框 Text1。

设计菜单：在"工具栏"上单击"菜单编辑器"按钮打开菜单编辑器，在菜单编辑器中按照表 7-1-2 设计菜单项。

表 7-1-2　菜单项的设计

标题	名称	标题	名称
输入信息	Menu1	文本格式	Menu3
…输入	Menu11	…正常	Menu31
…退出	Menu12	…粗体	Menu32
显示信息	Menu2	…斜体	Menu33
…显示	Menu21	…下划线	Menu34
…清除	Menu22	…font20	Menu35

（2）编写代码：

```
Dim ms As String
Private Sub Menu11_Click()
ms = ms & InputBox("输入信息")
End Sub
Private Sub Menu12_Click()
End
End Sub
Private Sub Menu21_Click()
Text1.Text = ms
End Sub
Private Sub Menu22_Click()
Text1 = ""
End Sub
Private Sub Menu31_Click()
Text1.FontBold = False
Text1.FontItalic = False
Text1.FontUnderline = False
End Sub
Private Sub Menu32_Click()
Text1.FontBold = True
End Sub
Private Sub Menu33_Click()
Text1.FontItalic = True
End Sub
Private Sub Menu34_Click()
```

```
Text1.FontUnderline = True
End Sub
Private Sub Menu35_Click()
Text1.FontSize = 20
End Sub
```

程序运行结果如图 7-1-1 所示。

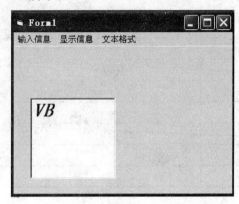

图 7-1-1

3. 为程序 2 添加一个弹出式菜单。

分析:在程序 2 的基础上利用 PopupMenu 方法来显示想要弹出的菜单即可。

在程序 2 的基础上添加如下代码:

```
Private Sub Text1_MouseDown(Button As Integer, Shift As Integer, X As Single, Y As Single)
If Button = 2 Then PopupMenu Menu3
End Sub
```

4. 创建一个简易文本编辑器。

(1) 界面设计:在窗体上放置一个通用对话框 CommonDialog1 和一个文本框 Text1,然后按图 7-1-2 所示设计菜单。

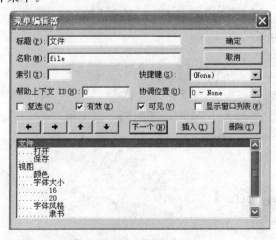

图 7-1-2　简易文本编辑器菜单设计

对应的菜单项的设置如表 7-1-3 所示。

表 7-1-3　菜单项的属性设置

标题（Caption）	名称（Name）	说明
文件	File	菜单项 1
打开	Open	菜单项 11
保存	Save	菜单项 12
视图	View	菜单项 2
颜色	Color	菜单项 21
字体大小	fontsize	菜单项 22
16	sixteen	菜单项 221
20	Twenty	菜单项 222
字体风格	Fontstyle	菜单项 23
隶书	Li	菜单项 231
楷体	Kai	菜单项 232

（2）编写代码。

编写文件菜单下"打开"和"保存"两个菜单项的 Click 事件代码：

Private Sub open_Click()

CommonDialog1.Filter = "所有文件│*.*│文本文件(*.txt)│*.txt│位图文件(*.bmp)│*.bmp"

CommonDialog1.FilterIndex = 2

CommonDialog1.ShowOpen

End Sub

Private Sub save_Click()

CommonDialog1.ShowSave

End Sub

编写视图菜单下的"颜色"菜单项的 Click 事件代码：

Private Sub color_Click()

CommonDialog1.ShowColor

Text1.ForeColor = CommonDialog1.color

End Sub

编写视图菜单下的"字体大小"菜单项下的两个子菜单项的 Click 事件代码：

Private Sub sixteen_Click()

Text1.fontsize = 16

End Sub

Private Sub twenty_Click()

Text1.fontsize = 20

End Sub

编写视图菜单下的"字体风格"菜单项下的两个子菜单项的 Click 事件代码：

```
Private Sub kai_Click()
Text1.FontName = "楷体_GB2312"
End Sub
Private Sub li_Click()
Text1.FontName = "隶书"
End Sub
```

7.1.4 重点难点分析

掌握菜单设计特点,注意菜单设计时如何对事件过程编写程序。

7.2 实验二 对话框和多重窗体设计

7.2.1 实验目的

1. 熟悉对话框设计过程;
2. 掌握多重窗体的概念;
3. 掌握多重窗体程序的设计方法。

7.2.2 实验内容

1. 在窗体上增添 1 个文本框 Text1,1 个通用对话框控件 CommonDialog1,5 个命令按钮 Command1～Command5,其 Caption 属性分别为"打开"、"保存"、"字体修改"、"修改颜色"和"打印"。

2. 多窗体应用示例:通过主窗体上的提示来画圆和椭圆。

7.2.3 实验步骤

1. 在窗体上增添 1 个文本框 Text1,1 个通用对话框控件 CommonDialog1,5 个命令按钮 Command1～Command5,其 Caption 属性分别为"打开"、"保存"、"字体修改"、"修改颜色"和"打印"。

(1) 界面设计如图 7-2-1 所示。

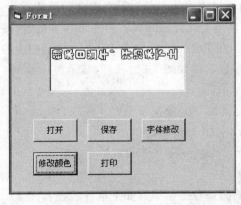

图 7-2-1

（2）编写代码。

对各个按钮编写 Click 事件过程如下。

Private Sub Command1_Click()

CommonDialog1.Filter = "所有文件 | * . * | 文本文件(* .txt) | * .txt | 位图文件(* .bmp) | * .bmp"

CommonDialog1.FilterIndex = 2

CommonDialog1.ShowOpen

End Sub

Private Sub Command2_Click()

CommonDialog1.ShowSave

End Sub

Private Sub Command3_Click()

CommonDialog1.ShowFont

Text1.FontName = CommonDialog1.FontName

Text1.FontBold = CommonDialog1.FontBold

Text1.FontSize = CommonDialog1.FontSize

End Sub

Private Sub Command4_Click()

CommonDialog1.ShowColor

Text1.ForeColor = CommonDialog1.Color

End Sub

Private Sub Command5_Click()

CommonDialog1.ShowPrinter

For i = 1 To 3

　Printer.Print Text1.Text

Next

Printer.EndDoc

End Sub

2. 多窗体应用示例：通过主窗体上的提示来画圆和椭圆。

（1）分析：在窗体 Form1 上设置画圆或者画椭圆的参数，这些参数包括圆心坐标、半径以及椭圆中的两轴之比值，在 Form2 的 picture 控件上显示相应的圆或椭圆。

（2）界面设计：设置参数窗体如图 7-2-2 所示，显示窗体如图 7-2-3 所示。

（3）编写代码。

在模块 Module1 中定义如下变量：

Public x As Integer, y As Integer

Public r As Integer

Public bi As Single

对 Form1 窗体中的画圆命令按钮编写如下事件过程：

Private Sub Command1_Click()

```
x = Val(Text1.Text)
y = Val(Text2.Text)
r = Val(Text3.Text)
bi = 1
Form2.Show
End Sub
```

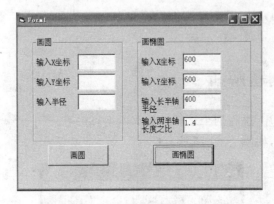

图 7-2-2　设置参数窗体

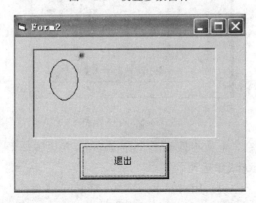

图 7-2-3　显示窗体

对 Form1 窗体中的画椭圆命令按钮编写事件过程如下：

Private Sub Command2_Click()

```
x = Val(Text4.Text)
y = Val(Text5.Text)
r = Val(Text6.Text)
bi = Val(Text7.Text)
Form2.Show
```

End Sub

对 Form2 的 Click 编写事件过程如下：

Private Sub Form_Click()

```
Picture1.Circle (x, y), r, , , , bi        ´根据所得参数画圆或椭圆
```

End Sub

对 Form2 中的退出按钮编写事件过程：

Private Sub Command1_Click()

Unload Me

End Sub

7.2.4 重点难点分析

掌握对话框应用的方法；理解单文档界面和多文档界面，掌握二者的区别，并能够运用二者设计出丰富多彩的界面。

7.3 典型例题解析

例1 设计一个程序，进行两个运算数的算术运算练习。

解：（1）界面设计，如图 7-3-1 所示。

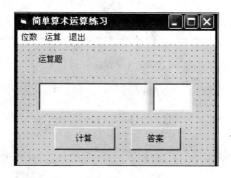

图 7-3-1 设计界面

窗体上含有 1 个标签、2 个文本框和 2 个命令按钮，其设置如下。

• 标签 Label1：显示标题"运算题"。

• 文本框 Text1（位于左边）：用来显示运算式，Alignment 属性为右对齐，Text 属性为空。

• 文本框 Text2（位于右边）：供用户输入答案，Text 属性为空。

• 窗体 Form1：Caption 属性为"简单算术运算练习"。

菜单栏向用户提供功能选择，包括运算数的位数、运算符类型和退出程序。菜单设计如图 7-3-2 所示。菜单项的属性设置如表 7-3-1 所示。

表 7-3-1 菜单项的属性设置

标题	名称	标题	名称
位数	wei	加法	jia
一位数	one	减法	jian
两位数	two	乘法	cheng
三位数	thr	退出	exit
运算	yunsuan		

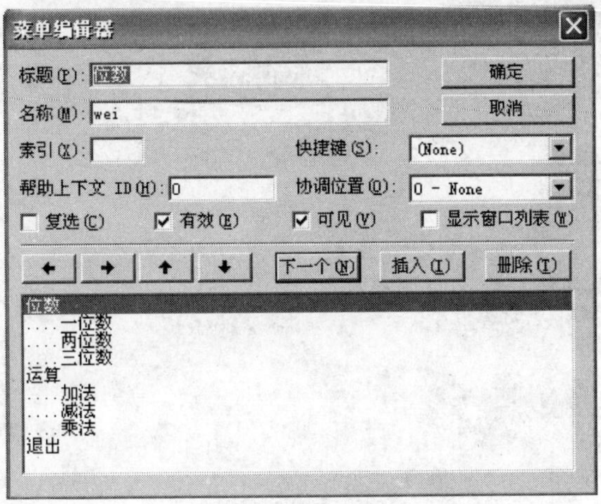

图 7-3-2　菜单设计

（2）代码。

在窗体的通用声明段定义变量如下：

```
Dim sel1 As Integer, sel2 As String, r1 As Long
Private Sub cheng_Click()
sel2 = " * "
End Sub
Private Sub Command1_Click()
Dim a As Long, b As Long
If sel1 = 0 Or sel2 = "" Then
    MsgBox"先选择运算数的位数和运算类型"
    Exit Sub
End If
a = sel1 + Int(9 * sel1 * Rnd) '随机生成指定位数的运算数
b = sel1 + Int(9 * sel1 * Rnd)
Text1. Text = Str(a) + sel2 + Str(b) + " = "'组成算式
Select Case sel2
    Case " + "
        r1 = a + b
    Case " - "
        r2 = a - b
    Case " * "
        r3 = a * b
End Select
Text2. Text = ""
Text2. SetFocus
End Sub
```

```
Private Sub Command2_Click()
Dim r2 As Long
If Text2.Text = "" Then
    MsgBox "请输入答案"
    Exit Sub
End If
r2 = Val(Text2.Text)
If r1 = r2 Then
    MsgBox "回答正确"
Else
    MsgBox "回答错误"
End If
End Sub
Private Sub exit_Click()
End
End Sub
Private Sub Form_Load()
    sel1 = 0          '位数标记
    sel2 = ""         '运算标记
    Randomize
End Sub
Private Sub jia_Click()
sel2 = "+"
End Sub
Private Sub jian_Click()
sel2 = "-"
End Sub
Private Sub one_Click()
sel1 = 1
End Sub
Private Sub thr_Click()
sel1 = 100
End Sub
Private Sub two_Click()
sel1 = 10
End Sub
```

（3）运行程序。

点击"位数"菜单下的命令选择运算数字的位数（如三位数），再点击"运算"菜单下的一种运算（如减法），点击"计算"命令按钮，在 Text1 中会生成一个题目，在 Text2 中填写你的回答,点击"答案"按钮,程序会给出对你的回答的判断,如图 7-3-3 所示。

图 7-3-3　程序运行界面

例 2　创建一个工程,由 3 个窗体 Form1,Form2 和 Form3 组成。Form1 用于输入用户名和密码(假定用户名是 zhang,密码是 123),输入正确时显示 Form2,连续 3 次输入错误时显示 Form3。在 Form1 中单击"结束"按钮时结束程序运行。Form2 中用文本框显示"欢迎你使用本系统",单击"返回"按钮回到 Form1;Form3 中用文本框显示"对不起,请向管理员查询",单击"退出"按钮结束程序运行。

解:(1) 分析:共有 3 个窗体。

(2) 界面设计如图 7-3-4 所示。

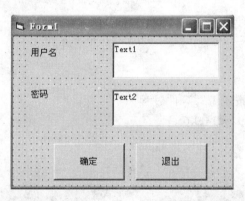

图 7-3-4　Form1、Form2、Form3 的设计界面

(3) 编写代码。

对 Form1 编写事件过程如下:

```
Public n As Integer                 ′在通用的声明段定义变量 n,累计输入次数
```

```
Private Sub OK_Click()                    '"确定"按钮
n = n + 1
  If n = 3 And(Text1.Text<>"zhang" Or Text2.Text<>"123")Then
  MsgBox "对不起,您已经连续输入 3 次了"
  Form3.Show
  Unload Me
  End If
If n< = 3 And Text1.Text = "zhang" And Text2.Text = "123" Then
  Form1.Hide
  Form2.Show
  ElseIf n<3 Then
  MsgBox "输入错误！请重新输入"
End If
If n = 3 Then n = 0                       '连续输入 3 次后,重置 n
End Sub
Private Sub quit_Click()                   '"退出"按钮
End
End Sub
Private Sub Form_Load()
Static n As Integer                        '把 n 指定为静态变量
n = 0
End Sub
```

对 Form2 的"返回"按钮编写事件过程如下：

```
Private Sub Command2_Click()
  Unload Me
  Form1.Show
End Sub
```

对 Form3 的"退出"按钮编写事件过程如下：

```
Private Sub Command1_Click()
  End
End Sub
```

例 3 利用通用对话框设计一个文件管理器,可以打开文件、保存文件。

解：(1)分析：利用控件数组来调用打开、保存对话框。

(2)界面设计：在窗体上添加一个包含两个命令按钮的控件数组 Command1 和一个通用对话框控件 CommonDialog1。

(3)代码编写如下。

```
Private Sub Command1_Click(Index As Integer)
  n = Index
  Select Case n
```

```
    Case 0
      CommonDialog1.Filter ="所有文件(＊.＊)|＊.＊|文本文件(＊.TXT)|＊.txt"
      CommonDialog1.FilterIndex = 1
      CommonDialog1.ShowOpen
      Text1.Text = CommonDialog1.FileName
      Frame1.Caption ="从打开对话框返回"
    Case 1
      CommonDialog1.ShowSave
      Text1.Text = CommonDialog1.FileName
      Frame1.Caption ="从另存为对话框返回"
    End Select
End Sub
```

7.4 自测题

选择题

1. 用户可以通过设置菜单项的(　　　)属性值为 False 来使该菜单项失效。

　　A. Hide　　　　　　　B. Visible　　　　　　C. Enabled　　　　　D. Checked

2. 通用对话框可以通过对(　　　)属性的设定来过滤文件类型。

　　A. Action　　　　　　B. FilterIndex　　　　C. Font　　　　　　　D. Filter

3. 在设计菜单时,为了创建分隔栏,要在(　　　)中输入连字符-。

　　A. 名称栏　　　　　　B. 标题栏　　　　　　C. 索引栏　　　　　　D. 显示区

4. 某人创建了 1 个工程,其中的窗体名称为 Form1;之后又添加了 1 个名为 Form2 的窗体,并希望程序执行时先显示 Form2 窗体,那么,他需要做的工作是(　　　)。

　　A. 在工程属性对话框中把"启动对象"设置为 Form2

　　B. 在 Form1 的 Load 事件过程中加入语句 Load Form2

　　C. 在 Form2 的 Load 事件过程中加入语句 Form2. Show

　　D. 在 Form2 的 TabIndex 属性设置为 1,把 Form1 的 TabIndex 属性设置为 2

5. 以下叙述错误的是(　　　)。

　　A. 在同一窗体的菜单中,不允许出现标题相同的菜单项

　　B. 在菜单的标题栏中,"&"所引导的字母指明了访问该菜单项的热键

　　C. 在程序运行过程中,可以重新设置菜单的 Visible 属性

　　D. 弹出式菜单也在菜单编辑器中定义

6. 为了使一个窗体从屏幕上消失但仍存在内存中,所使用的方法或语句为(　　　)。

　　A. Show　　　　　　　B. Hide　　　　　　　C. Load　　　　　　　D. Unload

7. 下列不能打开菜单编辑器的操作的是(　　　)。

　　A. 按 Ctrl＋E 键

　　B. 单击工具栏中的"菜单编辑器"按钮

　　C. 执行"工具"菜单中的"菜单编辑器"命令

D. 按 Shift＋Alt＋M

8. 以下叙述错误的是(　　)。

　　A. 一个工程只能有一个 Sub Main 过程

　　B. 窗体的 Show 方法的作用是将指定的窗体装入内存并显示该窗体

　　C. 窗体的 Hide 方法和 Unload 方法的作用完全相同

　　D. 若工程文件中有多个窗体，可以根据需要指定一个窗体为启动窗体

9. 下列操作中不能向工程中添加窗体的是(　　)。

　　A. 执行"工程"菜单中的"添加窗体"命令

　　B. 单击工具栏上的"添加窗体"按钮

　　C. 右击窗体，在弹出的菜单中选择"添加窗体"命令

　　D. 右击工程资源管理器，在弹出的菜单中选择"添加"命令，然后在下一级菜单中选
　　　　择"添加窗体"命令

10. 当一个工程含有多个窗体时，其中的启动窗体是(　　)。

　　A. 启动 Visual Basic 时建立的窗体

　　B. 第一个添加的窗体

　　C. 最后一个添加的窗体

　　D. 在"工程属性"对话框中指定的窗体

11. 假设在菜单编辑器中定义了一个菜单项，名为 menu1，为了运行时隐藏该菜单项，
　　应使用的语句是(　　)。

　　A. menu1. Enabled＝True　　　　　　B. menu1. Enabled＝False

　　C. menu1. Visible＝ True　　　　　　 D. menu1. Visible＝ False

12. 以下叙述错误的是(　　)。

　　A. 在同一窗体的菜单中，不允许出现标题相同的菜单项

　　B. 在菜单的标题栏中，"&"所引导的字母指明了访问该菜单项的访问键

　　C. 程序运行过程中，可以重新设置菜单的 Visible 属性

　　D. 弹出式菜单也在菜单编辑器中定义

13. 以下叙述错误的是(　　)。

　　A. 在程序运行过程中，通用对话框是看不见的

　　B. 在同一个程序中，用不同的方法(如 ShowOpen 或 ShowSave 等)打开的通用对
　　　　话框具有不同的作用

　　C. 调用通用对话框的 ShowOpen 方法，可以直接打开在该通用对话框中指定的文件

　　D. 调用通用对话框的 ShowColor 方法，可以打开颜色对话框

14. 在用通用对话框控件建立"打开"或"保存"文件对话框时，如果需要指定文件列表
　　框所列出的文件类型是文本文件，则正确的描述格式是(　　)。

　　A. "text(＊.txt)|(＊.txt)"　　　　　　B. "文本文件(＊.txt)|(＊.txt)"

　　C. "text(.txt)||(＊.txt)"　　　　　　 D. "text(.txt)(＊.txt)"

15. 假定在窗体上建立一个通用对话框，其名称为 CommonDialog1，用下面的语句就可
　　以建立一个对话框：CommonDialog1. Action＝2。
　　与该语句等价的语句是(　　)。

A．CommonDialog1. ShowOpen   B．CommonDialog1. ShowSave

C．CommonDialog1. ShowColor   D．CommonDialog1. ShowFont

自测题答案

1．C 2．D 3．B 4．A 5．A 6．B 7．D 8．C 9．C 10．D 11．D 12．A
13．C 14．A 15．B

第8章 数组程序设计

8.1 实验一 数组程序设计

8.1.1 实验目的

1. 掌握数组的概念及基本操作；
2. 掌握声明数组、使用数组的方法；
3. 掌握动态数组的概念及使用方法；
4. 掌握定长数组和动态数组的区别。

8.1.2 实验内容

1. 编写程序，建立并输出一个 10×10 的矩阵，该矩阵对角线元素为 1，其余元素为 0。

2. 利用函数产生任意 10 个两位整数，再将它们按照从小到大的顺序排序，然后输出。

3. 约瑟夫问题：n 个人围成一圈，顺序排号。从第一个人开始进行 $1 \sim m$ 的报数，报到 m 的人出圈，再由下一个人开始报数，直到所有的人都出圈，输出依次出圈的人的编号。

4. 将以下文字"北京化工大学北方学院"存放到数组中，并以倒序打印出来。要求把这 10 个字符存放到数组 ch(10) 中，首先依次读取，设置步长为 -1，初值为 10，终值为 1，实现倒序输出。

5. 编一窗体单击事件过程。向一维数组输入 10 个随机数（$10 \sim 99$ 之间的整数），并在窗体上输出这个数组中的 10 个数。

8.1.3 实验步骤

1. 编写程序，建立并输出一个 10×10 的矩阵，该矩阵对角线元素为 1，其余元素为 0。

（1）分析：本题的关键是确定对角线的下标关系：$i = j$ 或者 $i + j = 11$。

（2）代码编写。

```
Private Sub Form_Click()
Dim a(1 To 10, 1 To 10) As Integer, i%, j%
For i = 1 To 10
  For j = 1 To 10
    If i = j Or i + j = 11 Then
      a(i, j) = 1
    Else
    a(i, j) = 0
```

```
    End If
    Print a(i, j);
  Next j
  Print
Next i
```
End Sub

运行结果如图 8-1-1 所示。

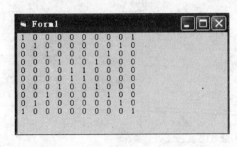

图 8-1-1

2. 约瑟夫问题。

(1) 分析：人数 n 和报到的数 m 由用户在文本框里输入得到。

(2) 界面设计，如图 8-1-2 和图 8-1-3 所示。

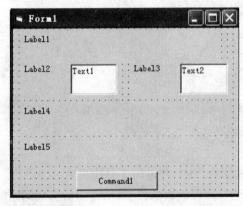

图 8-1-2 设计界面

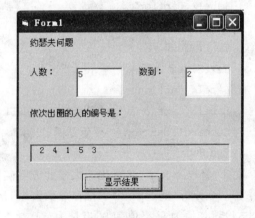

图 8-1-3 运行界面

(3) 程序代码如下：

```
Dim a As Integer, m As Integer, cnt As Integer, i As Integer, j As Integer
Dim number() As Integer
```
Private Sub Command1_Click()
```
n = Val(Text1.Text)
m = Val(Text2.Text)
Label5.Visible = True
Label4.Caption = "依次出圈的人的编号是："
ReDim number(n)
```

```
For i = 1 To n
    number(i) = 1
Next
i = 0
cnt = 0
Do While cnt < n
    j = 0
    Do While j < m
    If i < n Then i = i + 1 Else i = 1
    j = j + number(i)
    Loop
    number(i) = 0
    cnt = cnt + 1
    Label5.Caption = Label5.Caption & " " & i
Loop
End Sub
Private Sub Form_Load()
Label1.Caption = "约瑟夫问题"
Label2.Caption = "人数:"
Label3.Caption = "数到:"
Text1.Text = ""
Text2.Text = ""
Label4.Caption = ""
Label5.Caption = "": Label5.BorderStyle = 1: Label5.Visible = False
Command1.Caption = "显示结果"
End Sub
```

3. 将以下文字"北京化工大学北方学院"存放到数组中,并以倒序打印出来。

(1) 分析:把这 10 个字符存放到数组 ch(10)中,首先依次赋值,输出时为了实现倒序输出,设置初值为 9,终值为 0,步长为 -1。

(2) 界面设计:新建一个工程,进入窗体设计器,在窗体上增加一个命令按钮 Command1。

(3) 代码编写:

```
Private Sub Command1_Click()
Dim ch(10) As String
ch(0) = "北": ch(1) = "京": ch(2) = "化": ch(3) = "工": ch(4) = "大"
ch(5) = "学": ch(6) = "北": ch(7) = "方": ch(8) = "学": ch(9) = "院"
For i = 9 To 0 Step - 1
Print ch(i);
Next i
End Sub
```

运行结果如图 8-1-4 所示。

图 8-1-4

4. 编一窗体单击事件过程。向一维数组输入 10 个随机数（10～99 之间的整数），并在窗体上输出这个数组中的 10 个数。

（1）分析：首先定义一个能放 10 个数的数组，数组里放的这 10 个数用随机函数产生。

（2）编写代码：

```
Private Sub Form_Click()
Dim a(1 To 10) As Integer
For i = 1 To 10
a(i) = Int(Rnd() * 90 + 10)
Next
For i = 1 To 10
Print a(i);
Next
End Sub
```

程序运行结果如图 8-1-5 所示。

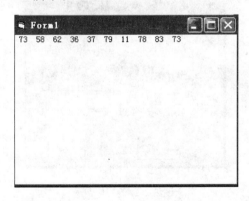

图 8-1-5

8.1.4 重点难点分析

本实验在理解数组的概念，掌握定长数组及声明、动态数组及声明、数组的基本操作的基础上，重点是理解数组的概念，动态数组、数组的功能在实际问题中应用。难点是数组的应用，如排序问题，插入、删除问题等。

8.2 实验二 数组及用户自定义类型

8.2.1 实验目的

1. 熟练掌握数组的使用方法；
2. 掌握控件数组的概念及使用方法；
3. 掌握用户自定义类型和用户自定义类型数组的概念和使用方法。

8.2.2 实验内容

1. 编写程序,构造一个简易的能进行四则运算的计算器。

2. 输入学生的姓名、学号、数学、语文、英语分数,计算每名学生的个人平均成绩,并显示学生的各科成绩。

3. 设计一个给输入的英文短语加密和解密的应用程序。用控件数组产生 3 个命令按钮(输入、加密、解密),编制代码时用 If-Then-Else 对控件数组的下标进行判断,以便执行相应的操作。

4. 利用一维数组统计一个班学生 0～9、10～19、20～29、…、90～99 及 100 各分数段的人数。

8.2.3 实验步骤

1. 构造一个简易的能进行四则运算的计算器。

(1) 分析:程序中的按钮控件数组分为两类:数字类和运算符类,可以分别使用命令按钮控件数组。在设计时建立运算符类控件数组,在运行时添加数字类控件数组。

(2) 界面设计,如图 8-2-1 所示。

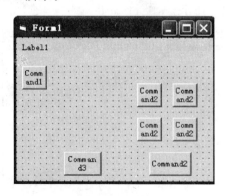

图 8-2-1 设计界面

(3) 编写程序代码如下:

```
Dim n1, n2, flag As Boolean, sel1 As String * 1, sel2 As String * 1
Private Sub Command1_Click(Index As Integer)
n1 = n1 * 10 + Val(Command1(Index).Caption)
Label1.Caption = Label1.Caption & Command1(Index).Caption
```

```
End Sub
Private Sub Command2_Click(Index As Integer)
Label1.Caption = Label1.Caption & Command2(Index).Caption
If flag Then
n2 = n1
flag = False
sel1 = Command2(Index).Caption
Else
sel2 = sel1
sel1 = Command2(Index).Caption
Select Case sel2
    Case " + ": n2 = n2 + n1
    Case " - ": n2 = n2 - n1
Case " * ": n2 = n2 * n1
Case "/":
If n1 = 0 Then
    MsgBox "除数为 0,请重新输入!", 48
    Command3_Click
Else
    n2 = n2 / n1
    End If
End Select
End If
If sel1 = " = " Then Label1.Caption = Label1.Caption & n2
n1 = 0
End Sub
Private Sub Command3_Click()
n1 = 0
n2 = 0
Label1.Caption = ""
flag = True
sel1 = ""
End Sub
Private Sub Form_Load()
Dim wid, i
Label1.Caption = ""
Label1.BackColor = vbWhite
Label1.BorderStyle = 1
Label1.FontSize = 13
```

```
Label1.Alignment = 1
Command1(0).Caption = 0
wid = Command1(0).Width
Command2(0).Caption = " + "
Command2(1).Caption = " - "
Command2(2).Caption = " * "
Command2(3).Caption = "/"
Command2(4).Caption = " = "
Command3.Caption = "CLS"
For i = 1 To 9
Load Command1(i)
If i Mod 3 = 0 Then
    Command1(i).Top = Command1(i - 1).Top + Command1(i).Height + 100
Command1(i).Left = Command1(0).Left
Else
    Command1(i).Top = Command1(i - 1).Top
    Command1(i).Left = Command1(i - 1).Left + wid + 100
End If
Command1(i).Caption = i
Command1(i).Visible = True
Next
flag = True
```
End Sub

程序运行结果如图 8-2-2 所示。

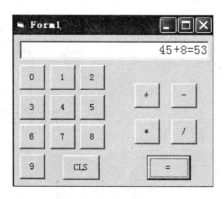

图 8-2-2 运行界面

2. 计算每名学生的个人平均成绩,并显示学生的各科成绩。

(1)分析:定义"学生"类型,声明学生类型的数组来解决问题。因为学生人数不确定,须根据用户输入来确定,应该用动态数组。

(2)界面设计:窗体上添加一个命令按钮 Command1。

（3）程序代码如下：

```
Private Type Student
name As String * 8
no As String * 10
math As Integer
chin As Integer
English As Integer
avg As single
End Type
Option Base 1
Dim stu() As Student
Dim i As Integer, n As Integer
Private Sub Command1_Click()
n = Val(InputBox("输入学生个数"))
ReDim stu(1 To n)
Print "姓名","学号","数学","语文","英语","平均分"
For i = 1 To n
Print
stu(i).name = InputBox("输入第" & i & "学生姓名")
stu(i).no = InputBox("输入第" & i & "学生学号")
stu(i).math = InputBox("输入第" & i & "数学分")
stu(i).chin = InputBox("输入第" & i & "语文分")
stu(i).English = InputBox("输入第" & i & "英语分")
stu(i).avg = (stu(i).math + stu(i).chin + stu(i).English)/3
    Print stu(i). name, stu(i). no, stu(i).math, stu(i).chin, stu(i).English, stu(i).avg
    Next
End Sub
```

程序运行结果如图 8-2-3 所示。

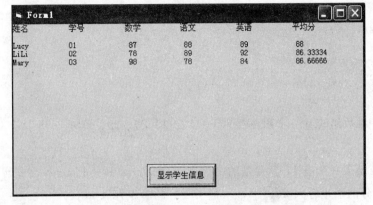

图 8-2-3　运行结果

3. 设计一个给输入的英文短语加密和解密的应用程序。

（1）分析：用控件数组产生 3 个命令按钮（输入、加密、解密），编制代码时用 If-Then-Else 对控件数组的下标进行判断，以便执行相应的操作。

（2）界面设计：在窗体上放一个命令按钮，经过两次"复制"和"粘贴"，建立命令按钮的控件数组。

（3）编写代码。

```
Dim str1(5) As String
Dim str2(5) As String
Private Sub Command1_Click(Index As Integer)
Select Case Index
Case 0
    For i = 1 To 4
    str1(i) = InputBox("输入第" & i & "单词")
    Next i
Case 1
    For i = 1 To 3
    str2(i) = str1(i + 1)
    Print str2(i);
    Next i
    str2(4) = str1(1)
    Print str2(4)
Case 2
    str1(1) = str2(4)
    Print str1(1);
    For i = 2 To 4
    str1(i) = str2(i - 1)
    Print str1(i);
    Next i
End Select
End Sub
```

4. 利用一维数组统计一个班学生 0～9、10～19、20～29、…、90～99 及 100 各分数段的人数。

（1）分析：定义一个有 11 个元素的一维数组 a(0)～a(10)，把 0～9 分的学生存入 a(0) 中，把 10～19 分的学生存入 a(1)中，…，把 100 分的学生存入 a(10)中。

（2）界面设计：程序界面及对象属性设置如图 8-2-4 所示。

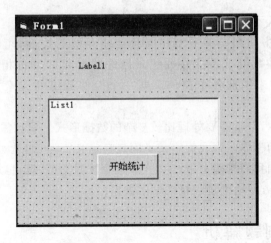

图 8-2-4　程序界面

(3) 编写代码。

首先,在通用段声明数组:

Dim a(10) as integer

然后,编写命令按钮 Command1 的 Click 事件过程:

Private Sub Command1_Click()

Dim i as integer ,p as integer,n as integer

Dim x as single,a()as integer

n = InputBox("n = ","请输入学生数")

label1.caption = "共有人数"&n

for i = 1 to n

  x = val(InputBox("请输入第"& str(i)&"名学生的成绩"))

  if x> = 0 and x< = 100 then

    p = int(x/10)

    a(p) = a(p) + 1

  else

    MsgBox "请输入正确分数!"

    i = i − 1

  end if

next i

for p = 0 to 9

  list1.Additem p * 10 & "～"& (p * 10 + 9)& "分的人数为:"& a(p)

  next p

    list1.Additem "100 分的人数为:"& a(10)

End Sub

8.2.4　重点难点分析

本实验的重点难点是理解控件数组、用户自定义类型的概念。只要理解了基本概念,使用它们解决具体问题就不难了。

如果在应用程序中用到一些类型相同且功能类似的控件，可以将这些控件定义为一个数组来使用，这种数组就是控件数组。控件数组元素具备相同的名称（Name），通过下标索引值（Index）来识别各个控件。同一个控件数组的元素共享同一段事件处理代码。

在实际编程过程中，常常需要处理比较复杂的数据形式。根据需要，用户自定义类型是由不同类型元素组成的整体。当我们定义了用户自定义类型后，就可以同系统的标准类型一样地来使用它。比如我们希望有个"学生"这样的数据类型，就可以直接来声明一个学生的数组，这样就可以很方便地处理大量的学生数据。

8.3 典型例题解析

例 1 找出数组 a 中最大值和最小值的位置 k 和 j，并把它们对调，然后输出调整后的数组 a 中各个元素的值。

解：

```
Private Sub Command1_Click()
Dim a(), i As Integer, j As Integer, k As Integer, max, min
a = Array(12, 5, 8, 0, 9)
Print "原数为:"
For i = 0 To 4
    Print a(i);
Next
Print
Print "最大和最小交换位置"
max = a(0): min = a(0)
 For i = 1 To 4
   If a(i) < min Then
     min = a(i): j = i
   End If
   If a(i) > max Then
     max = a(i): k = i
   End If
Next
   a(j) = max: a(k) = min
For i = 0 To 4
  Print a(i);
Next
End Sub
```

例 2 用"选择"法将数组 a 中的 10 个整数按升序排列。

解：

```
Option Base 1
Private Sub Command1_Click()
Dim a
a = Array(9, 8, 12, 4, 7, 10, 23, 34, 21, 5)
For i = 1 To 9
k = i
  For j = i + 1 To 10
    If a(k) > a(j) Then
    k = j
    End If
  Next j
If k <> i Then
    temp = a(i)
    a(i) = a(k)
    a(k) = temp
    End If
Next i
For i = 1 To 10
  Print a(i);
Next
End Sub
```

例3 从键盘上输入任意一串字符 S,然后输入一个字符(设字符变量名为 c),用顺序查找的方法查找输入的字符 c 是否出现在 S 中,若出现则输出其首次出现的位置(下标),没出现则输出查找失败的信息。

解：

```
Private Sub Form_Click()
  Dim Si As String, c As String * 1, S(40) As String * 1, i%, n%, find%
  Si = InputBox("请输入字符串(40 字符以内):")
  c = InputBox("请输入一个字符:")
  n = Len(Si)
  find = 0
  For i = 1 To n
    S(i) = Mid(Si, i, 1)
  Next i
  For i = 1 To n
    If S(i) = c Then
      find = 1
      Exit For
```

```
                End If
        Next i
        If find = 1 Then
            Print "查找成功:"
            Print "字符"; c; "在串"; Si
            Print "中首次出现的位置为"; i
        Else
            Print "查找失败:"
            Print "在串"; Si
            Print "中没有找到字符"; c
        End If
        Print
End Sub
Private Sub Form_Load()
        AutoRedraw = True
        Print "字符串查找实验:"
        Print "单击窗体开始..."
        Print
End Sub
```

例 4 设有一个已经按 ASCII 码升序排列的有序字符数组 S,且 S 中没有重复字符(设数组中字符构成的串为"123456XYZabcdhijk")。

要求输入一个字符(设字符变量名为 c),用折半查找的方法查找 c 是否出现在 S 中,若出现则先输出其出现的位置(下标),并从串 S 中删除字符 c;若不出现则将字符 c 插入到串 S 中。要求删除或插入字符 c 后,S 仍保持为有序字符数组。

解:

```
Option Base 1
Private Sub Form_Click()
    Si $ = "1234XYZabcdhijk"
    Dim c As String * 1, S(80) As String * 1, i%, j%, n%, find%, low%, high%
    c = InputBox("请输入一个字符:")
    n = Len(Si)
    For i = 1 To n
        S(i) = Mid(Si, i, 1)
    Next i
    '折半法查找
    low = 1: high = n: find = 0
    Do While low < = high And find = 0
        i = (low + high)/2
        If c = S(i) Then
```

```
        find = 1
        Exit Do
      Else
        If c < S(i) Then
          high = i - 1
        Else
          low = i + 1
        End If
      End If
  Loop
  If find = 1 Then
    Print "查找成功:"
    Print "字符"; c; "在串"; Si;
    Print "中首次出现的位置为"; i; ","
    ´删除
    For j = i + 1 To n
      S(j - 1) = S(j)
    Next j
    S(n) = ""
    n = n - 1                              ´删除字符 c 后串长减 1
    Print "删除字符"; c; "后, 字符串为:"
    For i = 1 To n
      Print S(i);
    Next i
    Print
  Else
    Print "查找失败:"
    Print "在串"; Si; "中没有找到字符"; c; ","
    ´插入
    i = 1
    Do While c > S(i) And i < = n
      i = i + 1
    Loop
    For j = n To i Step - 1
      S(j + 1) = S(j)
    Next j
    S(i) = c
    n = n + 1
    Print "在原串中插入"; c; "后, 字符串变为:"
```

```
        For i = 1 To n
          Print S(i);
        Next i
        Print
      End If
      Print
  End Sub
  Private Sub Form_Load()
    AutoRedraw = True
    Print "折半法查找及元素的插入与删除查找实验:"
    Print "单击窗体开始..."
    Print
  End Sub
```

例5　利用自定义类型数组,编一模拟数据库记录输入、显示和查询的程序,如图 8-3-1 所示。

要求:按"添加"按钮,将文本框输入的学生信息加到信息数组中;按"上一个"或"下一个"按钮,显示当前元素的前或后的记录;按"最高"按钮,则显示总分最高的记录。任何时候在窗体上显示数组中输入的记录数和当前数组元素位置。

自定义一个学生记录类型,由学生、专业、总分组成,声明一个最多存放 100 个学生记录的数组。

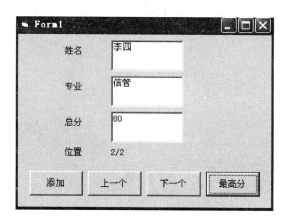

图 8-3-1　运行后的界面

解:

```
Private Type StudType
        Name As String * 10
        Special As String * 10
        Total As Single
End Type
Private Sub Command1_Click(Index As Integer)
```

```
    Static stud(1 To 100) As StudType
    Dim Max!, maxi%
Static i%, n%
    Select Case Index
        Case 0 ´新增
            If n < 100 Then
                n = n + 1
                i = n
            With stud(i)
                .Name = Text1
                .Special = Text2
                .Total = Val(Text3)
            End With
            Else
                MsgBox "输入数超过数组声明的个数"
                End
            End If
    Case 1 ´前一个
            If i > 1 Then i = i - 1
            With stud(i)
                Text1 = .Name
                Text2 = .Special
                Text3 = .Total
            End With
    Case 2 ´后一个
            If i < n Then i = i + 1
            With stud(i)
                Text1 = .Name
                Text2 = .Special
                Text3 = .Total
            End With
    Case 3 ´找最高分
            Max = stud(1).Total
            maxi = 1
            For j = 2 To n
                If stud(j).Total > Max Then
                    Max = stud(j).Total
                    maxi = j
                End If
```

```
        Next j
        With stud(maxi)
          Text1 = .Name
          Text2 = .Special
          Text3 = .Total
        End With
        i = maxi
    End Select
    Label5 = i & "/" & n
End Sub
```

例 6 通过赋值或键盘操作输入保存如表 8-3-1 所示的 4 条数据记录,然后用选择法按 Chinese 成绩对所有记录从低到高进行排序,并输出排序后的所有数据记录。

表 8-3-1　学生成绩表

Name	Chinese	Math	English
ZhangSan	90	88	92
LiSi	86	75	95
WangWu	88	69	94
ZhaoLiu	67	78	80

解:

```
Option Base 1
Private Type Score
  name As String * 16
  chinese As Integer
  math As Integer
  english As Integer
End Type
Private Sub Form_Click()
  Dim S(4) As Score, t As Score, i%, j%, n%
  S(1).name = "ZhangSan"：S(1).chinese = 90：S(1).math = 88：S(1).english = 92
  S(2).name = "LiSi"：S(2).chinese = 86：S(2).math = 75：S(2).english = 95
  S(3).name = "WangWu"：S(3).chinese = 88：S(3).math = 69：S(3).english = 94
  S(4).name = "ZhaoLiu"：S(4).chinese = 67：S(4).math = 78：S(4).english = 80
  n = 4
  For i = 1 To n
    For j = 1 To n - i
      If S(j).chinese > S(j + 1).chinese Then
        t = S(j)
        S(j) = S(j + 1)
```

```
        S(j + 1) = t
      End If
    Next j
  Next i
  Print "按 Chinese 从低到高排序后的数据记录为:"
  Print
  Print Tab(1); "Name"; Tab(17); "Chinese"; Tab(25); "Math"; Tab(33); "English"
  For i = 1 To n
    Print Tab(1); S(i).name;
    Print Tab(17); S(i).chinese;
    Print Tab(25); S(i).math;
    Print Tab(33); S(i).english;
    Print
  Next i
End Sub
Private Sub Form_Load()
  AutoRedraw = True
  Print "自定义类型数组使用实验"
  Print "单击窗体开始..."
  Print
End Sub
```

8.4 自测题

一、选择题

1. 以下属于 Visual Basic 合法的数组元素是(　　)。
   A. x8 　　　　　　B. x[8] 　　　　C. s(0) 　　　　　　D. v[8]
2. 下面的数组声明语句中,(　　)是正确的。
   A. Dim x[3,8] As Integer 　　　　B. Dim x(3,8) As Integer
   C. Dim x[3;8] As Integer 　　　　D. Dim x(3;8) As Integer
3. 用下面语句所定义的数组的元素个数是(　　)。
   Dim a(-3 to 5) As Integer
   A. 6 　　　　　　B. 7 　　　　　　C. 8 　　　　　　D. 9
4. 使用 Array 函数给某 X 赋值时,X 必须是(　　)。
   A. 已经声明的定长数组 　　　　B. 已经声明的动态数组
   C. Variant 类型的变量 　　　　D. 整型变量
5. 设有数组声明语句:
   Option Base 1
   Dim b(-2 To 3) As Integer

— 129 —

那么，函数 UBound(b)的值为（　　　）。

    A. −2   B. 0   C. 3   D. 1

6. 在以下的 For Each…Next 循环中，x 只能是（　　　）。

```
Dim a(10)
For Each x In a
Print x
Next
```

    A. 已经声明的定长数组   B. 已经声明的动态数组

    C. Variant 类型的变量   D. 整型变量

7. 设有如下程序程序运行后，单击窗体，窗体上显示的是（　　　）。

```
Option Base 1
Private Sub Form_Click()
Dim a, i As Integer
a = Array(3, 4, 5, 6, 7, 8, 9, 10)
For i = 0 To 3
  Print a(5 − i);
Next
End Sub
```

    A. 4 3 2 1   B. 5 4 3 2   C. 6 5 4 3   D. 7 6 5 4

8. 判断程序段的执行结果为（　　　）。

```
Dim a(10) As Integer
For i = 0 To 10
  a(i) = 2 * i
  Next
  Print a(a(2))
```

    A. 8   B. 0   C. 4   D. 12

9. 执行以下 Command1 的 Click 事件过程将在窗体上显示（　　　）。

```
Option Base 0
Private Sub Command1_Click()
Dim a
a = Array(3, 4, 5, 6, 7, 8, 9, 10)
Print a(1); a(3); a(5);
End Sub
```

    A. 4 6 8   B. 3 5 7   C. 5 7 9   D. 6 8 10

10. 设执行以下程序段时依次输入 1、3、5，则执行结果为（　　　）。

```
Dim a(4) As Integer, b(4) As Integer
For i = 0 To 2
  a(i + 1) = Val(InputBox("请输入数据："))
  b(3 − i) = a(i + 1)
```

Next

Print b(i)

　　A. 2　　　　　　　B. 4　　　　　　　C. 1　　　　　　　D. 0

11. 设用复制、粘贴的方法建立了命令按钮数组 Command1,以下对该数组的说法中错误的是(　　)。

　　A. 命令按钮共享同样的事件过程

　　B. 大小相同

　　C. 命令按钮的所有 Caption 属性都是 Command1

　　D. 在代码中访问任意一个命令按钮只要使用名称 Command1

12. 在窗体 Form1 上用复制、粘贴的方法建立了命令按钮数组 Command1。设窗体 Form1 的标题是"MyForm1",在代码编辑器写下如下代码:

Private Sub Command1_Click(Index As Integer)

Form1.Caption = ˝Form2˝

End Sub

运行时,单击按钮数组中的第一个按钮,则窗体标题为(　　)。

　　A. Form1　　　　B. Command1　　　　C. MyForm1　　　　D. Form2

13. 以下说法错误的是(　　)。

　　A. 使用 Load 语句可以创建一个新的控件数组

　　B. 使用 Load 语句添加的控件是不可见的

　　C. 可以使用 Unload 语句删除所有由 Load 语句创建的控件

　　D. 使用 Load 语句可以向现有的控件数组添加控件

14. 在窗体上画一个命令按钮 Command1,然后编写如下事件过程:

Private Sub Command1_Click()

```
Dim arr1(10) , arr2(10) as Integer
n = 3
For i = 1 To 5
  arr1(i) = i
  arr2(n) = 2 * n + i
Next i
Print arr2(n); arr1(n)
```

End Sub

程序运行后单击命令按钮,输出结果是(　　)。

　　A. 11　3　　　　B. 3　11　　　　C. 13　3　　　　D. 3　13

15. 1个二维数组可以存放1个矩形。在程序开始有语句 Option Base 0,则下面定义的数组中正好可以存放1个 4×3 矩阵(即只有12个元素)的是(　　)。

　　A. Dim a(−2 To 0,2)AS Integer

　　B. Dim a(3,2)AS Integer

　　C. Dim a(4,3)AS Integer

　　D. Dim a(−1 To 4,−1 To 3)AS Integer

二、编程题

1. 编程实现元素的插入问题。

要求：首先按降序顺序输入 10 个数到数组 b 的前 10 个元素中，又输入一个 bo 插入到数组 b 中，插入 bo 后 b 中的数据仍按降序排列。

2. 窗体上有若干个以 Command1 命名的命令按钮，现要求：点击其中一个按钮后，该按钮不可用。

3. 产生任意 10 个两位整数，并按照从小到大的顺序排序，然后输出。

4. 编写程序实现矩阵的转置。

自测题答案

一、选择题

1. C 2. B 3. D 4. C 5. C 6. C 7. D 8. A 9. A 10. C 11. D 12. D 13. A 14. A 15. B

二、编程题

1. **Private Sub Command1_Click()**

```
Dim b(11)
For i = 1 To 10
    b(i) = Val(InputBox("请按降序输入 b(" & i & ")："))
Next i
bo = Val(InputBox("请输入 bo："))
For i = 10 To 1 Step - 1
    If bo < b(i) Then b(i + 1) = bo: Exit For
    b(i + 1) = b(i)
Next i
b(i + 1) = bo
Text1.Text = ""
For i = 1 To 11
    Text1.Text = Text1.Text & Str(b(i)) & ""
Next i
End Sub
```

2. **Private Sub Command1_Click(Index As Integer)**

```
Dim i As Integer
Dim cmdNum As Integer
cmdNum = 0
For i = 0 To Command1.Count - 1
    cmdNum = cmdNum + 1
    If cmdNum > Command1.Count - 1 Then cmdNum = 0
```

```
        Command1(cmdNum).Enabled = True
Next
Command1(Index).Enabled = False
End Sub
```

3. 产生任意 10 个两位整数,并按照从小到大的顺序排序,然后输出。

(1) 分析:用 VB 内部随机函数产生任意 10 个两位整数,存放在数组 a 中,分别表示为 a(1)、a(2)、a(3)、a(4)、a(5)、a(6)、a(7)、a(8)、a(9)、a(10)。

用冒泡法排序。冒泡法排序的基本思路如下。

- 第一轮:先将 a(1) 与 a(2) 比较,若 a(2) < a(1),则将 a(1)、a(2) 中的值互换,a(2) 存放较大者。再将 a(2) 与 a(3) 比较,较大者存入 a(3) 中,…,依次将相邻的两数比较,并作出同样的处理,最后将 10 个数中的最大数放入 a(10) 中。
- 第二轮:依次将 a(1)、a(2)、a(3)、a(4)、a(5)、a(6)、a(7)、a(8)、a(9) 相邻的数作比较,并依次作出同样的处理,最后将第一轮余下的 9 个数中的最大者放入 a(9) 中。
- 继续进行第三轮、第四轮、…,直到第九轮后,余下的 a(1) 自然就是 10 个数中的最小者。算法的流程图如图 8-4-1 所示。

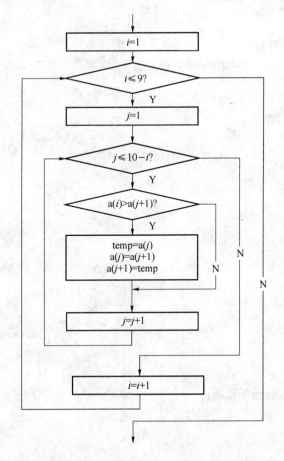

图 8-4-1 冒泡排序流程图

（2）界面设计：添加标签 Label1、Label2，命令按钮 Command1、Command2、Command3，如图 8-4-2 所示。

（3）编写程序代码如下：

```
Dim i As Integer, j As Integer, temp As Integer, a(1 To 10) As Integer
Private Sub Command1_Click()
Label1.Font = "华文细黑"
Label1.FontBold = True
Label1.FontSize = 13
Label1.Caption = "产生的 10 个随机数如下:" + vbCrLf
For i = 1 To 10
  a(i) = Int(Rnd * 90 + 10)
  Label1.Caption = Label1.Caption & a(i) & " "
Next
End Sub
Private Sub Command2_Click()
For i = 1 To 9                      'i 控制轮次
  For j = 1 To 10 - i              '对 N-i 个元素两两比较
  If a(i) > a(j + 1) Then          '若次序不对,则马上交换位置
  temp = a(j)
  a(j) = a(j + 1)
  a(j + 1) = temp
  End If
  Next j
Next i
Label2.Font = "华文细黑"
Label2.FontBold = True
Label2.FontSize = 13
Label2.Caption = "从小到大 10 个数排序如下:" + vbCrLf
For i = 1 To 10
  Label2.Caption = Label2.Caption & a(i) & " "
Next
End Sub
Private Sub Command3_Click()
End
End Sub
Private Sub Form_Load()
Label1.Caption = ""
```

```
Label2.Caption = ""
Command1.Default = True
Command1.Caption = "产生随机数"
Command2.Caption = "排序"
Command3.Caption = "程序结束"
```
End Sub

运行结果如图 8-4-3 所示。

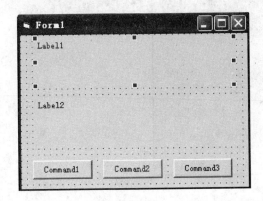

图 8-4-2　界面设计

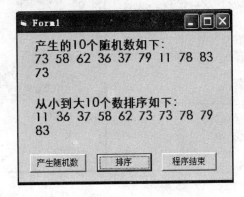

图 8-4-3　运行界面

4. 编写程序实现 2×3 矩阵的转置。

（1）分析：实现矩阵的转置，只要交换矩阵的行和列的值即可。

（2）编写代码：

Private Sub Form_Click()
```
Dim a(1 To 3, 1 To 3) As Integer, i%, j%
For i = 1 To 2
  For j = 1 To 3
    a(i, j) = Rnd * 99
  Next j
Next i
For i = 1 To 2
  For j = 1 To 3
    Print a(i, j);
  Next j
  Print
Next i
Print
For i = 1 To 3
  For j = 1 To 2
    Print a(j, i);
```

```
    Next j
    Print
Next i
End Sub
```

运行结果如图 8-4-4 所示。

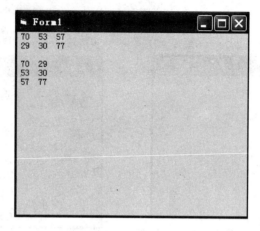

图 8-4-4

第9章 过 程

9.1 实验一 使用函数过程的程序设计

9.1.1 实验目的

1. 掌握函数(Function)过程的定义;
2. 掌握函数(Function)过程的调用方法;
3. 掌握函数过程的参数传递方式:按地址传递(即传址)和按值传递(传值)。

9.1.2 实验内容

1. 已知函数 $f(x,n)$ 的递归公式为:

$$f(x,n)=\begin{cases} x, & n=1 \\ x(2-f(x,n-1)), & n>1 \end{cases}$$

使用递归过程编写程序求 $f(x,n)$ 的值。

2. 调用求两个整数最大公约数的 Function 过程,求任意两个整数的最大公约数。

3. 编写一个 Function 过程,调用该 Function 过程计算并输出 $S=1+\dfrac{1}{2}+\dfrac{1}{3}+\cdots+\dfrac{1}{30}$ 的值。

4. 编写输入一个 0~6 的数字,汉英对照输出星期的 Function 过程,调用该过程输出数字所对应的星期。

9.1.3 实验步骤

1. 已知函数 $f(x,n)$ 的递归公式为:

$$f(x,n)=\begin{cases} x, & n=1 \\ x(2-f(x,n-1)), & n>1 \end{cases}$$

使用递归过程编写程序求 $f(x,n)$ 的值。

(1)分析:先根据递归公式求出递归过程,然后再在事件过程中调用递归过程求函数的值。

(2)新建一个工程,进入窗体设计器,在窗体上增加一个命令按钮 Command1 和一个标签 Label1,如图 9-1-1 所示。

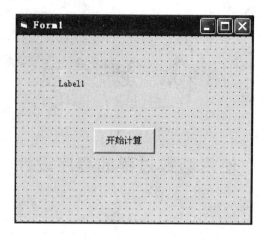

图 9-1-1

（3）编写代码。

递归过程代码：

Private Function f!(x!, n%)

```
If n = 1 Then
f = x
Else
f = x * (2 - f(x, n - 1))
End If
```

End Function

事件过程代码：

Private Sub Command1_Click()

```
Dim x!, n%
x = InputBox("x = ")
n = InputBox("n = ")
Label1.Caption = "f(" & x & "," & n & ") = " & f(x, n)
```

End Sub

2. 调用求两个整数最大公约数的 Function 过程，求任意两个整数的最大公约数。

（1）分析：利用"辗转相除"法编写求两个整数 m、n 的最大公约数的 Function 过程 Hcf，主程序通过调用该函数依次求任意两个整数的最大公约数和最小公倍数。

（2）界面设计：新建一个工程，进入窗体设计器，在窗体上增加一个命令按钮 Command1 和两个标签 Label1、Label2。控件属性设置如图 9-1-2(a)所示。

（3）编写代码。

编写求两个整数 m、n 的最大公约数的 Function 过程 Hcf 的代码：

Function Hcf(m As Long, n As Long) As Long

```
    Dim r As Long, c As Long
    If m < n Then
        c = m : m = n : n = c
```

```
    End If
    r = m Mod n
    Do While r <> 0
        m = n
        n = r
        r = m Mod n
    Loop
    Hcf = n
```
End Function

编写命令按钮的 Click 事件过程代码：

Private Sub Command1_Click()
```
    Dim x As Long, y As Long
    temp = InputBox("请输入第 1 个整数:")
    x = Val(temp)
    temp = InputBox("请输入第 2 个整数:")
    y = Val(temp)
    If x * y = 0 Then Exit Sub
    Label1.Caption = x & "," & y & "的最大公约数是:" & Str(Hcf(x, y))
    Label2.Caption = x & "," & y & "的最大公约数是:" & Str(Hcf(x, y))
```
End Sub

程序运行结果如图 9-1-2(b)所示。

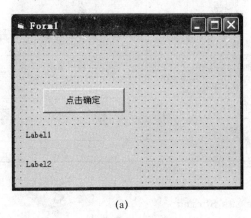
(a)

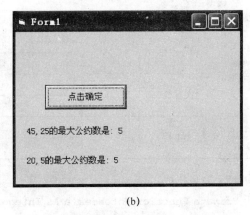
(b)

图 9-1-2

说明:代码中最后两条赋值语句相同,但结果不同。原因就在于程序中调用 Function 过程时使用的是传地址调用。

3. 编写一个 Function 过程,用来计算并输出 $S=1+\dfrac{1}{2}+\dfrac{1}{3}+\cdots+\dfrac{1}{30}$ 的值。

(1) 分析:要想算出 S 的值,先编一个名为 Sum 的函数过程用来求出 $S=1+\dfrac{1}{2}+\dfrac{1}{3}+\cdots+\dfrac{1}{n}$,然后在事件过程中给 n 赋值后调用 Sum 函数。

（2）程序代码。

```
Function Sum!(ByVal n&)
    Dim i&
    Sum = 1
      For i = 2 To n
        Sum = Sum + 1 / i
      Next i
End Function
Private Sub form_Click()
    Print "n = 30 时 Sum = "; Sum(30)
End Sub
```

4. 编写输入一个 0～6 的数字，汉英对照输出星期的 Function 过程，调用该过程输出数字所对应的星期。

（1）分析：先编写函数过程，然后再在事件过程中调用递归过程求函数的值。

（2）设计程序界面：选择新建工程，进入窗体设计器，在窗体中添加所需控件，并按表 9-1-1 设置控件的属性。

表 9-1-1

对象	属性	属性值
标签 1	（名称）	Label1
	Caption	请输入 0～6 数字：
标签 2	（名称）	Label2
	Caption	数字对应的星期为：
命令按钮 1	（名称）	Command1
	Caption	输出星期
文本框 1	（名称）	Text1
	Text	
文本框 2	（名称）	Text2
	Text	

（3）编写代码。

```
Private Function NotoWeek(a As Integer) As String
Select Case (a)
Case 0
NotoWeek = "Sunday"
Case 1
NotoWeek = "Monday"
Case 2
NotoWeek = "Tuesday"
Case 3
NotoWeek = "Wednesday"
```

```
Case 4
NotoWeek = "Thursday"
Case 5
NotoWeek = "Friday"
Case 6
NotoWeek = "Saturday"
End Select
End Function
```

编写 Command1 的 Click 事件代码：

```
Private Sub Command1_Click()
Dim a As Integer
a = Val(Text1.Text)
Text2.Text = NotoWeek(a)
End Sub
```

9.1.4 重点难点分析

1. 在调用函数过程时注意形参和实参之间的传递方式,按数值方式传递时形参变、实参不变,按地址方式传递时形参和实参一块变。

2. 函数过程有返回值,即在编写一个函数过程时必须对函数名赋值 1 次。

9.2 实验二 使用子程序过程的程序设计

9.2.1 实验目的

1. 掌握子程序(Sub)过程的定义;

2. 掌握子程序(Sub)过程的调用方法;

3. 掌握过程中的参数传递方式:按地址传递(即传址)和按值传递(传值);

4. 掌握过程和变量的作用域。

9.2.2 实验内容

1. 编制判断素数的 Sub 过程来验证哥德巴赫猜想:一个不小于 6 的偶数可以表示为两个素数之和。例如:$6=3+3,8=5+3,10=7+3,\cdots$

2. 裴波那契(Fibonacci)数列的第一项是 1,第二项是 1,以后各项都是前两项的和。编写程序,求裴波那契数列的第 N 项的值。

3. 编写一个计算矩形面积的 Sub 过程,然后调用该过程计算矩形面积。

4. 编写 Sub 过程计算阶乘 $5!$、$6!$、$8!$,以及阶乘的和 $5!+6!+8!$。

9.2.3 实验步骤

1. 利用判断素数的 Sub 过程验证哥德巴赫猜想。

(1) 分析:假设有一个偶数 n,将 n 表示为两个整数 a 和 b 的和,即 $n=a+b$。如果 $n=$

10,则令 $a=2$,经判断 2 是素数,故 $b=n-a=8$,经判断 8 不是素数,那么该组合 $10=8+2$ 不符合要求。再使 a 加 1,即 $a=3$,经判断 3 是素数,$b=n-a=7$,经判断 7 也是素数,那么该组合 $10=7+3$ 符合要求。

（2）界面设计：新建一个工程，进入窗体设计器；在窗体上添加 1 个标签 Label1、1 个命令按钮 Command1 和 2 个文本框 Text1、Text2,如图 9-2-1(a)所示。按照图 9-2-1(a)所示设置对象属性。

(a)

(b)

图 9-2-1

由于需要多次判断一个整数是否为素数，所以把判断一个整数是否为素数这一过程编写为一个 Sub 程序 Prime。

（3）编写代码。

```
Private Sub Prime(m As Long, f As Boolean)
    f = True
    If m > 3 Then
        For i = 3 To Sqr(m)
            If m Mod i = 0 Then f = False:Exit For
        Next
    End If
End Sub
```

编写命令按钮 Command1 的 Click 事件代码如下：

```
Private Sub Command1_Click()
    Dim n As Long, x As Long, y As Long, p As Boolean
    n = Text1.Text
    If n < 6 Or n Mod 2 <> 0 Then
        MsgBox "必须输入大于 6 的偶数，请重新输入！"
        Cancel = True
    Else
        For x = 3 To n / 2 Step 2
            Call Prime(x, p)
            If p Then
                y = n - x:Call Prime(y, p)
                If p Then
```

```
            Text2.Text = x & ″ + ″ & y
            Exit For
         End If
      End If
   Next
End If
Text1.SelStart = 0
Text1.SelLength = Len(Text1.Text)
End Sub
```

程序运行结果如图 9-2-1(b)所示。

2. 裴波那契(Fibonacci)数列的第一项是 1,第二项是 1,以后各项都是前两项的和。编写程序,求裴波那契数列的第 N 项的值。

(1) 界面设计:新建一个工程,进入窗体设计器。

(2) 编写代码。

编写 Sub 过程的事件代码:

```
Sub Fib(ByVal n)
   Dim a&(30), i%
   a(1) = 1:a(2) = 1:Print a(1); Tab(8); a(2);
   For i = 3 To n
      a(i) = a(i - 2) + a(i - 1)
      Print Tab(((i - 1) Mod 6) * 8); a(i);
      If i Mod 6 = 0 Then Print
   Next i
End Sub
```

编写 Form 的 Click 事件代码:

```
Private Sub Form_Click()
   Call Fib(30)
End Sub
```

程序运行结果如图 9-2-2 所示。

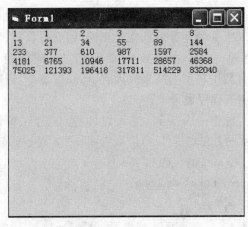

图 9-2-2

3. 编写一个计算矩形面积的 Sub 过程,然后调用该过程计算矩形面积。

(1) 分析:使用通用过程来计算并输出矩形的面积,它有两个形参,分别为矩形的长和宽。在窗体的单击事件过程 Form_Click 中,从键盘输入矩形的长和宽,并用它们作为实参调用通用过程。

(2) 编写代码。

在代码窗口中直接编写输入通用事件代码。

```
Sub recarea(rlen as single, rwid as single)
    Dim area as single
    area = rlen * rwid                      ′计算矩形面积
    MsgBox "矩形的面积是:" & area           ′用消息框输出矩形面积
End Sub
```

编写窗体 Form 的单击 Click 事件代码。

```
Private Sub Form_Click()
    Dim a as single, b as single
    a = InputBox("请输入矩形面积的长度:") ′用输入框输入矩形的长
    b = InputBox("请输入矩形面积的宽度:") ′用输入框输入矩形的宽
    recarea a, b                 ′调用 recarea 过程,也可以改为 Call recarea(a, b)
End Sub
```

4. 编写 Sub 过程计算阶乘 5!、6!、8!,以及阶乘的和 5!+6!+8!。结果如图 9-2-3 所示。

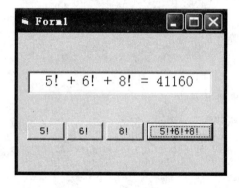

图 9-2-3

(1) 分析:由于 3 个求阶乘的运算过程完全相同,因此可以用通用 Sub 过程 fact 来计算任意阶乘 tot!;要计算 s=5!+6!+8!,先要分别计算出 5!,6!和 8!,所以每次调用 Sub 过程前给 tot 一个值,在 Sub 过程中将所求结果放入到 total 变量中,返回主程序后 tot 变量接收 total 的值。这样 3 次调用子程序便可求得 s。

(2) 设计程序界面。新建一个工程,进入窗体设计器,在窗体上添加一个命令按钮 Command1 的控件数组和一个文本框 Text1,参考图 9-2-3 对控件分别进行属性设置。

(3) 编写通用 Sub 过程 fact 的代码如下:

```
Sub Fact(m As Integer, total As Long)              ′计算阶乘子过程
    Dim i As Integer
    total = 1
```

```
    For i = 1 To m
        total = total * i
    Next i
End Sub
```

编写命令按钮组的 Click 事件过程代码来调用通用过程：

```
Private Sub Command1_Click(Index As Integer)
Dim a As Integer, b As Integer, c As Integer, s As Long, tot As Long
n = Index
Select Case n
    Case 0
        a = 5
        Call Fact(a, tot)
        Label1.Caption = a & "! = " & tot
    Case 1
        a = 6
        Call Fact(a, tot)
        Label1.Caption = a & "! = " & tot
    Case 2
        a = 8
        Call Fact(a, tot)
        Label1.Caption = a & "! = " & tot
    Case 3
        a = 5:b = 6:c = 8
        Call Fact(a, tot)
        s = tot
        Call Fact(b, tot)
        s = s + tot
        Call Fact(c, tot)
        s = s + tot
        Label1.Caption = a & "! + " & b & "! + " & c & "! = " & s
End Select
End Sub
```

9.2.4 重点难点分析

1. 在调用子程序过程时，注意形参和实参之间的传递方式，按数值方式传递时形参变、实参不变，按地址方式传递时形参和实参一块变。

2. 子程序过程没有返回值，即不能对子程序名赋值。

9.3 典型例题解析

例 1 编写判断奇偶数的函数(Function)过程。输入一个数,判断其奇偶性。

解:(1)分析:要判断一个数的奇偶性,就看它能不能被 2 整除,能被 2 整除的话就是偶数,否则就是奇数。

(2)界面设计。

在窗体中添加所需控件,并按表 9-3-1 设置控件的属性。

表 9-3-1 主要界面对象的属性设置值

对象	属性	属性值
标签 1	(名称)	Label1
	Caption	请输入数字:
标签 2	(名称)	Label2
	Caption	数字的奇偶性为:
命令按钮 1	(名称)	Command1
	Caption	判断奇偶
文本框 1	(名称)	Text1
	Text	
文本框 2	(名称)	Text2
	Text	

(3)编写代码。

编写 Function 过程 JiorOu 的代码

```
Private Function JiorOu(a As Integer) As String
If a Mod 2 = 0 Then
JiorOu = "偶数"
Else
JiorOu = "奇数"
End If
End Function
```

编写 Command1 的 Click 事件代码:

```
Private Sub Command1_Click()
Dim a As Integer
a = Val(Text1.Text)
Text2.Text = JiorOu(a)
End Sub
```

例 2 编写求两数中的较大数的函数过程,求 3 个数中的最大数。

解:(1)分析:先编写功能是求两数中的较大数的函数,然后用 3 个数中的两个数调用它,得到两个数中较大的数。再用这个较大的数和第三个数,第二次调用函数,得到三个数中的最大数。

（2）界面设计。

在窗体中添加所需控件，并按表 9-3-2 设置控件的属性。

表 9-3-2 主要界面对象的属性设置值

对象	属性	属性值
标签 1	（名称）	Label1
	Caption	请输入数字：
标签 2	（名称）	Label2
	Caption	最大数字为：
命令按钮 1	（名称）	Command1
	Caption	求大数
文本框 1	（名称）	Text1
	Text	
文本框 2	（名称）	Text2
	Text	
文本框 3	（名称）	Text3
	Text	
文本框 4	（名称）	Text4
	Text	

（3）编写代码。

编写 Function 过程 max 的代码：

Private Function max(a As Single, b As Single) As Single

If a ＞＝ b Then

max = a

Else

max = b

End If

End Function

编写 Command1 的 Click 事件代码：

Private Sub Command1_Click()

Dim a As Single, b As Single, c As Single, d As Single

a = Val(Text1.Text)

b = Val(Text3.Text)

c = Val(Text4.Text)

d = max(a, b)

Text2.Text = Str(max(c, d))

End Sub

例 3 编写一个计算表达式 $\dfrac{m!}{n!(m-n)!}(m\geqslant n\geqslant 0)$ 值的程序，要求：用输入对话框输入 m 和 n 的值，用编写函数 Function fact(x As Integer) 求 $x!$ 的值。

解：（1）分析：要想求出此表达式的值，需要先编写一个求整数阶乘的函数过程，然后在事件过程中调用 3 次此函数过程即可。

（2）界面设计。

在窗体中添加所需控件，并按表 9-3-3 设置控件的属性。

表 9-3-3　主要界面对象的属性设置值

对象	属性	属性值
标签 1	（名称）	Label1
	Caption	计算表达式 $\dfrac{m!}{n!(m-n)!}(m\geqslant n\geqslant 0)$ 值
命令按钮 1	（名称）	Command1
	Caption	计算
文本框 1	（名称）	Text1
	Text	

（3）编写代码。

编写 Function 过程 JiorOu 的代码：

```
Function Fact(m As Integer)as Long        ' 计算阶乘
  Dim i As Integer, total As Long
  total = 1
  For i = 1 To m
    total = total * i
  Next i
  Fact = total
End Function
```

编写 Command1 的 Click 事件代码：

```
Private Sub Command1_Click()
  Dim a As Integer, b As Integer
  a = Val(InputBox("请输入 m 的值"))
  b = Val(InputBox("请输入 n 的值"))
  a1 = Fact(a)
  b1 = Fact(b)
  c1 = Fact(a - b)
Text1.Text = Str(a1 / (b1 * c1))
End Sub
```

例 4 编写一个判断字符串是否是回文的函数过程，函数的返回值是一逻辑量，即是返回 True，不是返回 False。所谓回文是指顺读与倒读都相同，例如"ABCDCBA"。

解：(1) 分析：需要先把字符串的长度给统计出来，然后把字符串的第一个字符与倒数第一个字符、第二个字符与倒数第二个字符相比较……若所有的两两比较都相等的话，则该字符串为回文，否则不是。

(2) 界面设计。

在窗体中添加所需控件，并按表 9-3-4 设置控件的属性。

表 9-3-4　主要界面对象的属性设置值

对象	属性	属性值
标签 1	（名称）	Label1
	Caption	判断字符串
标签 2	（名称）	Label2
	Caption	Label2
命令按钮 1	（名称）	Command1
	Caption	判断
文本框 1	（名称）	Text1
	Text	

(3) 编写代码。

编写 Function 过程 IsH 的代码：

```
Public Function IsH(sn$) As Boolean
    Dim i%, lensn%
    sn = Trim(sn)
    lensn = Len(sn)           '输入数的位数
    For i = 1 To lensn \ 2
      If Mid(sn, i, 1) = Mid(sn, lensn - i + 1, 1) Then
        IsH = True
      Else
        IsH = False
        Exit Function
      End If
    Next
End Function
```

编写 Command1 的 Click 事件代码：

```
Private Sub Command1_Click()
Dim s As String, yorn As Boolean
s = Text1.Text
yorn = IsH(s)
If yorn = True Then
Label2.Caption = "是回文"
Else
```

```
Label2.Caption = "不是回文"
End If
```
End Sub

例5 编写求最大公约数的函数(Function)过程,然后调用它来对分数进行化简。

解:(1)分析:求最大公约数可以使用"辗转相除法"。其步骤是以大数 m 作为被除数,小数 n 作为除数,相除后余数为 r;若 r 不为零,则 $m \leftarrow n, n \leftarrow r$,继续相除得到新的 r。若 r 不为零,则重复此过程,直到 $r=0$;最后的 n 就是最大公约数。

(2)界面设计。

在窗体中添加所需控件,并按表 9-3-5 设置控件的属性。

表 9-3-5　主要界面对象的属性设置值

对象	属性	属性值
标签 1	(名称)	Label1
	Caption	Label1
命令按钮 1	(名称)	Command1
	Caption	化简
文本框 1	(名称)	Text1
	Text	
文本框 2	(名称)	Text2
	Text	
直线 1	(名称)	Line1
	将此控件放于两个文本框之间	

(3)编写代码。

编写 Function 过程 Hcf 的代码:

```
Function Hcf(ByVal m As Long, ByVal n As Long) As Long
    Dim r As Long, c As Long
    If m < n Then
        c = m:m = n:n = c
    End If
    r = m Mod n
    Do While r <> 0
        m = n
        n = r
        r = m Mod n
    Loop
    Hcf = n
End Function
```

编写 Command1 的 Click 事件代码:

```
Private Sub Command1_Click()
```

```
Dim l As Long, t As Long
l = Val(Text1.Text)
t = Val(Text2.Text)
If l = 0 Or t = 0 Then Exit Sub
  l1 = l / Hcf(l, t)
  t1 = t / Hcf(l, t)
Label1.Caption = l1 & "/" & t1
```
End Sub

例 6 编写八进制数和十进制数相互转换的过程。

① 过程 ReadOctal,读入八进制数,然后转换为等值的十进制数。

② 过程 WriteOctal,将十进制正整数以等值的八进制形式输出。

解:(1)界面设计。

在窗体中添加所需控件,并按表 9-3-6 设置控件的属性。

表 9-3-6   主要界面对象的属性设置值

对象	属性	属性值
命令按钮 1	(名称)	Command1
	Caption	八进制转为十进制
命令按钮 2	(名称)	Command2
	Caption	十进制转为八进制

(2)编写代码。

编写将八进制转化为十进制 Function 过程 ReadOctal 的代码:

Public Function ReadOctal(ByVal Oct As String) As Long
```
Dim i As Long
Dim B As Long
For i = 1 To Len(Oct)
Select Case Mid(Oct, Len(Oct) - i + 1, 1)
Case "0":B = B + 8 ^ (i - 1) * 0
Case "1":B = B + 8 ^ (i - 1) * 1
Case "2":B = B + 8 ^ (i - 1) * 2
Case "3":B = B + 8 ^ (i - 1) * 3
Case "4":B = B + 8 ^ (i - 1) * 4
Case "5":B = B + 8 ^ (i - 1) * 5
Case "6":B = B + 8 ^ (i - 1) * 6
Case "7":B = B + 8 ^ (i - 1) * 7
End Select
Next i
ReadOctal = B
```
End Function

编写 Command1 的 Click 事件代码：

Private Sub Command1_Click()

num = InputBox("请输入八进制数：")

MsgBox (num & "十进制为" & ReadOctal(num))

End Sub

编写将十进制转化为八进制 Function 过程 WriteOctal 的代码：

Public Function WriteOctal(Dec As Long) As String

DEC_to_OCT = ""

Do While Dec > 0

WriteOctal = Dec Mod 8 & WriteOctal

Dec = Dec \ 8

Loop

End Function

编写 Command2 的 Click 事件代码：

Private Sub Command2_Click()

Dim num As Long

num = CLng(Val(InputBox("请输入十进制数：")))

MsgBox (num & "八进制为" & WriteOctal(num))

End Sub

9.4 自测题

一、选择题

1. 设有如下程序

    Private Sub add()

    Dim c As Integer, d As Integer

    c = 4

    d = InputBox("请输入一个整数")

    Do While d>0

    If d>c Then

    c = c + 1

    End If

    d = InputBox("请输入一个整数")

    Loop

    Print c + d

    End Sub

    Private Sub Command1_Click()

    Call add

    End Sub

程序运行后,单击命令按钮,如果在输入对话框中依次输入 1、2、3、4、5、6、7、8、9、0,则输出结果是(   )。

A. 12   B. 11   C. 10   D. 9

2. 在窗体上画一个命令按钮和一个文本框,名称分别为 Command1 和 Text1,然后编写如下程序:

Private Sub lvyou()

a = InputBox("请输入日期(1~31)")

t = "旅游景点:" & IIf(a > 0 And a < = 10, "长城", "") & IIf(a > 10 And a < = 20, "故宫", "") _& IIf(a > 20 And a < = 31, "颐和园", "")

Text1.Text = t

End Sub

Private Sub Command1_Click()

Call lvyou

End Sub

程序运行后,如果从键盘上输入 16,则在文本框中显示的内容是(   )。

A. 旅游景点:长城故宫   B. 旅游景点:长城颐和园

C. 旅游景点:颐和园   D. 旅游景点:故宫

3. 在窗体上画一个名称为 Label1 的标签,然后编写如下事件过程:

Private Sub str1()

Dim arr(10, 10) As Integer

Dim i As Integer, j As Integer

For i = 2 To 4

For j = 2 To 4

arr(i, j) = i * j

Next j

Next i

Label1.Caption = Str(arr(2, 2) + arr(3, 3))

End Sub

Private Sub Form_Click()

Call str1

End Sub

程序运行后,单击窗体,在标签中显示的内容是(   )。

A. 12   B. 13   C. 14   D. 15

4. 阅读程序:

Option Base 1

Dim arr() As Integer

Private Sub Shuzu()

Dim i As Integer, j As Integer

```
ReDim arr(3, 2)
For i = 1 To 3
For j = 1 To 2
arr(i, j) = i * 2 + j
Next j
Next i
ReDim Preserve arr(3, 4)
For j = 3 To 4
arr(3, j) = j + 9
Next j
Print arr(3, 2) + arr(3, 4)
End Sub
Private Sub Form_Click()
Call shuzu
End Sub
```

程序运行后,单击窗体,输出结果为(　　)。

A. 21　　　　　　　B. 13　　　　　　　C. 8　　　　　　　D. 25

5. 在窗体上画一个命令按钮,其名称为 Command1,然后编写如下事件过程:

```
Private Sub dayin()
Dim i As Integer, x As Integer
For i = 1 To 6
If i = 1 Then x = i
If i < = 4 Then
x = x + 1
Else
x = x + 2
End If
Next i
Print x
End Sub
Private Sub Command1_Click()
Call dayin
End Sub
```

程序运行后,单击命令按钮,其输出结果为(　　)。

A. 9　　　　　　　B. 6　　　　　　　C. 12　　　　　　　D. 15

6. 在窗体上画一个名称为 Command1 的命令按钮,然后编写如下事件过程:

```
Private Sub dayin()
c = "ABCD"
For n = 1 To 4
```

```
Print _____
Next
End Sub
Private Sub Command1_Click()
Call dayin
End Sub
```

程序运行后,单击命令按钮,要求在窗体上显示如下内容:

```
D
CD
BCD
ABCD
```

则在_____处应填入的内容为（　　）。

A. Left(c,n)　　　　B. Right(c,n)　　　　C. Mid(c,n,1)　　　　D. Mid(c,n,n)

7. 在窗体上画一个名称为 Command1 的命令按钮,并编写如下程序:

```
Private Sub Command_Click()
Dim x As Integer, i As Integer
x = 0
For i = 20 To 1 Step - 2
x = x + chu(i)
Next i
End Sub
Private Function chu%(i as Integer)
Chu = i\5
End Function
```

程序运行后,单击命令按钮后,x 的值为（　　）。

A. 16　　　　　　B. 17　　　　　　C. 18　　　　　　D. 19

8. 在窗体上画一个名称为 Command1 的命令按钮,并编写如下程序:

```
Private Sub Command1_Click()
Dim x As Integer
Static y As Integer
x = 10
y = 5
Call f1(x, y)
Print x, y
End Sub
Private Sub f1(x1 As Integer, y1 As Integer)
x1 = x1 + 2
y1 = y1 + 2
End Sub
```

程序运行后,单击命令按钮,在窗体上显示内容是(　　)。

A. 10　5 　　　　 B. 12　5 　　　　 C. 10　7 　　　　 D. 12　7

9. 在窗体上画一个文本框、一个标签和一个命令按钮,其名称分别为 Text1、Label1 和 Command1,然后编写如下两个事件过程:

Private Sub xianshi()

strText = InputBox("请输入")

Text1. Text = strText

Label1. Caption = Right(Trim(Text1. Text),3)

End Sub

Private Sub Command1_Click()

Call xianshi

End Sub

程序运行后,单击命令按钮,如果在输入对话框中输入 abcdef,则在标签中显示的内容是(　　)。

A. 空 　　　　 B. abcdef 　　　　 C. abc 　　　　 D. def

10. 一个工程中含有窗体 Form1、Form2 和标准模块 Model1,如果在 Form1 中有语句

Public X As Integer

在 Model1 中有语句

Public Y As Integer

则以下叙述中正确的是(　　)。

A. 变量 X、Y 的作用域相同

B. Y 的作用域是 Model1

C. 在 From2 中可以直接使用 X

D. 在 Form2 中可以直接使用 X 和 Y

11. 在窗体上画一个命令按钮(其 Name 属性为 Command1),然后编写如下代码:

Option Base 1

Private Sub dayin()

Dim a

s = 0

a = Array(1,2,3,4)

j = 1

For i = 4 To 1 Step - 1

s = s + a(i) * j

j = j * 10

Next i

Print s

End Sub

Private Sub Command1_Click()

Call dayin

End Sub

运行上面的程序,单击命令按钮,其输出结果是(   )。

A. 4321　　　　　　　　B. 1234　　　　　　　　C. 34　　　　　　　　D. 12

12. 在窗体上画一个名称为 Text1 的文本框,一个名称为 Command1 的命令按钮,然后编写如下事件过程和通用过程:

```
Private Sub dayin()
n = Val(Text1.Text)
If n\2 = n/2 Then
f = f1(n)
Else
f = f2(n)
End If
Print f;n
End Sub
Public Function f1(ByRef x)
x = x * x
f1 = x + x
End Function
Public Function f2(ByVal x)
x = x * x
f2 = x + x + x
End Function
```

程序运行后,在文本框中输入 6,然后单击命令按钮,窗体上显示的是(   )。

A. 72 36　　　　　　B. 108 36　　　　　　C. 72 6　　　　　　D. 108 6

13. 在窗体上画一个名称为 Command1 的命令按钮,然后编写如下事件过程:

```
Private Sub dayin()
c = 1234
c1 = Trim(Str(c))
For i = 1 To 4
Print _____
Next
End Sub
Private Sub Command1_Click()
Call dayin
End Sub
```

程序运行后,单击命令按钮,要求在窗体上显示如下内容:

1

12

123

1234

则在下划线处应填入的内容为(   )。

A. Right(c1,i)   B. Left(c1,i)

C. Mid(c1,i,1)   D. Mid(c1,i,i)

14. 在窗体上画一个名称为 Command1 的命令按钮和一个名称为 Text1 的文本框,然后编写如下事件过程:

Private Sub Shuchu()

n = Val(Text1.Text)

For i = 2 To n

For j = 2 To Sqr(i)

If i Mod j = 0 Then Exit For

Next j

If j＞Sqr(i) Then Print i

Next i

End Sub

Private Sub Command1_Click()

Call shuchu

End Sub

该事件过程的功能是(   )。

A. 输出 n 以内的奇数   B. 输出 n 以内的偶数

C. 输出 n 以内的素数   D. 输出 n 以内能被 j 整除的数

15. 以下描述中正确的是(   )。

A. 标准模块中的任意过程都可以在整个工程范围内被调用

B. 在一个窗体模块中可以调用在其他窗体中被定义为 Public 的通用过程

C. 如果工程中包含 Sub Main 过程,则程序将首先执行该过程

D. 如果工程中不包含 Sub Main 过程,则程序一定首先执行第一个建立的窗体

16. 在窗体上画一个名称为 Command1 的命令按钮,然后编写如下通用过程和命令按钮的事件过程:

Private Function fun(ByVal m As Integer)

If m Mod 2 = 0 Then

fun = 2

Else

fun = 1

End If

End Function

Private Sub Command1_Click()

Dim i As Integer, s As Integer

s = 0

For i = 1 To 5

s = s + fun(i)

Next i

Print s

End Sub

程序运行后,单击命令按钮,在窗体上显示的是(　　)。

A. 6　　　　　　　　B. 7　　　　　　　　C. 8　　　　　　　　D. 9

17. 在窗体上画一个名称为 Text1 的文本框,一个名称为 Command1 的命令按钮,然后编写如下事件过程和通用过程:

Private Sub Command1_Click()

n = Val(Text1.Text)

If n\2 = n/2 Then

f = f1(n)

Else

f = f2(n)

End If

Print f;n

End Sub

Public Function f1(ByRef x)

x = x * x

f1 = x + x

End Function

Public Function f2(ByVal x)

x = x * x

f2 = x + x + x

End Function

程序运行后,在文本框中输入 6,然后单击命令按钮,在窗体上显示的是(　　)。

A. 72 36　　　　　　B. 108 36　　　　　　C. 72 6　　　　　　D. 108 6

18. 在窗体上画一个名称为 Command1 的命令按钮,然后编写如下通用过程和命令按钮的事件过程:

Private Function f(m As Integer)

If m Mod 2 = 0 Then

f = m

Else

f = 1

End If

End Function

Private Sub Command1_Click()

Dim i As Integer

s = 0

For i = 1 To 5

s = s + f(i)

Next

Print s

End Sub

程序运行后,单击命令按钮,在窗体上显示的是( )。

A. 11　　　　　　B. 10　　　　　　C. 9　　　　　　D. 8

19. 程序编写如下:

Private Function Multiply (n as Integer) As Integer

Multiply = 1

do While n＞0

Multiply = Multiply * n

n = n - 1

Loop

End Function

Private Sub Form_Click()

Dim Sum As Integer, I As Integer

For I = 5 to 1 Step - 1

Sum = Sum + Multiply(I)

Next

Print "Sum = "; Sum,

End Sub

以上程序的执行结果 Sum 为( )。

A. 120　　　　B. 153　　　　C. 146　　　　D. 110

20. 编写程序如下:

Private Function Multiply (ByVal n as Integer) As Integer

Multiply = 1

do While n＞0

Multiply = Multiply * n

n = n - 1

Loop

End Function

Private Sub Form_Click()

Dim Sum As Integer, I As Integer

For I = 5 to 1 Step - 1

Sum = Sum + Multiply(I)

Next

Print "Sum = "; Sum,

End Sub

以上程序的执行结果 Sum 为( )。

A. 120　　　　B. 153　　　　C. 146　　　　D. 110

二、编程题

1. 编写一个计算圆面积的 Function 过程 Cir。

2. 编制随机整数 Function 过程,输出 n 个指定范围的随机数。

3. 编写一个 Function 过程, 利用下式计算 π 的近似值, 通过调用该程序输出当 $n=100$、$n=1\,000$、$n=10\,000$ 时 π 的近似值。

$$\frac{\pi}{4} = 1 - \frac{1}{3} + \frac{1}{5} - \frac{1}{7} + \cdots + (-1)^{n-1}\frac{1}{2n-1}$$

4. 编写一个 Function 过程, 利用 $e^x \approx 1 + \frac{x}{1!} + \frac{x^2}{2!} + \frac{x^3}{3!} + \cdots + \frac{x^n}{n!}$ 近似计算 e (直到最后一项小于 10^{-6} 为止)。

5. 编写一个通用 Function 过程, 以整型数作为形参, 当该参数为奇数时输出 False, 而当该参数为偶数时输出 True。

6. 调用 Function 过程, 从键盘上输入一个数, 输出该数的平方根。

自测题答案

一、选择题

1. D 2. D 3. B 4. A 5. A 6. B 7. C 8. D 9. D 10. A 11. B 12. A 13. B 14. C 15. B 16. B 17. A 18. C 19. A 20. B

二、编程题

1. 编写一个计算圆面积的 Function 过程 Cir。

```
Function Cir(r As Single) As Single
    Const pi As Single = 3.1415926
    cir = pi * r ^ 2
End Function
```

2. 编制随机整数 Function 过程, 输出 n 个指定范围的随机数。

(1) 编写随机整数 Function 函数代码, 返回指定范围之内的随机整数。

```
Private Function Randomnum(a As Integer, b As Integer)
    Randomize Timer                    '随机数种子
    Randomnum = Int(Rnd * (b + 1 - a)) + a '产生并返回随机数
End Function
```

(2) 编写"生成"命令按钮 Command1 的 Click 事件代码。

```
Private Sub Command1_Click()
    Dim n As Integer, x As Integer, y As Integer
    n = Val(InputBox("随机数的个数:", "请输入", "100"))
    x = Val(Text1.Text)
    y = Val(Text2.Text)
    For i = 1 To n
        List1.AddItem Randomnum(x, y)          '在列表框中添加随机数
    Next
End Sub
```

(3) 编写"清空"命令按钮 Command2 的 Click 事件代码为:

```
Private Sub Command2_Click()
    List1.Clear
```

End Sub

3. 编写一个 Function 过程,利用下式计算 π 的近似值,通过调用该程序输出当 $n=$ 100、$n=1\,000$、$n=10\,000$ 时 π 的近似值。

$$\frac{\pi}{4}=1-\frac{1}{3}+\frac{1}{5}-\frac{1}{7}+\cdots+(-1)^{n-1}\frac{1}{2n-1}$$

Function Pi!(ByVal n&)
```
    Dim i&, fh%
    Pi = 1:fh = 1
    For i = 2 To n
      fh = - fh
      Pi = Pi + fh / (2 * i - 1)
    Next i
    Pi = Pi * 4
```
End Function
Private Sub form_Click()
```
    Print
    Print "n = 100 时,π 为:"; Pi(100)
    Print "n = 1000 时,π 为:"; Pi(1000)
    Print "n = 10000 时,π 为:"; Pi(10000)
```
End Sub

4. 编写一个 Function 过程,利用 $e^x \approx 1+\frac{x}{1!}+\frac{x^2}{2!}+\frac{x^3}{3!}+\cdots+\frac{x^n}{n!}$ 近似计算 e(直到最后一项小于 10^{-6} 为止)。

(1) 编写计算阶乘的 Function 过程代码如下:
Private Function fact(x As Integer)
```
Dim p As Long
p = 1
For n = 1 To x
  p = p * n
Next
fact = p
```
End Function

(2) 编写按钮 Command1 的 Click 事件过程代码,在该事件过程中调用 Function 过程。
Private Sub Command1_Click()
```
Dim n As Integer
s = 1:n = 1:t = 1
Do
t = 1 / fact(n)
s = s + t
n = n + 1
Loop While t > = 10 ^ (- 6)
```

```
Print s
```

End Sub

5. 编写一个通用 Function 过程,以整型数作为形参,当该参数为奇数时输出 False,而当该参数为偶数时输出 True。

(1) 通用 Function 过程代码如下:

Function NumOE(ByVal n As Integer)As Boolean
```
If n Mod 2 = 0 then
NumOE = True
Else
NumOE = False
End If
```
End Function

(2) 编写窗体的 Click 事件过程代码,在该事件过程中调用 Function 过程 NumOE:

Private Sub Form_Click()
```
Dim RetNum As Boolean
num = InputBox("请输入一个整数")
num = Val(num)
RetNum = NumOE(num)
If RetNum = True Then
a$ ="偶数"
Else
a$ ="奇数"
End If
Print num; "----"; "是一个"; a$
```
End Sub

6. 调用 Function 过程,从键盘上输入一个数,输出该数的平方根。

(1) 编写 Function 过程代码如下:

Function SR(X As Double) As Double
```
    Select Case Sgn(X)  ´判断参数的符号,分别进行处理
      Case 1: SR = Sqr(X): Exit Function
      Case 0: SR = 0
      Case - 1: SR = - 1
    End Select
```
End Function

(2) 编写 Command1 的 Click 事件过程代码,在该事件过程中调用 Function 过程:

Private Sub Command1_Click()
```
    Text2. Text = SR(Text1. Text)          ´将函数返回值赋给 Text
```
End Sub

第10章 键盘与鼠标事件过程

10.1 实验一 键盘事件

10.1.1 实验目的

1. 掌握键盘的主要事件 KeyPress、KeyUp、KeyDown；
2. 熟练应用键盘事件来编写程序。

10.1.2 实验内容

1. 键盘事件 KeyPress、KeyDown、KeyUp 的演示。当按下一个键时，调用 KeyPress、KeyDown 事件过程。KeyDown 用于在窗体上打印按下的键，KeyPress 用于在窗体的标题栏显示按下的键。KeyDown 还检查 Shift、Alt、Ctrl 键的状态以修改字符的颜色。当释放一个键时，调用 KeyUp 事件过程，KeyUp 用于将字符的颜色设为黑色。

2. "捶打红心"游戏程序，如图 10-1-1 所示。"红心"(Image1)在窗体上随机地自由移动，用户通过"↑"、"↓"、"←"、"→"移动"铁锤"(Image2)，当"铁锤"捶打到"红心"后，屏幕显示按键的次数和使用时间。

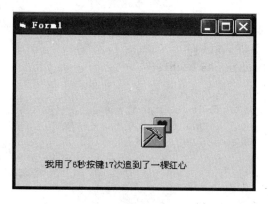

图 10-1-1 "捶打红心"游戏程序

10.1.3 实验步骤

1. 键盘事件 KeyPress、KeyDown 和 KeyUp 的演示。

分析：分别编写 KeyDown、KeyPress 和 KeyUp 事件。

(1) 界面设计：选择"新建"工程，进入窗体设计器，修改窗体的 FontSize 属性为：18。

（2）编写代码。

① 编写窗体的"KeyDown"事件过程代码，使之打印按下的字母键，并根据所按的控制键改变字符颜色。

```
Private sub Form_KeyDown(KeyCode As Integer,Shift As Integer)
    Select Case Shift
        Case vbShiftMask                    '按 Shift 键
            ForeColor = vbGreen
        Case vbAltMask                      '按 Alt 键
            ForeColor = vbBlue
        Case vbCtrlMask                     '按 Ctrl 键
            ForeColor = vbRed
            Cls
        End Select
    If KeyCode> = 65 And KeyCode< = 90 then '按下字母键
        Print Chr(KeyCode);
    ElseIf KeyCode = 13 Then
        Print
    End If
End Sub
```

② 编写窗体的 KeyPress 事件过程代码，使之在窗体的标题栏打印按下的字母键：

```
Private sub Form_Key_Press(KeyAscii As Integer)
    Caption = "" & "(" & Chr(KeyAscii) & ")"
End Sub
```

③ 编写窗体的 KeyUp 事件过程代码，使之在松开按键时改变字符颜色为黑色：

```
Private sub Form_KeyUp(KeyCode As Integer,Shift As Integer)
    ForeColor = vbBlack
End Sub
```

2."捶打红心"游戏程序，如图 10-1-1 所示。

分析：利用"←"、"↑"、"→"、"↓"4 个键控制铁锤，它们的 KeyCode 码为：

① "←":37

② "↑":38

③ "→":39

④ "↓":40

如果 Abs(Image1. Left-Image2. Left<300) And Abs(Image1. Top-Image2. Top<320)
成立，则认为是重叠，"铁锤"捶打到了"红心"。

（1）界面设计。在窗体上添加两个图像控件和一个计时器控件，如图 10-1-2 所示。控件属性如表 10-1-1 所示。

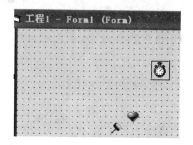

图 10-1-2

表 10-1-1

Name 属性	属性	作用
Image1	picture	添加"红心"图片
Image2	picture	添加"铁锤"图片
Timer1		计时

（2）程序代码如下。

① 初始值定义。

Dim Key_Count As Integer

Dim Timer_Count As Integer

② 在 Timer 事件过程中随机地移动"红心"。

Sub Timer1_timer()

Timer_Count = Timer_Count + 1　′记录 Timer 事件发生的次数

　　′X1 和 X2 的值决定"红心"移动的方向和距离

Randomize

If Rnd ＜0.5 Then sign1 = −1 Else sign1 = 1

If Rnd ＜0.5 Then sign2 = −1 Else sign2 = 1

x = (200 + Rnd ∗ 500) ∗ sign1

X1 = Image1.Left + x

If X1＜0 Then X1 = 0

If X1＞Form1.ScaleWidth-Image1.width then X1 = Form1.ScaleWidth-Image1.width

y = (200 + Rnd ∗ 500) ∗ sign2

Y1 = Image1.Top + y

If Y1＜0 Then Y1 = 0

If Y1＞Form1.ScaleHeight-Image1.Height then X1 = Form1.Scale Height-Image1.Height

Image1.Move X1,Y1

End Sub

③ 按箭头键移动"铁锤"。

Sub Form_KeyDown(KeyCode As Integer,Shift As integer)

Key_Count = Key_Count + 1

Select Case KeyCode

　Case 37

　　Image2.Left = Image2.left-200

　Case 38

　　Image2.Top = Image2.Top-200

　Case 39

```
      Image2.Left = Image2.left-200
   Case 40
      Image2.Top = Image2.Top-200
   End Select
   If Abs(Image1.Left-Image2.Left<300) And Abs(Image1.Top-Image2.Top<320)Then
   Label1 = "我用了" & Timer_Count/5 & "秒按键" & Key_Count & "次追到了红心"
   Timer1.Enabled = False
   EndIf
End Sub
```

10.1.4 重点难点分析

1. 键盘事件中注意 ASCII 和 Key Code 的应用。
2. 注意 Shift、Alt、Ctrl 键在程序中的应用。

10.2　实验二　鼠标事件

10.2.1 实验目的

1. 掌握鼠标的主要事件 MouseDown、MouseUp、MouseMove；
2. 熟练应用鼠标事件来编写程序。

10.2.2 实验内容

1. 应用鼠标移动无标题栏的窗体的方法；
2. 应用鼠标设计简单画图程序,当程序运行时,按住鼠标右键移动画圆,按住鼠标左键移动画线。

10.2.3 实验步骤

1. 应用鼠标移动无标题栏的窗体的方法。

分析:演示通过鼠标移动无标题栏的窗体的方法,程序中涉及 MouseDown、Mouse-Move、MouseUp 3 个鼠标事件的使用。

(1) 创建一个窗体。

(2) 程序代码如下所示。

① 变量声明

```
Dim MoveScreen As Boolean       'MoveScreen,布尔型变量,标示窗体是否处于被移动状态
Dim MousX As Integer            '鼠标位置
Dim MousY As Integer
Dim CurrX As Integer            '窗体位置
Dim CurrY As Integer
```

② "退出"按钮

Private Sub CmdExit_Click()

End

End Sub

③ 鼠标对窗体的操作

Private Sub Form_MouseDown(Button As Integer, Shift As Integer, X As Single, Y As Single)

```
If Button = 1 Then              ´鼠标左键按下
    MoveScreen = True           ´标示为移动状态
    MousX = X                   ´得到鼠标在窗体上的位置(相对与窗体内部坐标)
    MousY = Y
End If
```

End Sub

´当鼠标在窗体上移过时

Private Sub Form_MouseMove(Button As Integer, Shift As Integer, X As Single, Y As Single)

```
    If MoveScreen Then                      ´处于鼠标左键按下的状态
        CurrX = Form1.Left - MousX + X      ´计算新的窗体坐标值
        CurrY = Form1.Top - MousY + Y
        Form1.Move CurrX, CurrY             ´移动窗体到新的位置
    End If
    ´把新的窗体坐标显示出来,是相对于屏幕的坐标
    Label1.Caption = CurrX
    Label2.Caption = CurrY
    ´把鼠标点击的位置显示出来,是相对与窗体的坐标
    Label3.Caption = MousX
    Label4.Caption = MousY
```

  End Sub

´如果鼠标松开,则停止拖动

Private Sub Form_MouseUp(Button As Integer, Shift As Integer, X As Single, Y As Single)

```
    MoveScreen = False
```

End Sub

2. 设计一个简单的画图程序。当程序运行时,按住鼠标右键移动画圆,按住鼠标左键移动画线。

(1)界面设计。新建窗体 Form1,在窗体上用鼠标进行画图,如图 10-2-1 所示。

(2)程序代码如下。

— 168 —

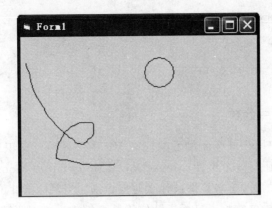

图 10-2-1   画图程序

① 在通用声明中说明变量

Dim drawstate As Boolean

Dim PreX As Single

Dim PreY As Single

② 事件过程如下。

Private Sub Form_Load( )

DrawState = False

End Sub

Private Sub Form_MouseDown(Button As Integer, Shift As Integer, X As Single, Y As Single)

If Button = 1 Then

DrawState = True

MousePointer = vbCuston

PreX = X − 220

PreY = Y + 220

End If

If Button = 2 Then

Circle (X, Y), 280

End If

End Sub

Private Sub Form_MouseMove(Button As Integer, Shift As Integer, X As Single, Y As Single)

If DrawState = True Then

Line (PreX, PreY) − (X − 220, Y + 220)

PreX = X − 220

PreY = Y + 220

End If

End Sub

Private Sub Form_MouseUp(Button As Integer, Shift As Integer, X As Single, Y As Single)

If Button = 1 Then

```
MousePointer = vbDefault
DrawState = False
End If
End Sub
```

10.2.4 重点难点分析

鼠标事件是由用户操作鼠标而触发的能被 VB 中的各种对象识别的事件。除了 Click 和 DbClick 事件之外，还有 3 个事件：MouseDown、MouseUp 和 MouseMove 事件。在设计程序时，需要特别注意的是，这些事件被什么对象识别。当鼠标指针位于窗体中没有控件的区域时，窗体将识别鼠标事件。当鼠标指针位于某个控件上方时，该控件将识别鼠标事件。如果按下鼠标按钮不放，则对象将继续识别所有鼠标事件，直到用户释放按钮。即使此时鼠标指针已移离对象，情况也是如此。这暗示了通过鼠标事件所返回的(X,Y)鼠标指针坐标值，可以不总是在接收它们的对象的内部区域之内。

10.3 典型例题解析

例 1 设计一个如图 10-3-1 所示的应用程序。左边的图像框采用手工拖动模式，标签采用自动拖动模式。图像框只能用鼠标左键拖动，拖到右边的图像框后消失，而且拖动时图像框中的图标作为拖动图标使用。标签可以拖动，但拖到图像框后显示"Error"。

解：（1）界面设计：设计如图 10-3-1 所示窗体、图片框控件和图像控件。

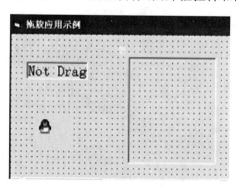

图 10-3-1

对象属性设置如表 10-3-1 所示。

表 **10-3-1**

Name 属性	属　性	作　　用
Picture1	Picture	添加图标"Cdrom01. ico"
Label1	Caption	设置值"No Drag"
	Dragmode	设置值 1
Image1	Dragmode	设置值 0

（2）程序代码。

```
Private Sub Image1_MouseDown(Button As Integer,Shift As Integer, X As Single,Y As Single)
    If Button = 1 then                    ´判断是否按下左键
        Image1.DragIcon = Image1.Picture  ´设置拖动图标
        Image1.Drag 1                     ´手工启动拖放
    End If
End Sub
    Private Sub Picture1_DragDrop(Source AsControl, X As Single,Y As Single)
        If TypeOf Sourse Is Image then    ´判断拖动源的类型
            Picture1.Picture = Source.Picture ´图像框中装入图形
            Source.Visible = False
        Else
            MsgBox("Error")
            End If
End Sub
```

例2　练习焦点设置的方法。编制一个计算程序。在 3 个文本框中,分别输入 X, Y, Z 的值,然后单击按钮,求 3 个数的平方和,并将结果输出到第 4 个文本框。

解:（1）界面设计。在窗体上添加 4 个文本控件,1 个命令按钮。如图 10-3-2 所示。

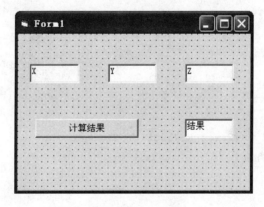

图 10-3-2

控件属性如表 10-3-2 所示。

表 10-3-2

Name 属性	text 属性	作　用
Text1	X	输入 X 的值
Text2	Y	输入 Y 的值
Text3	Z	输入 Z 的值
Text4	结果	显示结果
Command1	Caption 属性"计算结果"	进行计算

（2）程序代码如下：

```
Private Sub Command1_Click()
Dim x, y, z, result As Double
If IsNumeric(Text1.Text) And IsNumeric(Text2.Text) _
And IsNumeric(Text3.Text) Then
x = CDbl(Text1.Text)
y = CDbl(Text2.Text)
z = CDbl(Text3.Text)
    If (x > 0) And (x < 10) And (y < 0) Or (y > 20) _
    And (z > 10) And (z < 30) Then
    result = x * x + y * y + z * z
    Text4.Text = Str(result)
    Else
    MsgBox "请输入正确的数值!", 48
    End If
    Else
    MsgBox "请输入数字!", 48
    End If
End Sub
Private Sub Text1_KeyPress(KeyAscii As Integer)
If KeyAscii = 13 Then
Text2.SetFocus
End If
End Sub
Private Sub Text2_KeyPress(KeyAscii As Integer)
If KeyAscii = 13 Then
Text3.SetFocus
End If
End Sub
Private Sub Text3_KeyPress(KeyAscii As Integer)
If KeyAscii = 13 Then
Command1_Click
End If
End Sub
```

10.4　自测题

1. 编写一个程序，当按下 Alt＋F5 组合键时终止程序的运行。

2. 把文本框中的选定文本，拖放到图片框内显示出来。

3. 根据 Shift 的值判断是否按下字母的大写形式。

4. 设计一个最简单的画图程序。程序运行时,按住鼠标左键在窗体上随意画。

5. 限制输入数据。文本框只接收"0 ~ 9"的数字字符。

6. 修改输入数据。接收大写字符,即输入的字符都用大写显示。

自测题答案

1. 程序代码如下:

```
Sub Form_KeyDown(KeyCode As Integer, Shift As Integer)
    ´按下 Alt 键时,Shift 的值为 4
    If (KeyCode = vbKeyF5) And (Shift = 4) Then
        End
    End If
End Sub
```

2. 程序代码如下:

```
Private Sub Form_Load()
        Text1.DragMode = 0                      ´置手动方式
End Sub
Private Sub Picture1_DragDrop(Source As Control, X As Single, Y As Single)
        Picture1.CurrentX = X                   ´以鼠标位置为当前显示起始位置
        Picture1.CurrentY = Y
        Picture1.Print Text1.SelText            ´在图片框中显示文本框中的选定内容
End Sub
Private Sub Text1_MouseMove(Button As Integer, Shift As Integer,X As Single, Y As Single)
    If Button = 1 Then                          ´Button 为 1 时,表示按下左键
        Text1.DragMode = 1                      ´置自动方式
    End If
End Sub
```

3. 程序代码如下:

```
Private Sub Text1_KeyDown(KeyCode As Integer, Shift As Integer)
  If KeyCode = vbKeyA And Shift = 1 Then
    MsgBox "You pressed the uppercase A key."
  End if
End Sub
```

4. 程序代码如下:

```
Dim bpressed As Boolean
Private Sub Form_Load()
bpressed = False
End Sub
```

```
Private Sub Form_MouseDown(Button As Integer, Shift As Integer, X As Single, Y As Single)
    bpressed = True
MousePointer = 2
Form1.CurrentX = X
Form1.CurrentY = Y
End Sub
Private Sub Form_MouseMove(Button As Integer, Shift As Integer, X As Single, Y As Single)
If bpressed Then
Form1.Line - (X, Y)
End If
End Sub
Private Sub Form_MouseUp(Button As Integer, Shift As Integer, X As Single, Y As Single)
bpressed = False
MousePointer = 0
End Sub
```

5. 程序代码如下：

```
Sub txtExample_KeyPress(KeyAscii As Integer)
    If KeyAscii < 48 Or KeyAscii > 57 Then
        KeyAscii = 0
    End If
End Sub
```

6. 程序代码如下：

把 KeyPreview 属性设置为 True 时,编写下面代码

```
Sub Form_KeyPress(KeyAscii As Integer)
    If KeyAscii > = Asc("a") And KeyAscii < = Asc("z") Then
        KeyAscii = KeyAscii + Asc("A") - Asc("a")
    End If
End Sub
```

第11章 数据文件

11.1 实验一 文件的读/写

11.1.1 实验目的

1. 掌握文件的概念及其使用方法，注意各种类型文件的特点和区别；
2. 掌握顺序文件的操作：打开、读/写、关闭；
3. 了解随机文件的操作：打开、读/写、关闭。

11.1.2 实验内容

1. Print 与 Write 语句输出数据结果比较。在文件 D:\test 中创建一个文本文件 Myfile. txt，比较 Print 与 Write 语句输出数据结果格式有什么不同。

2. 读取顺序文件。打开一个文本文件 C:\WINDOWS\Mouse. txt，并将其内容显示到文本框中。

3. 顺序文件的存储。编程把一个文本框中的内容以文件形式存入磁盘。假定文本框的名称为 Mytxt，文件名从对话框输入。

4. 建立职工工资随机文件。建立一个有 3 名职工工资信息的随机文件，其中包括职工的职工号（从 01 开始）、姓名及工资 3 种数据。采用职工号为记录号。

11.1.3 实验步骤

1. Print 与 Write 语句输出数据结果比较。

(1) 在 D:\test 中创建一个文本文件 Myfile. txt。比较分别用 Print 和 Write 语句输出的格式有何不同。

(2) 编写程序代码如下：

```
Private Sub Form_Click()
Dim Str As String, Anum As Integer
Open "D:\test\Myfile.txt" For Output As 1
Str = "ABCDEFG"
Anum = 12345
Print #1, Str, Anum
Write #1, Str, Anum
Close #1
```

End Sub

执行结果如图 11-1-1 所示。

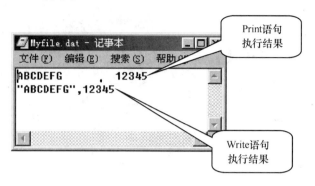

图 11-1-1

2. 读取顺序文件。打开一个文本文件 C:\WINDOWS\Mouse.txt,并将其内容显示到文本框中。

(1) 界面设计。在界面框架的窗体中添加文本控件、两个命令按扭,如图 11-1-2 所示。

图 11-1-2

控件的属性设置如表 11-1-1 所示。

表 11-1-1

Name 属性	Caption 属性	作 用
Command1	确定	读取顺序文件,并将内容显示到文本框中
Command2	取消	去除文本框中全部内容
Form1	读取顺序文件的界面示意图	窗体
Text1	显示顺序文件	显示顺序文件的内容

(2) 编写程序代码如下。

① 定义两个字符串变量,用来存放读取的信息:

Dim textline As String

Dim nextline As String

② 读取顺序文件,并将内容显示在文本框中:

— 176 —

```
Private Sub Command1_Click()
Open "h:\Windows\Mouse.txt" For Input As #1
Do Until EOF(1)
Line Input #1, nextline
textline = textline + nextline + Chr(13) + Chr(10)
Loop
Close #1
    Text1.FontSize = 17
    Text1.Font = "华文新魏"
    Text1.Text = textline
End Sub
```

③ 删除文本框中的所有内容：

```
Private Sub Command2_Click()
    Text1.Text = ""
End Sub
```

3. 顺序文件的存储。编程把一个文本框中的内容，以文件形式存入磁盘。假定文本框的名称为 Mytxt，文件名从对话框输入。

(1) 界面设计。在窗体中添加一个文本框(Text 1)和命令按钮 Command1，如图 11-1-3所示。

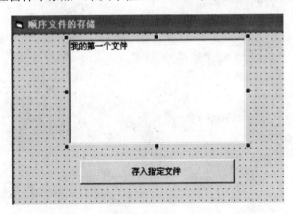

图 11-1-3

控件属性如表 11-1-2 所示。

表 11-1-2

Name 属性	Caption 属性	作　　用
Text1	我的第一个文件	显示文本内容
Command1	存入指定文件	将文本框中内容存入文件

(2) 编写程序代码如下：

```
Private Sub Command1_Click()
Dim textline As String
Dim filename As String
```

```
Text1.Text = "我的第一个文件"
filename = InputBox("请输入文件名")
Open filename For Output As #1
textline = Text1.Text
Print #1, textline
Close #1
End Sub
```

4. 建立职工工资随机文件。建立一个有 3 名职工工资信息的随机文件,其中包括职工的职工号(从 01 开始)、姓名及工资 3 种数据。采用职工号为记录号。

(1)分析:通过对话框的形式,录入每个职工的职工号、姓名和工资。

(2)程序代码如下:

```
Private Type salary
    name As String * 8              '姓名,定长字符串
    salary As Long                  '工资
End Type
Private Sub Form_Load()
    Dim sal As salary
    Dim no As String * 3, recno As Integer
Open "data2.dat" For Random As #1 Len = Len(sal)
For i = 1 To 5
    s$ = "输入第" + Str(i) + "个职工的"
    no = InputBox(s$ + "编号")
    sal.name = InputBox(s$ + "姓名")
    sal.salary = Val(InputBox(s$ + "工资"))
    recno = Val(no)                 '记录号
    Put #1, recno, sal              '存入记录
Next i
    Close #1
End Sub
```

11.2　实验二　文件系统控件

11.2.1　实验目的

1. 掌握文件控件的使用方法;
2. 掌握文件的基本操作。

11.2.2　实验内容

1. 利用文件系统控件、组合框、文本框,制作一个文件浏览器。

要求:组合框限定文件列表框中显示文件的类型,如选定"＊.txt"文件。当在文件列表

框选定欲显示的文件时,在文本框显示出该文件的内容。

2. 文件操作练习。在"我的文档"(C:\My Documents)文件夹下创建一个新文件夹"mydir",然后复制文件"C:\My Documents\cj2. txt"到新文件夹下,复制生成的文件名称由用户指定。

11.2.3　实验步骤

1. 制作文件浏览器

分析:通过驱动器控件、目录控件和文本框控件的组合使用,选择需要显示的源文件,并将文本文件内容显示在文本框中。

(1)界面设计。在窗体上添加如图 11-2-1 所示驱动器控件、目录控件和文件控件。

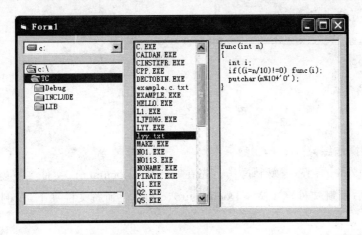

图 11-2-1

控件属性如表 11-2-1 所示。

表 11-2-1

Name 属性	属性名	设置值
File1	pattern	* . txt
Dir1		
Dirve1		
Text1	text	
Text2	text	
	multiline	true

(2)程序代码如下:

Private Sub Dir1_Change()

    File1.Path = Dir1.Path

End Sub

Private Sub Drive1_Change()

    Dir1.Path = Drive1.Drive

End Sub

Private Sub File1_Click()

 If Right(Dir1.Path, 1) <> "\" Then

  Text1.Text = Dir1.Path & "\" & File1.FileName

 Else

  Text1.Text = Dir1.Path & File1.FileName

 End If

 If File1.FileName <> "" Then

  Open Text1.Text For Input As #1

   Do While Not EOF(1)

    Line Input #1, a

    Text2.Text = Text2.Text & a & vbCrlf

   Loop

  Close #1

 End If

End Sub

2. 文件的操作练习

（1）分析：文件的创建与复制操作。先在 C:\My Documents 文件夹下创建一个新文件夹"mydir"，然后复制文件"C:\My Documents\cj2.txt"到新文件夹下，复制生成的文件名称由用户指定。

（2）程序代码如下：

Private Sub Form_Load()

 Show

 Print "正在进行文件操作"

 MkDir "c:\my documents\mydir"

 fname = InputBox("请输入新文件名", "更改文件名")

 fname = "c:\my documents\mydir\" + fname + ".txt"

 FileCopy "c:\my documents\cj2.txt", fname

 Print "已完成要求的操作"

End Sub

11.3 典型例题解析

例 1 设计一个文本编辑器，能够实现文本编辑的基本功能。

解：（1）分析。在"文件"菜单中至少有"保存"、"另存为..."对话框。在状态栏显示系统时间、编辑状态等，在工具栏上添加新建、打开、保存、剪切、复制、粘贴等按钮。

（2）界面设计。在窗体上添加文本框和状态栏，创建如图 11-3-1 所示界面。

图 11-3-1

控件属性如表 11-3-1 所示。

表 11-3-1

Name 属性	属性名	设置值
Form1	caption	文本编辑器
StatusBar1	Panels(2). Text	编辑\锁定
RichTextBox1	text	空

（3）程序代码如下。

Private Sub Ecopy_Click()　　　　　　　　　　′复制

　Clipboard. SetText RichTextBox1. SelText

End Sub

Private Sub Ecut_Click()　　　　　　　　　　′剪切

　Clipboard. SetText RichTextBox1. SelText

　RichTextBox1. SelText = ""

End Sub

Private Sub Epaste_Click()　　　　　　　　　　′粘贴

　RichTextBox1. SelText = Clipboard. GetText

End Sub

Private Sub fexit_Click()

　End

End Sub

Private Sub Form_MouseDown(Button As Integer, Shift As Integer, X As Single, Y As Single)

　If Button = 2 Then

　　PopupMenu tpopmenu, , , , tpop3

　End If

End Sub

```vb
Private Sub Form_Resize()
    RichTextBox1.Left = 0
        If Vtoolbar.Checked = True Then
            RichTextBox1.Top = Toolbar1.Height
    Else
        RichTextBox1.Top = 0
    End If
    RichTextBox1.Width = ScaleWidth
    If Vstatusbar.Checked = True Then
        RichTextBox1.Height = ScaleHeight - RichTextBox1.Top - StatusBar1.Height
    Else
        RichTextBox1.Height = ScaleHeight - RichTextBox1.Top
    End If
End Sub
Private Sub fnew_Click()                   ´新建
    RichTextBox1.Text = ""
End Sub
Private Sub fopen_Click()                  ´打开
    CommonDialog1.Filter = " text( * .txt)| * .txt|all( * . * )| * . * "
    CommonDialog1.ShowOpen
    RichTextBox1.LoadFile CommonDialog1.FileName, 1
End Sub
Private Sub fsave_as_Click()               ´另存为
    CommonDialog1.ShowSave
    RichTextBox1.SaveFile CommonDialog1.FileName, 1
End Sub
Private Sub fsave_Click()                  ´保存
    RichTextBox1.SaveFile CommonDialog1.FileName, 1
End Sub
Private Sub help1_Click()
    SendKeys "{F1}" ´将一个或多个按键消息发送到活动窗口
End Sub
Private Sub RichTextBox1_MouseDown(Button As Integer, Shift As Integer, X As
Single, Y As Single)
    If Button = 2 Then
        PopupMenu tpopmenu, , , , tpop3
    End If
```

```
End Sub
Private Sub search_Click()
    Static i
    Dim str $
    str = InputBox("请输入要查找的内容:")
    i = InStr(i + 1, RichTextBox1.text, str)
    If i > 0 Then
        RichTextBox1.SelStart = i - 1
        RichTextBox1.SelLength = Len(str)
        RichTextBox1.SetFocus
    Else
        MsgBox "查找结束"
    End If
End Sub
Private Sub Toolbar1_ButtonClick(ByVal Button As MSComctlLib.Button)
Select Case Button.Index
    Case 1
        fnew_Click
    Case 2
        fopen_Click
    Case 3
        fsave_Click
    Case 5
        Ecut_Click
    Case 6
        Ecopy_Click
    Case 7
        Epaste_Click
  End Select
End Sub
Private Sub tpop1_Click()
    RichTextBox1.SelFontSize = RichTextBox1.SelFontSize + 1
End Sub
```

例 2　从一个数据文件 d:\text1.txt 中读取全部的数据,并且求他们的最大值和累加和。

解:首先从文件中顺序读取数据,然后进行数据处理,计算最大值和累加和。

(1) 界面设计:设计如图 11-3-2 所示用户界面。

主要控件的主要属性和作用如表 11-3-2 所示。

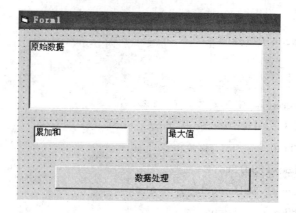

图 11-3-2

表 11-3-2

控件类型	Name 属性	作　用
TextBox	Text1	显示从文件中读入的原始数据
TextBox	Text2	显示累加和
TextBox	Text3	显示最大值
CommandButton	Command1	数据处理按钮

（2）程序代码如下：

```
Private Sub Command1_Click()
    Dim n AsVariant
    Dim I As Integer
    Dim max_m As Double
    Dim s As Double
    Dim m_data As String
    Dim m_str As String
Text1. Text = ""
If Dir $ ("d:\text1.txt",vbNormal) = " " then
MsgBox("文件不存在")
Exit Sub
Else
    Open "d:\text1.txt" for input As #1
    Input #1,n
    Dim data(n) As Double
    I = 1
Do While Not Eof(1)
    Input #1,data(I)
    m_str = m_str + Str(data(I)) + Chr(10) + Chr(13)
    I = I + 1
```

— 184 —

```
Loop
Close #1
Text1. Text = m_str
End if
  Max_m = data(1)
  S = 0
  For I = 1 to n
    If data(I) < max_m then
      Max_m = data(I)
    End If
    s = s + data(I)
  Next I
Text2. Text = s
Text3. Text = max_m
End Sub
```

11. 4 自测题

1. 下列代码可以直接实现运行 test. exe 文件的是哪些?

(1) run ("test. exe")

(2) shell("test. exe")

(3) open("test. exe")

(4) play("test. exe")

2. 把 1~50 的 50 个整数存入文件 num1,把这些数中能被 7 整除的数存入文件名为 num2 的文件中,文件存放在 VB 缺省文件夹下。

3. 在 num2. txt 文件中再加入 51~200 范围内能被 7 整除的数。

4. 在 (d:\text)文件夹下创建一个新文件夹"first",然后复制文件"d:\text\first. txt" 到新文件夹下,复制生成的文件名称由用户指定,然后将原文件删除。

5. 工资管理系统。如图 11-4-1 所示。对职工工资信息进行查询、增加、修改、删除等操作。

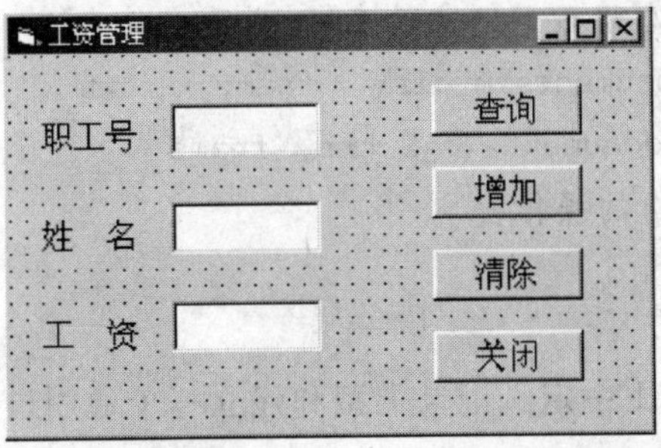

图 11-4-1 工资管理系统

自测题答案

1. shell("test.exe")

2. 程序代码如下：

```
Private Sub Form_Load()
                Open "num1.txt" For Output As #1
                Open "num2.txt" For Output As #2
                For i = 1 To 50
                        Write #1, i
                        If i Mod 7 = 0 Then Write #2, i
                Next i
                Close #1, #2
                Unload Me
        End Sub
```

3. 程序代码如下：

```
Private Sub Form_Load()
        Open "num2.txt" For Append As #1
        For i = 51 To 200
                If i Mod 7 = 0 Then Write #1, i
        Next i
        Close #1
        Unload Me
End Sub
```

4. 程序代码如下：

```
Private Sub Form_Load()
    Show
    Print "正在进行文件操作"
    MkDir "c:\my documents\mydir"
    fname = InputBox("请输入新文件名", "更改文件名")
    fname = "c:\my documents\mydir\" + fname + ".txt"
    FileCopy "c:\my documents\cj2.txt", fname
    Print "已完成要求的操作"
End Sub
```

5. 程序代码如下：

① 在标准模块 Module1 中定义记录类型和建立一个通用过程：

```
Type salary
    name As String * 8
    salary As Long
```

End Type

Public sal As salary, recno As Integer　　　′recno 表示记录号

　　　　　　　　　　　　　　　　　　　　　′检查编号的通用过程

Function Cheno(no As String) As Boolean

　　　recno = Val(no)

　　　If recno < 0 Or recno > 999 Then

　　　　　MsgBox ″输入的职工号超出范围″, 0, ″检查编号″

　　　　　Cheno = True

　　　Else

　　　　　Cheno = False

　　　End If

End Function

② 利用事件过程 Form_Load() 来打开文件和显示第一个记录：

Private Sub Form_Load()

　　　Open ″Data1. dat″ For Random As #1 Len = Len(sal)

　　　Get #1, 1, sal

　　　Text1. Text = Format(1, ″000″)

　　　Text2. Text = sal. name

　　　Text3. Text = sal. salary

End Sub

③ 编写"查询"按钮的 Click 事件过程：

Private Sub Command1_Click()

　　　If Cheno(Text1. Text) Then Exit Sub

　　　If recno > LOF(1) / Len(sal) Then

　　　　　MsgBox ″无此记录″

　　　　　Exit Sub

　　　End If

　　　Get #1, recno, sal

　　　Text2. Text = sal. name

　　　Text3. Text = Str(sal. salary)

　　　Text1. SetFocus　　　　　　　　′设置焦点

End Sub

④ 编写"增加"按钮的 Click 事件过程：

Private Sub Command2_Click()

　　　If Cheno(Text1. Text) Then Exit Sub

　　　sal. name = Text2. Text

　　　sal. salary = Val(Text3. Text)

　　　Put #1, recno, sal

　　　Text1. SetFocus

End Sub

⑤ 编写"清除"按钮的 Click 事件过程：

Private Sub Command3_Click()

```
        If Cheno(Text1.Text) Then Exit Sub
        If recno > LOF(1) / Len(sal) Then
                MsgBox "无此记录"
                Exit Sub
        End If
        sal.name = ""                              '记录内容清空
        sal.salary = 0
        Text2.Text = ""                            '文本框清空
        Text3.Text = ""
        Put #1, recno, sal
        Text1.SetFocus
```

End Sub

⑥ 编写"关闭"按钮的 Click 事件过程

Private Sub Command4_Click()

```
        Close #1
        Unload Me
```

End Sub

第 12 章　图形操作

12.1　实验一　基本图形绘制

12.1.1　实验目的

1. 熟练掌握各种绘图语句；
2. 能够熟练应用绘图语句编制程序。

12.1.2　实验内容

1. 应用 line 语句绘制图形，在图形框中绘制不同样式的线段。

2. 应用 Circle 语句绘制圆形、椭圆和圆弧，在图形框中绘制如图所示同心圆、椭圆和圆弧。

3. 图形填充，用户单击图像框 Picture1 时，出现一个如图 12-1-1 所示饼图，由 4 个小块组成，每个小块所占比例随机产生。

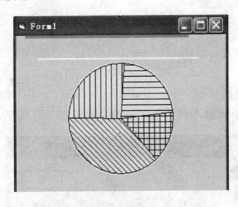

图 12-1-1

4. 绘制曲线，用 Pset 方法绘制阿基米德螺线。

12.1.3　实验步骤

1. line 语句的应用

（1）界面设计

在窗体 Form1 中绘制图像框 Picture1，当单击图像框时，出现一个由 4 部分不同填充图案组成的饼图,如图 12-1-2 所示。

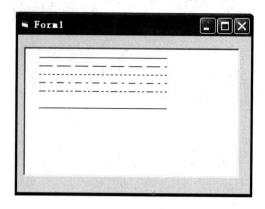

图 12-1-2

(2) 程序代码

Option Explicit

Private Sub Form1_Click()

```
Dim I As Integer
Picture1.Scale(0,0) - (1500,1500)
Picture1.BackColor = RGB(255,255,255)
For I = 0 to 6
    Picture1.DrawStyle = I
    Picture1.Line( 100,100 + 100 * I) - (1000, 100 + 100 * I)
Next I
```

End Sub

2. Circle 语句的应用

(1) 界面设计

在窗体 Form1 中绘制图像框 Picture1,因为 DrawStyle 有 7 种不同的取值,根据不同的取值,在图像框 Picture1 中画出不同线型的线段,如图 12-1-3 所示。

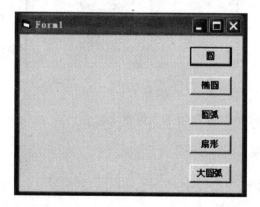

图 12-1-3

控件属性设置如表 12-1-1 所示。

表 12-1-1

Name 属性	Caption 属性	作 用
Picture1		显示图形
Command1	圆	单击,画出圆
Command2	椭圆	单击,画出椭圆
Command3	圆弧	单击,画出圆弧
Command4	扇形	单击,画出扇形
Command5	大圆弧	单击,画出大圆弧

（2）程序代码

```
Private Sub Command1_Click()
Form1.Cls
Form1.Circle ( - 0.2, 0), 0.5, vbRed
End Sub
Private Sub Command2_Click()
Form1.Cls
Circle ( - 0.2, 0), 0.5, vbBlue, , , 0.5
End Sub
Private Sub Command3_Click()
Form1.Cls
Circle ( - 0.2, 0), 0.5, , 0.5, 2.6
End Sub
Private Sub Command4_Click()
Form1.Cls
Circle ( - 0.2, 0), 0.5, vbGreen, - 0.5, - 2.6
End Sub
Private Sub Command5_Click()
Form1.Cls
Circle ( - 0.2, 0), 0.5, vbMagenta, - 2.5, 0.6
End Sub
Private Sub Form_Load()
Scale ( - 1, - 1) - (1, 1)
Form1.DrawWidth = 3
End Sub
```

3．图形填充语句的应用

（1）界面设计

在窗体 Form1 中绘制图像框 Picture1,添加 5 个命令按钮。如图 12-1-1 所示。然后在图像框 Picture1 中,绘制圆、椭圆和圆弧等。

（2）程序代码

```
Const Pi = 3.1415926
Private Sub Picture1_Click()
    Dim I As Integer
    Dim n(7) As long
    Dim s As Integer
    Dim c1 As Single
    Dim c2 As Single
    Picture1.Scale (0,0) - (2500,800)
    Picture1.Cls
    Picture1.BackColor = RGB(255,255,255)
    C1 = 0
    C2 = 0
    S = 0
    For I = 0 to 3
        n(I) = 10 + Rnd() * 100
        s =  s + n(I)
    Next I
    For I = 0 to 3
        Picture1.Fillstyle = 2 + (I Mod 5)
        C1 = C2
        C2 = C1 + n(I) * 2 * pi/s
        Picture1.Circle(Picture1.ScaleWidth/2, Picture1.ScaleHeight/2 ), 500
        Picture1.ScaleHeight , , - c1, - c2
    Next I
End sub
```

4. 绘制曲线

（1）界面设计

在用户界面中添加一个图像框和一个命令按钮，如图 12-1-4 所示。

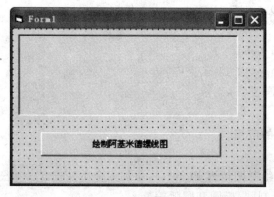

图 12-1-4

控件主要属性如表 12-1-2 所示。

表 12-1-2

Name 属性	Caption 属性	作　用
Picture1		显示绘图结果
Command1	"绘制阿基米德螺线图"	绘制曲线命令按钮

（2）程序代码

```
Private Sub Command1_Click()
    Dim x As Single
    Dim y As Single
    Dim i As Single
    Picture1.Cls
    Picture1.ScaleMode = 3
    Picture.ForeColor = RGB(0,0,0)
    Picture1.Scale(-15,15)-(15,-15)
    Picture1.line(0,14) - (0,-14)
    Picture1.line(14.5,0) - (-14.5,0)
    For i = 0 to 12 Step 0.01
        y = i * Sin(i)
        x = I * Cos(i)
        Picture1.PSet(x,y)
    Next i
End Sub
```

12.2　实验二　简单动画和图形处理技术

12.2.1　实验目的

1. 掌握简单动画程序的编写；
2. 掌握对图像的各种操作；
3. 熟悉图形处理的各种语句。

12.2.2　实验内容

1. 简单动画程序练习，陀螺在图形框内的转动。
2. 图形处理程序的练习。对已知图像进行复制、水平翻转、旋转。

12.2.3　实验步骤

1. 简单动画程序练习
改变图形形状演示一个陀螺在图形框内的转动。

分析：采用帧动画原理，通过一系列静态图以连续快速变化产生动画效果。

（1）界面设计

在窗体上设置时钟、命令按钮、图片框和一组图像控件（10 个），如图 12-2-1 所示。

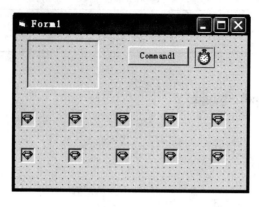

图 12-2-1

各控件属性如表 12-2-1 所示。

表 12-2-1

Name 属性	作用	Name 属性	作用
Timer1	定时	Image1	装入图片
Picture1	存放图片	Command1	控制陀螺转动

（2）程序代码

① 定义窗体级变量

Dim y As Integer

② 编写通用子程序 runtop

Private Sub runtop()

```
y = y + 1
If y = 10 Then y = 0                '指定陀螺的某张图片
Picture1.picture = Image1(y).Picture '图形框装入某张图片
Form1.Icon = Image1(y).Picture       '窗体的 icon 属性装入图片
```

End Sub

③ 在 Form_Load 事件中给 y 置初值

Private Sub Form_Load()

```
y = 1
```

End Sub

④ Command1_Click 事件

Private Sub Command1_Click()

```
If Command1.Caption = "转动" Then
    Command1.Caption = "停止"
Else
```

```
        Command1.Caption = "转动"
      End If
  End Sub
```

⑤ Timer1_Timer 事件

```
Private Sub Timer1_Timer()
    If Command1.Caption = "停止" Then runtop
End Sub
```

2. 图形处理程序练习

已知如图 12-2-2 所示图像,分别给出其复制、水平翻转和旋转后的图像。

图 12-2-2

分析:使用 PaintPicture 方法,结合 3 个命令按钮分别给出该图像的复制、水平翻转和旋转后的图像。

(1) 界面设计

在窗体上放置 1 个图片框,3 个命令按钮,分别用于控制位图复制、水平翻转和旋转。

控件属性如表 12-2-2 所示。

表 12-2-2

Name 属性	Caption 属性	作　用
Picture1		放置原始图像
Command1	"复制"	生成复制后的图像
Command2	"水平翻转"	生成水平翻转后的图像
Command3	"旋转"	生成旋转后的图像

(2) 程序代码

```
Private Sub Form_Initialize()
    Sw = Picture1.ScaleWidth
    Sh = Picture1.Scaleheight
End Sub
Private Sub Command1_Click()
    Form1.Paintpicture Picture1,0,0,sw,sh,0,0,sw,sh,vbSrcCopy
```

End Sub
Private Sub Command2_Click()
  Form1.Paintpicture Picture1,sw,0, - sw,sh,0,0,sw,sh,vbSrcCopy
End Sub
Private Sub Command3_Click()
  For i = 0 to sw - 15 Step 15 ´按宽度循环扫
   For j = 0 to sh - 15 Step 15 ´按高度循环扫描
    Form1.Paintpicture Picture1,j,i,15,15,i,j,15,15,vbSrcCopy
   Next j
  Next i
End Sub

12.3 典型例题解析

例 1 用 Circle 方法在窗体上绘制由圆环构成的艺术图案。

如图 12-3-1 所示,等分半径为 r 的圆周为 n 份,以等分点位圆心,半径 r_1 绘制 n 个圆。

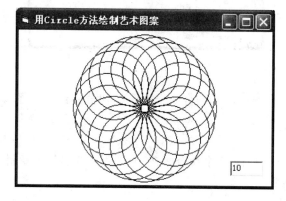

图 12-3-1

解:(1)界面设计。在窗体上添加文本框控件,用于输入 n 的值。

(2)对象属性设置如表 12-3-1 所示。

表 12-3-1

Name 属性	属性	作　用
Form1	Caption 的值"用 Circle 方法绘制艺术图形"	绘制图形
Text1		输入 n 的值

(3)程序代码如下。

```
Const pi = 3.1415926
Private Sub Form_Click()
  Dim r As Long
  r = Form1.ScaleHeight / 4     ´"圆心"之间的距离
  x0 = Form1.ScaleWidth / 2
```

```
    y0 = Form1.ScaleHeight / 2      '"小圆"的圆心坐标
        '利用循环结构画圆,可以画任意多个
    For i = 0 To 2 * pi Step pi / 10
        x = x0 + r * Cos(i)
        y = y0 + r * Sin(i) '确定滚动圆的圆心坐标
        Circle (x, y), r * 0.9, vbRed
    Next i
End Sub
```

例 2 用 Point 方法获取一个区域的信息,并用 Pset 方法进行仿真。

在图片框中放入一张图片,用 Pset 语句得到其镜像图。

解:(1)用 Point 方法获取图片框中的彩色图片的一点颜色值,并按照镜像方式用 Pset 方法填充到窗体上。

(2)界面设计。在窗体上添加一个图片框和一个命令按钮,如图 12-3-2 所示。

图 12-3-2

控件属性如表 12-3-2 所示。

表 **12-3-2**

Name 属性	其他属性	作用
Picture1	picture	添加图片
Command1	caption	"仿真输出"

(3)程序代码如下。

```
Private Sub Form_Load()
    Form1.Scale (0, 0) - (100, 100)
    Picture1.Scale (0, 0) - (100, 100)
End Sub
Private Sub Command1_Click()
    Dim i, j As Integer, mcolor As Long
    Form1.ScaleMode = 3                      '刻度单位为像素
    For i = 1 To 100                         '按行扫描
        For j = 1 To 100                     '按列扫描
            mcolor = Picture1.Point(i, j)    '返回指定点的颜色
            PSet (i, j), mcolor
```

```
        Next j
    Next i
End Sub
```

12.4 自测题

1. 在窗体中,实现背景颜色从上到下渐变的效果,如图 12-4-1 所示。

图 12-4-1

2. 画同心圆。颜色由随机数产生。
3. 在窗体上随机绘制各种颜色的气球。
4. 用 line 方法在窗体上随机绘制彩色线条。
5. 秒表示例。图形框中的钟表,根据命令按钮的指示,实现动画操作,如图 12-4-2 所示。

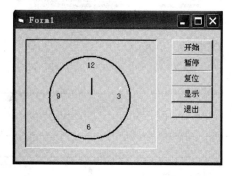

图 12-4-2

6. 自定义坐标系。使图像按如图 12-4-3 所示情况在窗体上显示。

图 12-4-3

自测题答案

1. 程序代码如下：

```
Private Sub Form_Click()
    Dim j As Integer
    Dim x As Single
    Dim y As Single
    y = Form1.ScaleHeight
    x = Form1.ScaleWidth
    sp = 255 / y
    For j = 0 To y
        Line (0, j) - (x, j), RGB(j * sp, j * sp, j * sp)
    Next j
End Sub
```

2. 程序代码如下：

```
Private Sub Form_Click()
    Randomize
    r = 255 * Rnd: g = 255 * Rnd: b = 255 * Rnd
        ´求得随机颜色参数
    x = Form1.ScaleWidth / 2
    y = Form1.ScaleHeight / 2 ´确定圆心坐标
    If x > y Then ´求半径的最大值
        r = y
    Else
        r = x
    End If
    For j = 1 To r
        Circle (x, y), j, RGB(r, g, b) ´画同心圆
    Next j
End Sub
```

3. 程序代码如下：

```
Private Sub Command1_Click()
Randomize
Scale (-100, -100) - (100, 100)
For i = 1 To 10
    x = Rnd: y = Rnd: z = Rnd: a = Rnd
    DrawWidth = 1
    If Rnd < 0.5 Then x = -x
```

```
        If Rnd < 0.5 Then y = - y
        Form1.Line (0, 0) - (x * 100, y * 100)，RGB(255 * Rnd, 255 * Rnd, 255 * Rnd)
        DrawWidth = 50
        Form1.PSet (x * 100, y * 100)，RGB(255 * Rnd, 255 * Rnd, 255 * Rnd)
    Next i
End Sub
```

4. 程序代码如下：

```
Private Sub Form_Click()
Dim i%, x%, y%
Form1.Scale (- 100, 100) - (100, - 100)


For i = 1 To 100
    x = 100 * Rnd
    If Rnd < 0.5 Then x = - x
    y = 100 * Rnd
    If Rnd < 0.5 Then y = - y
    ´Line (0, 0) - (x, y), QBColor(15 * Rnd) ´随机彩色直线
    Form1.DrawWidth = Rnd * 4 + 1
    PSet (x, y), QBColor(15 * Rnd)            ´随机彩色圆点
  Next i
End Sub
Private Sub Command1_Click()
Form1.Cls
End Sub
```

5. 程序代码如下：

```
Const pi = 3.1415926
Dim i As Integer     ´定义变量
Dim s As Integer, m As Integer
Private Sub Form_Load()
Picture1.Scale (- 10, 10) - (10, - 10)    ´自定义坐标
i = 1
Line1.X1 = 0
Line1.Y1 = 0
Line1.X2 = 0
Line1.Y2 = 3 ´赋初值
End Sub
Private Sub Command1_Click()
Timer1.Enabled = True
End Sub
```

```
Private Sub Command2_Click()
If Command2.Caption = "暂停" Then
    Timer1.Enabled = False
    Command2.Caption = "继续"
ElseIf Command2.Caption = "继续" Then
    Timer1.Enabled = True
    Command2.Caption = "暂停"
End If
End Sub
Private Sub Command3_Click()
End
End Sub
Private Sub Command4_Click()
Form_Load
Timer1.Enabled = False
s = 0: m = 0
Text1 = ""
End Sub
Private Sub Command5_Click()
Text1.Visible = True
End Sub
Private Sub Timer1_Timer()
s = s + 1
If s = 60 Then m = m + 1: s = 0
Text1.Text = m & "分" & s & "秒"
x = pi / 30
Line1.X2 = 3 * Sin(i * x)
Line1.Y2 = 3 * Cos(i * x) '赋新值,使得 line 控件转动
If i > 59 Then      '判断 i 的值
    i = 1
Else
    i = i + 1
End If
End Sub
```

6. 程序代码如下:

```
Private Sub Command1_Click()
Form1.Scale (-1, -1) - (1, 1)
Picture1.Left = -Picture1.Width / 2
Picture1.Top = -Picture1.Height / 2
```

```
End Sub
Private Sub Command2_Click()
Form1. Scale ( - 1,  - 1) - (1, 1)
Picture1. Left = - 1
Picture1. Top = - 1
End Sub
Private Sub Command3_Click()
Form1. Scale ( - 1,  - 1) - (1, 1)
Picture1. Left = 1  -  Picture1. Width
Picture1. Top = 1  -  Picture1. Height
End Sub
Private Sub Command4_Click()
Form1. Scale ( - 1,  - 1) - (1, 1)
Picture1. Left = - 1
Picture1. Top = 1  -  Picture1. Height
End Sub
Private Sub Command5_Click()
Form1. Scale ( - 1,  - 1) - (1, 1)
Picture1. Left = 1  -  Picture1. Width
Picture1. Top = - 1
End Sub
```

第 13 章　ActiveX 控件的使用

13.1　实验一　ActiveX 控件的使用

13.1.1　实验目的

1. 掌握 ActiveX 控件的概念和创建方法；
2. 熟悉常见 ActiveX 控件的使用；
3. 掌握自定义 ActiveX 控件的创建和使用方法。

13.1.2　实验内容

1. ProgressBar 控件使用示例。设计一个进度条，用来指示程序结束的时间进度，如图 13-1-1 所示。

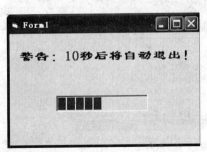

图 13-1-1　使用 ProgressBar 控件

　　2. ImageList 控件与 ToolBar 控件使用示例。设计要求如下：在工程中增加工具栏，放置三个普通按钮，分别用于 RichTextBox 控件中被选文本的剪切、复制、粘贴功能，如图 13-1-2 所示。

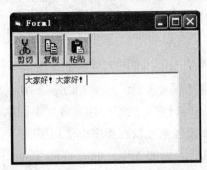

图 13-1-2　使用 ImageList 控件与 ToolBar 控件

3. 创建自定义 ActiveX 控件。制作一个 ActiveX 控件，它可以用来显示当前的日期、星期和时间。

4. 在 VB 程序中使用实验内容 3 创建的 ActiveX 控件。

13.1.3 实验步骤

1. ProgressBar 控件使用示例

（1）ProgressBar 控件位于"Microsoft Windows Common Controls 6.0"部件中。在使用前，必须将它们添加到工具箱中，具体操作步骤如下。

① 选择"工程"菜单下的"部件"子菜单，或在工具箱上空白处单击鼠标右键，屏幕出现快捷菜单，如图 13-1-3 所示 。

图 13-1-3

② 选择"部件"命令，屏幕显示"部件"对话框，在"部件"对话框中，单击"控件"选项卡，如图 13-1-4 所示，对话框中列出了 VB 提供的各种 ActiveX 控件。

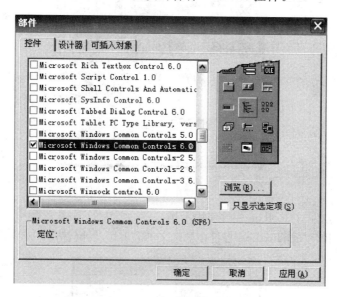

图 13-1-4　"部件"对话框的"控件"选项卡

③ 用鼠标选中所需部件前方的复选框。选择"Microsoft Windows Common Controls 6.0"。

④ 单击"确定"按钮，关闭"部件"对话框。这时所选中的 ActiveX 控件图标就会出现在工具箱中，则所选的 ActiveX 控件就可以在程序中使用了。

（2）新建一个窗体，在窗体上添加 1 个计时器控件 Timer1；1 个进度条控件 Progress-Bar1；一个标签控件 Label1，设置 Label1 的 Caption 属性为"警告：10 秒后将自动退出！"，程序的设计界面如图 13-1-5 所示。

图 13-1-5　设计界面

（3）程序代码如下。

Private Sub Form_Load()

ProgressBar1.Min = 0

ProgressBar1.Max = 10

ProgressBar1.Value = 0

Timer1.Interval = 1000

Timer1.Enabled = True

End Sub

Private Sub Timer1_Timer()

If ProgressBar1.Value $>$ = 10 Then End

ProgressBar1.Value = ProgressBar1.Value + 1

End Sub

2. ImageList 控件与 ToolBar 控件使用示例

（1）ImageList 控件与 ToolBar 控件位于"Microsoft Windows Common Controls 6.0"部件中。在使用前，必须将它们像实验一那样添加到工具箱中；然后还要在工具箱中添加图文编辑器 RichTextBox，执行菜单命令：工程→部件→使 Microsort Rich TextBox Control 6.0(SP6)复选框有效；RichTextBox 控件将添加到工具箱中。

（2）在工具箱中双击 RichTextBox，将 RichTextBox1 放入窗体设计器，放大控件尺寸，如图 13-1-6 所示。RichTextBox 是 VB 提供的一种图文编辑控件，具有类似于 Word 的文字编辑功能。

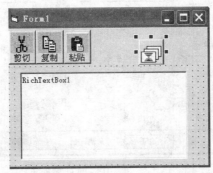

图 13-1-6　设计界面

（3）在工具箱中双击 ImageList 控件，在窗体内添加 ImageList 控件（ImageList1）；然后向 ImageList1 添加图片。

① 用鼠标右击 ImageList 控件，在弹出式菜单中选择属性进入"属性页"对话框，选择"图像"选项卡，单击"插入图片"按钮，在对话框中选择图像文件（.bmp 或 .ico）添加到 ImageList 控件中去，如图 13-1-7 所示。

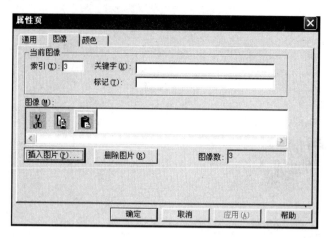

图 13-1-7　设计界面

② 在关键字栏中输入关键字（Key），关键字必须为该图片唯一标识符。索引（Index）为图像的唯一序号，一般由系统自动设置。在后面的程序设计中，其他控件将使用索引（Index）或关键字（Key）来引用所需的图像。重复①、②两步，添加 3 个图片。

（4）在工具箱中双击 ToolBar 控件，添加 ToolBar 控件（ToolBar1）到窗体；右击它，选择"属性"命令，在弹出的如图 13-1-8 的属性页中设置图像列表属性为 ImageList1，插入 3 个按钮，设置 3 个按钮的标题（分别为剪切、复制、粘贴）、关键字（分别为 Cut、Copy、Paste）和图像（分别为 1、2、3）。

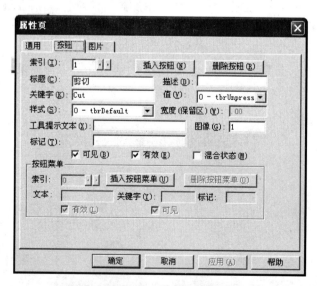

图 13-1-8　ToolBar 控件属性页

(5) 程序代码如下。

```
Private Sub Toolbar1_ButtonClick(ByVal Button As MSComctlLib.Button)
    Select Case Button.Key
    Case "Cut"
        Call Cut_Click          '单击剪切按钮,调用剪切过程 Cut_Click
    Case "Copy"
        Call Copy_Click         '单击复制按钮,调用复制过程 Copy_Click
    Case "Paste"
        Call Paste_Click        '单击粘贴按钮,调用粘贴过程 Paste_Click
    End Select
End Sub
Private Sub Cut_Click()
    Clipboard.SetText RichTextBox1.SelText    '将 RichTextBox1 所选择文本存入剪切板
    RichTextBox1.SelText = ""                 '清除 RichTextBox1 所选择文本
End Sub
Private Sub Copy_Click()
    Clipboard.SetText RichTextBox1.SelText
                         '将 RichTextBox1 所选择文本存入剪切板
End Sub
Private Sub Paste_Click()
    RichTextBox1.SelText = Clipboard.GetText '将剪切板中文本复制到 RichTextBox1
End Sub
```

(6) 运行程序,在 RichTextBox1 中输入"大家好!",然后单击"复制"按钮,将光标置于 RichTextBox1 的文字末尾,单击"粘贴"按钮,程序的运行结果如图 13-1-2 所示。

3. 设计一个显示当前的日期、星期和时间的 ActiveX 控件,通过该例学习 ActiveX 控件的创建过程。首先需要建立一个新的 Visual Basic ActiveX 控件工程,并为 ActiveX 控件设计界面。具体操作步骤如下:

(1) 启动 Visual Basic 6.0 集成开发环境;

(2) 单击菜单中的"文件"→"新建工程"命令,在弹出的"新建工程"对话框中选择 "ActiveX 控件"图标,如图 13-1-9 所示。

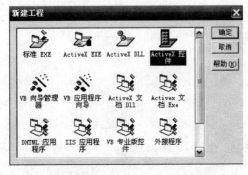

图 13-1-9 "新建工程"对话框

（3）单击"确定"按钮。这样就生成了一个新工程（默认名为"工程1"），即 ActiveX 控件工程，并添加了一个空窗体，即 UserControl 对象，系统默认为 UserControl1，如图13-1-10所示。

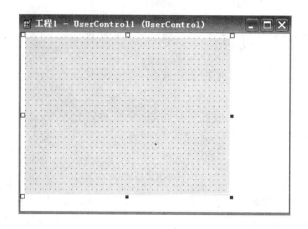

图 13-1-10　自定义控件设计窗体

这个窗体表面上很像前面用过的窗体，但二者最明显的区别是标题栏的内容不同，ActiveX控件的窗体的默认名称是 UserControl1，而不是 Form1。ActiveX 控件是由 User Control 对象及其放置在它上面的控件（称之为构成控件）组成的。

（4）单击工程资源管理器中的"工程1"，在属性窗口中将工程的"名称"由"工程1"更改为"创建用户控件工程"。

（5）在工程资源管理器中单击"UserControl1（UserControl1）"，在属性窗口中将窗体的"名称"属性设置为"ShowTime"。

（6）在窗体上添加 1 个计时器控件 Timer1，1 个标签控件 Label1，设置计时器控件 Timer1的 Interval 属性为 1 000，设计界面如图 13-1-11 所示。

图 13-1-11　自定义 ActiveX 控件设计界面

（7）为自定义控件编写事件驱动程序代码：

Private Sub Timer1_Timer()
Label1. Caption =˝现在是：˝ & Year(Date) & ˝年˝ & Month(Date) & ˝月˝ & Day(Date) & ˝日，˝
Label1. Caption = Label1. Caption & WeekdayName(Weekday(Date))
Label1. Caption = Label1. Caption & Hour(Time) & ˝时˝ & Minute(Time) & ˝分˝ & _
　　Second(Time) & ˝秒˝
End Sub

（8）单击"运行"命令在浏览器中运行程序，检测控件的功能，运行界面如图13-1-12所示。

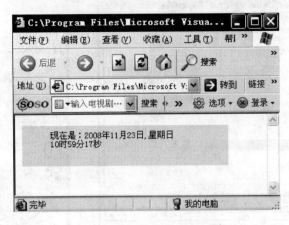

图 13-1-12　在浏览器中运行程序

（9）发布 OCX 文件。

① 保存 ActiveX 控件工程，执行"文件"菜单中的"生成工程1.OCX文件"命令，生成.OCX文件。

② 选择菜单命令"工程"→"创建用户工程属性"，在弹出的属性框中选择"生成"，设置控件的版本号、图标、版本信息等，如图13-1-13所示。

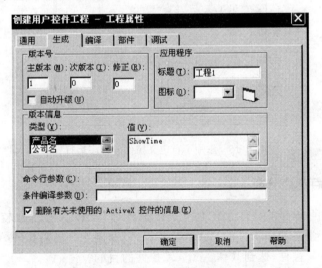

图 13-1-13　发布 OCX 文件

4．建立一个测试工程，在 VB 中测试创建的 ActiveX 控件，以确保控件设计得合适、正确。

（1）新建一个标准 EXE 工程，向工具箱中添加实验步骤 3 创建的自定义控件，如图13-1-14所示。

（2）设计界面。

添加一个标签控件 Label1 和 ShowTime 控件 ShowTime1，设置标签控件 Label1 的

Caption 属性为"使用 ActiveX 控件示例",ForeColor 属性为红色,Font 属性为"隶书"。

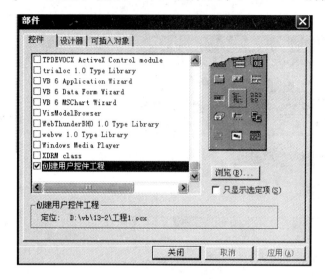
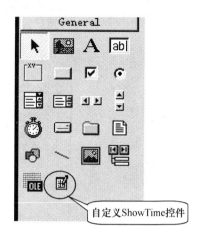

自定义ShowTime控件

图 13-1-14　向工具箱中添加自定义控件

（3）运行程序,程序运行界面如图 13-1-15 所示。

图 13-1-15　添加了自定义控件的程序运行界面

13.1.4　重点难点分析

ActiveX 控件的具有强大的功能,但 VB 初学者对 ActiveX 控件比较陌生,那么这一章实验的难点就在于学会使用常见的 ActiveX 控件,以及制作自己需要的 ActiveX 控件,使用自己制作的 ActiveX 控件,达到共享 ActiveX 控件的目的。

13.2　实验二　多媒体控件的使用

13.2.1　实验目的

1. 熟悉多媒体设备的控制方法;
2. 掌握多媒体控件(Animation、Multimedia MCI)的使用;
3. 掌握利用 OLE 技术控制多媒体设备;

4. 学习多媒体编程技巧。

13.2.2　实验内容

1. 利用 Animation 控件播放视频文件(. AVI)；
2. 利用 Multimedia MCI 控件播放声音文件(. WAV)和(. MIDI)；
3. 利用 Multimedia MCI 控件播放视频文件(. AVI)；
4. 利用 OLE 控件进行声音文件的播放。

13.2.3　实验步骤

1. 利用 Animation 控件播放视频文件(. AVI)

（1）界面设计

在窗体上添加需要的控件。在窗体上有 1 个 CommandDialog 控件 CommandDialog1、1 个 Animation 控件 Animation1 和 5 个命令按钮(Command1～ Command5)，控件摆放如图 13-2-1 所示。其属性设置值如表 13-2-1 所示。其中 CommandDialog 控件和 Animation 控件都为 ActiveX 控件，都需要先添加到工具箱中再使用。

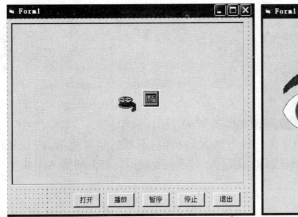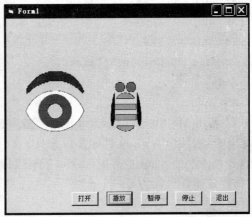

图 13-2-1　程序设计界面和运行界面

表 13-2-1　主要界面对象的属性设置值

对象	属性	属性值
CommandDialog1	（名称）	CommandDialog1
Animation1	（名称）	Animation1
Command1	Caption	打开
Command2	Caption	播放
Command3	Caption	暂停
Command4	Caption	停止
Command5	Caption	退出

（2）事件过程代码

```
Private Sub Command1_Click()
On Error GoTo myerr
CommonDialog1.Filter = "AVI 文件( * .AVI)| * .avi"
CommonDialog1.ShowOpen
Animation1.Open CommonDialog1.FileName
Exit Sub
myerr:
MsgBox Err.Description, vbInformation
End Sub
Private Sub Command2_Click()
Animation1.Play
End Sub
Private Sub Command3_Click()
Animation1.Stop
End Sub
Private Sub Command4_Click()
Animation1.Close
End Sub
Private Sub Command5_Click()
End
End Sub
```

2. 利用 Multimedia Control 控件播放声音文件(. WAV)和(. MID)

分析：播放 WAVE 文件和播放 MIDI 文件的方法大致相同,不同的是播放 WAVE 文件时需要将 MMControl 控件的 DeviceType 属性设置为"WaveAudio",而在播放 MIDI 文件时,需将该属性设置为"Sequencer"。

（1）建立用户界面

执行"工程"→"部件"菜单命令打开部件对话框,在"控件"标签卡上选中"Microsoft Multimedia Control 6.0"复选框和 Microsoft Common Dialog Control 6.0"复选框,将 MultiMedia 控件加入到工具箱中。在窗体上添加 1 个多媒体控件:MMControl1,1 个通用对话框控件 CommonDialog1,2 个命令按钮 Command1、Command2,1 个命令按钮用于播放 WAVE 文件,1 个命令按钮用于播放 MIDI 文件。程序的设计界面如图 13-2-2 所示。

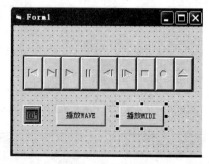

图 13-2-2　声音文件(. WAV)和(. MID)播放器

（2）事件过程代码

Private Sub Command1_Click()

CommonDialog1.ShowOpen

MMControl1.DeviceType = "WaveAudio"

MMControl1.FileName = CommonDialog1.FileName

MMControl1.Command = "Open"

MMControl1.Command = "play"

End Sub

Private Sub Command2_Click()

CommonDialog1.ShowOpen

MMControl1.DeviceType = "Sequencer"

MMControl1.FileName = CommonDialog1.FileName

MMControl1.Command = "Open"

MMControl1.Command = "play"

End Sub

3. 利用 Multimedia MCI 控件播放视频文件(. AVI)

（1）界面设计

在窗体上添加 1 个多媒体控件 MMControl1，1 个通用对话框控件 CommonDialog1，1 个命令按钮 Command1。由于视频图像的输出需要 1 个窗口，所以还要在窗体上添加 1 个图片框 Picture1。设计界面如图 13-2-3 所示。

图 13-2-3　视频文件(. AVI)播放器

（2）程序的事件过程代码

Private Sub Command1_Click()

CommonDialog1.ShowOpen

MMControl1.DeviceType = "avivideo"

MMControl1.FileName = CommonDialog1.FileName

```
MMControl1.hWndDisplay = Picture1.hWnd
MMControl1.Command = "Open"
MMControl1.Command = "play"
End Sub
Private Sub Form_Load()
MMControl1.Visible = False
End Sub
```

4. 利用 OLE 控件进行声音文件的播放

（1）界面设计

添加一个 OLE 控件，1 个通用对话框和 2 个命令按钮控件。当放置 OLE 控件时，在"插入对象"对话框中，选择"波形声音"对象类型，创建如图 13-2-4 所示的界面。

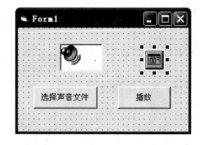

图 13-2-4　设计界面

（2）程序代码

```
Private Sub Command1_Click()
CommonDialog1.ShowOpen
OLE1.SourceDoc = CommonDialog1.FileName
OLE1.Action = 1 '创建链接对象
End Sub
Private Sub Command2_Click()
OLE1.Action = 7 '打开对象
OLE1.Action = 9 '关闭对象,终止链接
End Sub
```

13.2.4　重点难点分析

多媒体控件通常要结合通用对话框进行程序的设计和使用，这就要求我们掌握通用对话框的用途和用法，这对初学者是个难题。VB 提供了很多多媒体控件，每一个多媒体控件的用法要逐一掌握，它们为多媒体程序设计提供了极大的方便。

13.3　自测题

制作并使用一个通信卡片 ActiveX 控件。

自测题答案

(1) 启动 Visual Basic 6.0 集成开发环境。

(2) 单击菜单中的"文件"→"新建工程"命令,在弹出的"新建工程"对话框中选择"ActiveX 控件"图标。

(3) 单击"确定"按钮。这样就生成了一个新工程(默认名为"工程1"),即 ActiveX 控件工程,并添加了一个空窗体,即 UserControl 对象,系统默认为 UserControl1。

(4) 单击工程资源管理器中的"工程1",在属性窗口中将工程的"名称"由"工程1"更改为"创建用户控件工程 Card"。

(5) 在工程资源管理器中单击"UserControl1(UserControl1)",在属性窗口中将窗体的"名称"属性设置为"Card"。

(6) 在窗体上添加 4 个标签控件 Label1~Label4,1 个组合框控件 Combo1 和 3 个文本框控件 Text1~Text3。设置 4 个标签控件 Label1~Label4 的 Caption 属性为"姓名"、"职业"、"单位"、"电话",如图 13-3-1 所示。

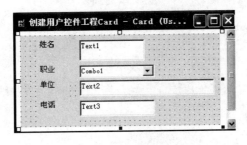

图 13-3-1　程序设计界面

(7) 设置自定义 ActiveX 控件的属性、方法和事件。

为自定义控件定义属性时,通常一个属性总包括两个过程:Property Let 过程和 Property Get 过程。在下面定义 Property Let 过程时,在参数前面加上了 ByVal 关键字,它表示该参数按值传递。Property Let 过程作用时,如果用户在属性中写入信息,参数给出的值将赋给组合框 Combo1 或文本框的 Text 属性并保存起来。Property Get 过程作用时,当用户读取属性时,将保存在 Combo1 或文本框的 Text 属性值取出赋给自定义控件的属性。

UserControl 对象的 Initialize(初始化)事件过程 UserControl_Initialize() 的作用是:进行初始化,将职业信息添加到组合框 Combo1 中,将 3 个文本框初始化为空。

程序代码如下:

```
Public Property Get Xingming() As String
    Xingming = Text1.Text
End Property
Public Property Let Xingming(ByVal strNewName As String)
    Text1.Text = strNewName
End Property
Public Property Get Zhiye() As String
    Zhiye = Combo1.Text
```

```
End Property
Public Property Let Zhiye(ByVal strNewzhiye As String)
    Combol.Text = strNewzhiye
End Property
Public Property Get Danwei() As String
    Danwei = Text2.Text
End Property
Public Property Let Danwei(ByVal strNewDanwei As String)
    Text2.Text = strNewDanwei
End Property
Public Property Get Tel() As String
    Tel = Text3.Text
End Property
Public Property Let Tel(ByVal StrNewTel As String)
    Text3.Text = trNewTel
End Property
Private Sub UserControl_Initialize()
    Text1.Text = ""
    Text2.Text = ""
    Text3.Text = ""
    Combol.Clear
    Combol.AddItem "工人"
    Combol.AddItem "农民"
    Combol.AddItem "教师"
    Combol.AddItem "文艺工作者"
    Combol.AddItem "科研工作者"
    Combol.AddItem "商人"
    Combol.AddItem "其他"
End Sub
```

(8) 单击"运行"命令在浏览器中运行程序,检测控件的功能,运行界面如图 13-3-2 所示。

图 13-3-2 在浏览器中检测控件

(9) 发布 OCX 文件。

① 保存 ActiveX 控件工程，执行"文件"菜单中的"生成工程 1. OCX 文件"命令，生成 .OCX 文件。

② 选择菜单命令"工程"→"创建用户工程属性"，在弹出的属性框中选择"生成"，设置控件的版本号、图标、版本信息等，如图 13-3-3 所示。

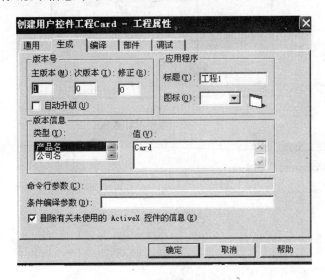

图 13-3-3　发布 OCX 文件

(10) 建立一个测试工程，在 VB 中测试创建的 ActiveX 控件，以确保控件设计得合适、正确。新建一个标准 EXE 工程，向工具箱中添加创建的自定义控件，如图 13-3-4 所示。

图 13-3-4　向工具箱中添加自定义控件

(11) 设计界面。

添加一个命令按钮控件 Command1 和 Card 控件 Card1，设置命令按钮控件 Command1

的 Caption 属性为"确定",如图 13-3-5 所示。

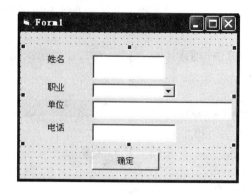

图 13-3-5　程序设计界面

（12）编写事件代码如下。

Private Sub Command1_Click()

MsgBox″姓名″& Card1.Xingming &″,职业″& Card1.Zhiye &″,单位″_
& Card1.Danwei &″,电话″& Card1.Tel

End Sub

（13）运行程序,在窗体的自定义控件中填入如图 13-3-6(a)所示的信息,点击"确定",
程序运行结果如图 13-3-6(b)所示。

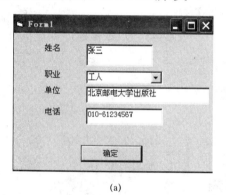

(a)

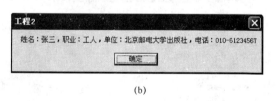

(b)

图 13-3-6　添加了自定义控件的程序运行界面

第14章 Visual Basic 与数据库

14.1 实验 ADO 数据库编程

14.1.1 实验目的

1. 熟练掌握 SQL 语句,在编程过程中,嵌入 SQL 语句来进行程序设计;

2. 掌握文本框、DataGrid 等数据绑定控件的使用;

3. 掌握使用 ADO 对象,包括 Connection 对象、Recordset 对象和 Command 对象,进行数据库编程;

4. 掌握使用 ADO 控件进行数据库编程,对数据库可进行包括浏览记录、增加记录、删除记录、修改记录、查询记录等操作。

14.1.2 实验内容

1. 使用 ADO 对象,包括 Connection 对象、Recordset 对象和 Command 对象,编写一般信息管理系统中常用的用户登录窗口程序,如图 14-1-1 所示。

图 14-1-1 用户登录

使用 Access 数据库管理系统建立数据库"Mydb. mdb"。

(1) 创建数据库 Mydb. mdb,数据库内有"Student"表,如表 14-1-1 所示。

表 14-1-1 Student 表

字段名称	数据类型	长度
No(主键)	文本	10
Name	文本	20
Sex	文本	1

字段名称	数据类型	长度
Birthday	时间/日期	
Class	文本	15
English	数字	整型
Math	数字	整型
VB	数字	整型

（2）输入数据表数据。在数据库 Mydb. mdb 的基础上，完成下面两题。

2. 使用 ADO 控件进行数据库编程，设计一个窗体，通过按钮对"Student"表提供新增、删除、修改和浏览功能，要求如下。

（1）在窗体上放置 ADO 数据控件、标签、文本框和命令按钮。隐藏"确认"、"放弃"命令按钮，用 ADO 数据控件连接 Mydb. mdb 中的"学生"表，窗体布局如图 14-1-2 所示。

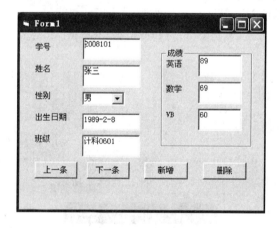

图 14-1-2　新增学生表界面

（2）单击"新增"命令按钮时，出现空白的输入框，并显示"确定"、"放弃"命令按钮，如图 14-1-3 所示。当一条记录输入完毕，单击"确定"按钮，当前输入写入到数据表内；若单击"放弃"按钮，当前输入无效，并返回到图 14-1-2 的状态。

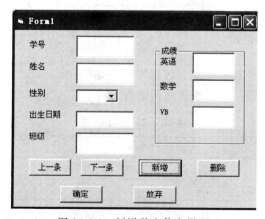

图 14-1-3　新增学生信息界面

（3）单击"删除"按钮时可删除当前记录。

（4）单击"上一条"、"下一条"按钮时可改变当前记录。

3. 设计一个应用程序，能对"Student"表进行几种不同的查询，如图 14-1-4 所示。

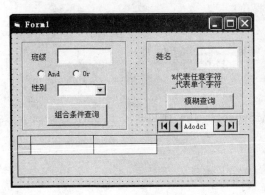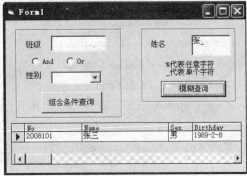

图 14-1-4　查询界面

14.1.3　实验步骤

1.（1）创建用户数据库 User.mdb，在数据库中建立一张表 login；该表结构如表 14-1-2 所示，然后输入 login 表中任意几条记录。

表 14-1-2　login 表

字段	数据类型	字段大小
user	文本	8
password	文本	8

（2）程序设计界面与各控件的属性设置如图 14-1-5 和表 14-1-3 所示。

图 14-1-5　设计界面

表 14-1-3　控件及属性值

对象	属性	值
Form	Caption	登录
Label1	Caption	用户名：
Label2	Caption	密码：
Text1		
Text2	Password	*

（3）在 VB 窗口中单击"工程"菜单,选择"引用"子菜单;在弹出的"引用"对话框中选择"Microsoft ActiveX Data Object 2.7 Library"选项。

（4）程序代码如下。

```
Private Sub Command1_Click( )
Dim cn As New ADODB.Connection
Dim rs As New ADODB.Recordset
Dim cmd As New ADODB.Command
Static count As Integer
    cn.ConnectionString = "Provider = Microsoft.Jet.OLEDB.4.0;Data Source = " &
    App.Path & "\User.mdb"
    cn.CursorLocation = adUseClient
    cn.Open
    s = "select * from login where user = '" & Text1.Text & "'" & " and password = '" &
    Text2.Text & "'"
    Set cmd.ActiveConnection = cn
cmd.CommandText = s
cmd.CommandType = adCmdText
Set rs = cmd.Execute
If rs.EOF Then
    MsgBox "用户名或密码错误"
    count = count + 1
    If count > 3 Then
      MsgBox "非法用户,您不能使用系统"
      End
    End If
Else
    Unload Me '如果登录成功,则关闭登录窗体,调用其他窗体
    MsgBox "欢迎您使用本系统"
End If
End Sub
Private Sub Command1_Click( )
End
End Sub
Private Sub Form_Load()
Text1 = ""
Text2 = ""
End Sub
```

2. 界面设计。将 ADO 数据控件添加到工具箱中,在窗体上放置 ADO 数据控件、标签、文本框和命令按钮,如表14-1-4所示。隐藏"确定"、"放弃"命令按钮,用 ADO 数据控件

连接 Mydb. mdb 中的"Student"表,窗体布局如图 14-1-2 所示。

表 14-1-4 各控件及属性值

对象	属性	值
Label1	Caption	学号
Label2	Caption	姓名
Label3	Caption	性别
Label4	Caption	出生日期
Label5	Caption	班级
Label6	Caption	英语
Label7	Caption	数学
Label8	Caption	VB
Label9	Caption	总分
Text1	DataSource	Adodc1
	DataField	No
Text2	DataSource	Adodc1
	DataField	Name
Combo1	DataSource	Adodc1
	DataField	Sex
	List	男 女
Text3	DataSource	Adodc1
	DataField	Birthday
Text4	DataSource	Adodc1
	DataField	Class
Frame1	Caption	成绩
Text5	DataSource	Adodc1
	DataField	English
Text6	DataSource	Adodc1
	DataField	Math
Text7	DataSource	Adodc1
	DataField	VB
	Caption	成绩
Adodc1	Connection String	Provider=Microsoft. Jet. OLEDB. 4. 0；Data Source=App. path\Mydb. mdb；Persist Security Info=False
	RecordSource	2-adCmdTable Student
	Visible	False

对象	属性	值
Command1	Caption	上一条
Command2	Caption	下一条
Command3	Caption	新增
Command4	Caption	删除
Command5	Caption	确定
	Visible	false
Command6	Caption	放弃
	Visible	false

程序代码如下。

```
Private Sub Command1_Click()          ′″上一条″按钮
Adodc1.Recordset.MovePrevious
If Adodc1.Recordset.BOF Then Adodc1.Recordset.MoveFirst
End Sub

Private Sub Command2_Click()          ′″下一条″按钮
Adodc1.Recordset.MoveNext
If Adodc1.Recordset.EOF Then Adodc1.Recordset.MoveLast
End Sub

Private Sub Command3_Click()          ′″新增″按钮
Adodc1.Recordset.AddNew
Command5.Visible = True
Command6.Visible = True
End Sub

Private Sub Command4_Click()          ′″删除″按钮
Adodc1.Recordset.Delete
Adodc1.Recordset.MoveNext             ′移动记录指针,刷新显示屏
If Adodc1.Recordset.EOF Then Adodc1.Recordset.MoveLast
End Sub

Private Sub Command5_Click()          ′″确定″按钮
Adodc1.Recordset.Update
Command5.Visible = False
Command6.Visible = False
End Sub

Private Sub Command6_Click()          ′″放弃″按钮
Adodc1.Recordset.CancelUpdate
Command5.Visible = False
Command6.Visible = False
```

End Sub

3. 设计一个应用程序,对"Student"表提供不同的查询。

分析:① 根据窗体的布局,在窗体上需要放置 ADO 数据控件、DataGrid 控件、文本框、组合框、标签、单选按钮和命令按钮。

② 条件查询关键是根据文本框和组合框输入的专业与性别的数据构成条件,共有多种组合条件。

③ 要实现模糊匹配查询,只要使用运算符 Like,可用"%"代替任意个不确定的字符,用下划线"_"代替一个不确定的字符。

④ 要用 SQL 语句设置数据控件的 RecordSource 属性,须将 CommandType 属性设置为 8(adCmdUnknown),然后要用 Refresh 方法激活。

(1) 界面设计。按图 14-1-6 添加控件。将 ADO 数据控件和 DataGrid 控件添加到工具箱中。

(2) 程序代码如下。

```
Private Sub Command1_Click()
tj = ""
If Text1 <> "" And Combo1 <> "" Then
   mandor = "and"
   If Option2 Then mandor = "or"
tj = "where [Class] = '" & Text1 & "'" & mandor & "[Sex] = '" & Combo1 & "'"
ElseIf Text1 <> "" Then
tj = "where [Class] = '" & Text1 & "'"
ElseIf Combo1. Text <> "" Then
tj = "where [Sex] = '" & Combo1 & "'"
End If
sql = "select * from Student " & tj
Adodc1. RecordSource = sql
Adodc1. CommandType = adCmdUnknown
Adodc1. Refresh
End Sub
Private Sub Command2_Click()
If Text2 <> "" Then
Adodc1. RecordSource = "select * from Student where Name like '" & Text2 & "'"
Else
Adodc1. RecordSource = "select * from Student "
End If
Adodc1. CommandType = adCmdUnknown
Adodc1. Refresh
End Sub
Private Sub Form_Load()
```

```
Adodc1.CommandType = adCmdUnknown
Adodc1.RecordSource = "select * from Student"
Adodc1.Refresh
Set DataGrid1.DataSource = Adodc1
End Sub
```

14.1.4 重点难点分析

数据库应用技术是 VB 最主要的应用方向,在 VB 的数据库编程中经常使用 ADO 控件和 ADO 对象,本章学习与之相关的基础知识。

ADO 是一种基于对象的数据访问接口。VB 中使用 ADO 的两种主要形式是 ADO 对象和 ADO 数据控件编程模型。两种方式可以单独使用,也可以同时使用。

ADO 编程模型直接用代码通过 ADO 对象访问数据库。使用该模型的一般步骤包括:声明 ADO 对象变量,连接数据库,设置记录集相关属性,打开和操作记录集。

使用 ADO 数据控件时通常借助属性页一次完成连接数据库和指定记录源的设置。连接数据库时应采用相对路径,以保证程序的可移植性。在程序代码中改变数据控件的记录源可以生成不同类型和内容的记录集。数据绑定控件用于自动显示记录集信息,最常用的属性是 DataSource 和 DataField。

记录集是 ADO 中最常用的对象,通常利用 SQL 语句生成。使用 SQL 语句可以实现记录的筛选、排序、分组和过滤等。在 VB 程序中,SQL 语句必须以字符串形式提供。在 SQL 语句中引用字符串常量、变量和控件属性是初学者的难点,应反复练习。

记录的操作是数据库应用程序最主要的任务,包括记录指针的移动,记录的查找、排序、添加、修改、删除和更新等。由于数据库操作的过程复杂,程序出错的机会较多,应注意在适当位置编写出错处理程序。

14.2 典型例题解析

创建"Mydb2.mdb"数据库,数据库中建立一张表"Employee",添加一些记录数据;分别用 ADO 对象和 ADO 数据控件编写进行数据库记录浏览的程序,如图 14-2-1 所示。

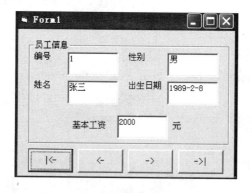

图 14-2-1 记录浏览程序运行界面

例1 用 ADO 对象进行程序设计。

解：(1) 设计窗体界面，其界面如图 14-2-2 所示。其中包含 1 个框架 Frame1，该框架内有 1 个标签数组(Label1，包含 6 个元素，标题分别为"编号"、"姓名"、"性别"、"出生日期"、"基本工资"和"元")和 1 个文本框数组(Text1，包含 5 个元素，分别对应"编号"、"姓名"、"性别"、"出生日期"、"基本工资"文本框)，另有 4 个命令按钮(Command1～Command4，从左到右标题分别为"|<-"、"<-"、"->"和"->|")。

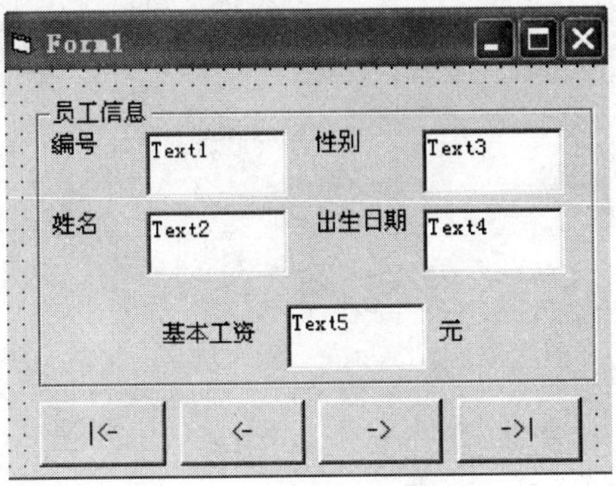

图 14-2-2　记录浏览程序设计界面

(2) 在窗体上设计如下事件过程。

```
Dim conn As ADODB.Connection
Dim Rs As ADODB.Recordset
Private Sub Form_Load()
    Set conn = New Connection
    Set Rs = New Recordset
    conn.ConnectionString = "Provider = Microsoft.Jet.OLEDB.4.0;Data Source = " &
App.Path & "\mydb2.mdb"
    conn.Open
    Rs.LockType = adLockOptimistic
    Rs.CursorType = adOpenStatic
    Rs.Source = "SELECT * FROM employee"   '设置 Source 属性
    Rs.ActiveConnection = conn   '设置 ActiveConnection 属问
    Rs.Open                                '打开 Recordset 对象
    Rs.MoveLast
    If Rs.RecordCount > 0 Then
        Rs.MoveFirst
        Call disp
    End If
End Sub
Private Sub Command1_Click()
```

```
    If Not Rs.BOF() Then
        Rs.MoveFirst
        Call disp
    End If
End Sub
Private Sub Command2_Click()
    If Not Rs.BOF() Then
        Rs.MovePrevious
        Call disp
    End If
End Sub
Private Sub Command3_Click()
    If Not Rs.EOF() Then
        Rs.MoveNext
        Call disp
    End If
End Sub
Private Sub Command4_Click()
    If Not Rs.EOF() Then
        Rs.MoveLast
        Call disp
    End If
End Sub
Private Sub disp()
    If Not Rs.EOF And Not Rs.BOF Then
        Text1(0).Text = Rs.Fields("no") & ""
        Text1(1).Text = Rs.Fields("name") & ""
        Text1(2).Text = Rs.Fields("sex") & ""
        Text1(3).Text = Rs.Fields("birthday") & ""
        Text1(4).Text = Rs.Fields("salary") & ""
    End If
End Sub
```

（3）运行本窗体,其执行界面如图 14-2-1 所示。

例 2　用 ADO 数据控件进行程序设计,实现与例 1 同样的功能。

解:（1）设计一个窗体,其界面如图 14-2-3 所示,比上面用 ADO 对象方法编程多添加一个 ADO Data 控件 Adodc1,建立其连接字符串,选择"记录源"选项卡,在"命令类型"下拉列表中选择"1-adCmdText"选项,在"命令文本"框中输入"SELECT * FROM employee"查询命令,并将其 Visible 属性设置为 False,如表 14-2-1 所示。

图 14-2-3　设计界面

表 14-2-1　Adodc1 的各属性值

	Caption	成绩
Adodc1	Connection String	Provider＝Microsoft. Jet. OLEDB. 4. 0;Data Source＝App. path\Mydb2. mdb;Persist Security Info＝False
	CommandType	1-adCmdText
	RecordSource	SELECT * FROM employee
	Visible	False

(2)在该窗体上设计如下事件过程。

Private Sub Form_Load()

　　Adodc1. Refresh

　　Call disp

End Sub

Private Sub Command1_Click()

　　If Not Adodc1. Recordset. BOF Then

　　Adodc1. Recordset. MoveFirst

　　　Call disp

　　End If

End Sub

Private Sub Command2_Click()

　　If Not Adodc1. Recordset. BOF Then

　　　Adodc1. Recordset. MovePrevious

　　　Call disp

　　End If

End Sub

Private Sub Command3_Click()

```
    If Not Adodc1.Recordset.EOF Then
        Adodc1.Recordset.MoveNext
        Call disp
    End If
End Sub
Private Sub Command4_Click()
    If Not Adodc1.Recordset.EOF Then
        Adodc1.Recordset.MoveLast
        Call disp
    End If
End Sub
Private Sub disp()
    If Not Adodc1.Recordset.BOF And Not Adodc1.Recordset.EOF Then
        Text1(0).Text = Adodc1.Recordset.Fields("No")
        Text1(1).Text = Adodc1.Recordset.Fields("Name")
        Text1(2).Text = Adodc1.Recordset.Fields("Sex")
        Text1(3).Text = Adodc1.Recordset.Fields("Birthday")
        Text1(4).Text = Adodc1.Recordset.Fields("Salary")
    End If
End Sub
```

（3）运行本窗体,其执行界面如图 14-2-1 所示。

14.3　自测题

创建数据库"Mydb3.mdb",在其中建立两张表"Student"、"teacher",两表结构如表 14-3-1、表 14-3-2所示,向两表中添加一些记录并通过班级建立关系。使用 ADO 对象完成按"班级"查询辅导员的基本情况和班级学生基本情况,如图 14-3-1 所示。

表 14-3-1　"Student"表

字段	数据类型	字段大小
班级	文本	6
姓名	文本	4
性别	文本	1
学历	文本	5
出生日期	时间/日期	
电话	文本	10
住址	文本	8

表 14-3-2 "teacher"表

字段	数据类型	字段大小
学号	文本	8
姓名	文本	4
性别	文本	1
班级	文本	6
英语	数字	整型
计算机	数字	整型

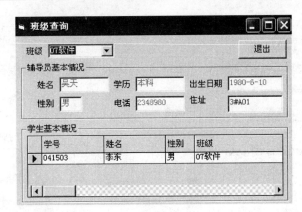

图 14-3-1 查询程序

自测题答案

(1) 界面设计。程序设计界面与各控件的属性如图 14-3-1 所示。
(2) 程序代码如下。

```
Private Sub Combo1_Click()
    Dim rs_teacher As New ADODB.Recordset
    Dim rs_student As New ADODB.Recordset
    Dim s As String
    s = "班级 = '" & Combo1.Text & "'"
    rs_teacher.Open "select * from teacher where " & s, cn
    If rs_teacher.RecordCount > 0 Then
        Text1(0).Text = rs_teacher.Fields("姓名").Value
        Text1(1).Text = rs_teacher.Fields("性别").Value
        Text1(2).Text = rs_teacher.Fields("学历").Value
        Text1(3).Text = rs_teacher.Fields("电话").Value
        Text1(4).Text = rs_teacher.Fields("出生日期").Value
        Text1(5).Text = rs_teacher.Fields("住址").Value
    End If
```

```
    rs_student.Open "select * from student where " & s, cn, adOpenForwardOnly
    Set DataGrid1.DataSource = rs_student
End Sub
Private Sub Form_Load()
    Dim rst As New ADODB.Recordset
    cn.ConnectionString = "Provider = Microsoft.Jet.OLEDB.4.0;Data Source = " &
App.Path & "\Mydb3.mdb "
    cn.CursorLocation = adUseClient
    cn.Open
    rst.Open "select distinct 班级 from student", cn, adOpenStatic
    Do While Not rst.EOF
      Combo1.AddItem rst.Fields("班级").Value     '初始化下拉组合框
      rst.MoveNext
    Loop
End Sub
Private Sub CmdExit_Click()                 '退出
    cn.Close
    End
End Sub
```

附录 习题参考答案

第2章 VB 概述

1. B 2. C 3. A 4. C 5. 略

第3章 简单的 VB 程序设计

一、单选

1. C 2. C 3. C 4. C 5. A 6. B 7. B 8. C 9. B 10. B 11. D 12. B

二、程序设计

1. 略

2. (1) 对象的属性设置,如表 3.1 所示。

表 3.1 对象的属性设置

对象类型	属性	属性值
标签	名称	Label1
	Caption	空
命令按钮	名称	Command1
	Caption	显示

(2) 程序代码。

Private Sub Command1_Click()

Label1.Caption = ″欢迎使用 Visual Basic″

End Sub

3. (1) 对象的属性设置,如表 3.2 所示。

表 3.2 对象的属性设置

对象类型	属性	属性值
计时器	名称	Timer1
	Enabled	False
	Interval	1000
文本框	名称	Text1
	Text	请输入倒计的秒数
命令按钮	名称	Command1
	Caption	开始倒计时

（2）程序代码。

```
Dim run As Boolean
Dim a As Integer
Private Sub Command1_Click()
a = Val(Text1.Text)
run = True
Timer1.Enabled = True
End Sub
Private Sub Timer1_Timer()
If run Then
        a = a - 1
        If a <= 0 Then
          i = MsgBox("end")
        End If
End If
If i = 1 Then
        Timer1.Enabled = False
End If
End Sub
```

第4章　选择结构

1. C

2. （1）26　（2）18.75　（3）3

3. （1）abs(a)<=abs(b+2)　（2）a mod 2=0 and a<b　（3）x<z or y<z

4. Not

5. （1）false　（2）6　（3）51　（4）2008-1-26(假定今天是 2008-1-16)　（5）1218

6. 略

第5章　循环结构、列表框和组合框

一、

1. C　2. B　3. A　4. D　5. C　6. A　7. C　8. D

二、编写程序

1. 运行界面如图 5.1 所示。

（1）在窗体中添加所需控件,并按表 5.1 设置控件的属性。

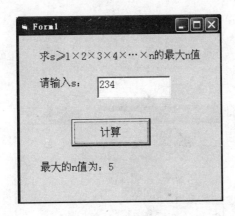

图 5.1　运行界面

表 5.1　主要界面对象的属性设置值

对象	属性	属性值
标签 1	（名称）	TLabel
	Caption	求 $s \geq 1 \times 2 \times 3 \times 4$ $\times \cdots \times n$ 的最大 n 值
标签 2	（名称）	SLabel
	Caption	请输入 s:
标签 3	（名称）	ResultLabel
	Caption	
文本框	（名称）	SText
	Caption	
命令按钮	（名称）	ComputeCmd
	Caption	计算

（2）编写"计算"命令按钮的单击事件过程代码。

```
Private Sub ComputeCmd ()
    Dim n As Integer, sum As Integer, s As Integer
    ResultLabel.Caption = ""
    s = Val(SText.Text)
    n = 0
    sum = 1
    If s < = 0 Then
        ResultLabel.Caption = "输入有误!"
    Else
        Do While sum < = s
            n = n + 1
            sum = sum * n
        Loop
```

```
    ResultLabel.Caption="最大的 n 值为:" & n-1
  End If
End Sub
```

2. 运行界面如图 5.2 所示。

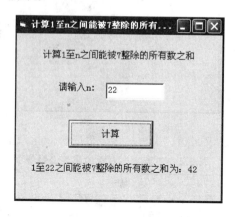

图 5.2　运行界面

（1）在窗体中添加所需控件，并按表 5.2 设置控件的属性。

表 5.2　主要界面对象的属性设置值

对象	属性	属性值
标签1	（名称）	TLabel
	Caption	计算 1 至 n 之间能被 7 整除的所有数之和
标签2	（名称）	NLabel
	Caption	请输入 n:
标签3	（名称）	ResultLabel
	Caption	
文本框	（名称）	NText
	Caption	
命令按钮	（名称）	ComputeCmd
	Caption	计算

（2）编写"计算"命令按钮的单击事件过程代码。

```
Private Sub ComputeCmd()
  Dim n As Integer, sum As Integer, s As Integer
  ResultLabel.Caption=""
  n=Val(NText.Text)
  s=1
  sum=0
  If n<=0 Then
```

```
    ResultLabel.Caption = " 输入有误！"
Else
    Do While s <= n
        If s Mod 7 = 0 Then
            sum = sum + s
        End If
        s = s + 1
    Loop
    ResultLabel.Caption = "1 至" & n & "之间能被 7 整除的所有数之和为：" & sum
End If
```
End Sub

3. 运行界面如图 5.3 所示。

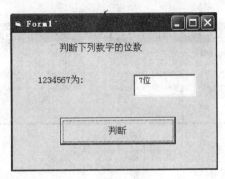

图 5.3　运行界面

（1）在窗体中添加所需控件，并按表 5.3 设置控件的属性。

表 5.3　主要界面对象的属性设置值

对象	属性	属性值
标签 1	（名称）	TLabel
	Caption	判断下列数字的位数
标签 2	（名称）	CLabel
	Caption	
文本框	（名称）	CText
	Caption	
命令按钮	（名称）	ComputeCmd
	Caption	判断

（2）编写"计算"命令按钮的单击事件过程代码。

Private Sub ComputeCmd（）
```
    c = Val(InputBox("请输入一个 0~99999 之间的整数", "求位数", 0))
    If c < 0 Then
        MsgBox("数据输入错误")
```

```
    Else
        t = c
        i = 0
        Do While t > 0
            t = t/10
            i = i + 1
        Loop
        Label2. Caption = Str(c) & "为:"
        Text1. Text = Str(i) & "位"
    End If
End Sub
```

4. 运行界面如图 5.4 所示。

图 5.4　运行界面

窗体的单击事件过程代码如下。

```
Private Sub Form_Click()
    p = 0
    For i = 1 To 100
        For j = 1 To 9
            t = i + j * j
            m = t + i
            If t <= 100 And Sqr(m) = Int(Sqr(m)) Then
                Print i & "和" & t,
                p = p + 1
                If p Mod 5 = 0 Then
                    Print
                End If
            End If
        Next
    Next
End Sub
```

第6章 VB编程基础

一、单选

1. 正确答案为"16"

2. A C

3. C

二、多选

1. BCD

2. ABD

3. ACD

三、程序设计

1. （1）窗体设计界面如图 6.1 所示。

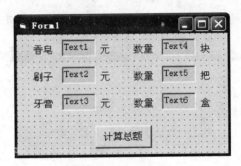

图 6.1　窗体设计界面

（2）程序代码。

Private Sub Command1_Click()

TotalCost = Val(Text1. Text) * Val(Text4. Text) + Val(Text2. Text) * Val(Text5. Text) + Val(Text3. Text) * Val(Text6. Text)

MsgBox ″总额为:″&TotalCost &″元″,,″计算的最终结果″

End Sub

2. （1）窗体设计界面如图 6.2 所示。

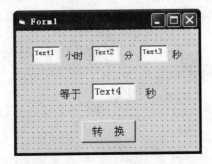

图 6.2　窗体设计界面

（2）程序代码。

Private Sub Command1_Click()

Text4.Text = Val(Text1.Text) * 3600 + Val(Text2.Text) * 60 + Val(Text3.Text)

End Sub

第7章　菜单设计与多文档界面

1.C　2.D　3.B　4.A　5.下拉式　弹出式

6.菜单编辑器和运行界面分别由图7.1和图7.2所示。

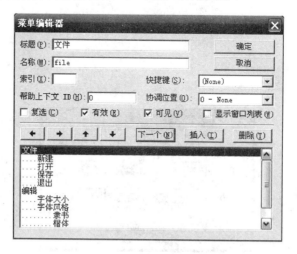

图7.1　菜单编辑器

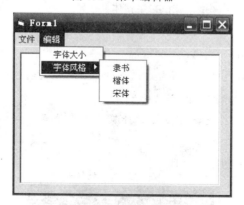

图7.2　运行界面

分别对每个菜单项编写事件过程如下。

Private Sub kai_Click()

Text1.FontName = "仿宋_GB2312"

End Sub

Private Sub li_Click()

Text1.FontName = "隶书"

End Sub

```
Private Sub new_Click()
Text1.Text = ""
End Sub
Private Sub size_Click()
a = Val(InputBox("请输入字体大小"))
Text1.FontSize = a
End Sub
Private Sub song_Click()
Text1.FontName = "宋体"
End Sub
Private Sub quit_Click()
Unload Me
End Sub
```

第8章 数组和用户自定义类型

1. 直接编写下列代码。

```
Private Sub Form_Click()
Dim no As Integer, i As Integer, a(1 To 10) As Integer
Dim TEMP As Integer, j As Integer
For i = 1 To 10
a(i) = i
Next
Print
Print "原数为"
For i = 1 To 10
Print a(i); Spc(2);
Next
no = Val(InputBox("请输入向右循环移位次数:"))
For i = 1 To no
TEMP = a(10)
For j = 9 To 1 Step -1
a(j + 1) = a(j)
Next j
a(1) = TEMP
Next
Print
Print "移位后数为"
For i = 1 To 10
Print a(i); Spc(2);
```

```
Next
```
End Sub

2. 程序设计界面如图 8.1 所示。

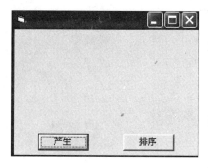

图 8.1　设计界面

程序代码如下。

Private Sub Command1_Click()
```
  Form_Load
```
End Sub

Private Sub Command2_Click()
```
  For i = 1 To 4
    For j = i + 1 To 5
      If a(i) < a(j) Then
        t = a(i):a(i) = a(j):a(j) = t
      End If
    Next
  Next
  p = ""
  For i = 1 To 5
    p = p & Str(a(i)) & ","
  Next
  Print "排序后:"
  Print LTrim(Left(p, Len(p) - 1))
```
End Sub

Private Sub Form_Load()
```
  Dim p As String
  Randomize
  p = ""
  For i = 1 To 5
    Do
      x = Int(Rnd * 90) + 10
      yes = 0
```

```
        For j = 1 To i - 1
            If x = a(j) Then yes = 1:Exit For
        Next
    Loop While yes = 1
    a(i) = x
    p = p & Str(a(i)) & ","
  Next
    Print "排序前:"
  Print LTrim(Left(p, Len(p) - 1))
End Sub
```

3. 直接编写下列代码。

```
Dim a(1 To 11) As Single, max As Single, min As Single, sum As Single
Private Sub Form_Click()
For i = 1 To 11
a(i) = Int(Rnd * 90 + 10)
Next
max = a(1):min = a(1):sum = a(1)
For i = 2 To 11
If max < a(i) Then
max = a(i)
End If
If min > a(i) Then
min = a(i)
End If
sum = sum + a(i)
Next
Print "数组:"
For i = 1 To 11
Print a(i); " ";
Next
Print
Print "最大:"
Print max; " ";
Print
Print "最小:"
Print min; " ";
Print
Print "平均值:"
Print sum / 11; " ";
```

```vb
End Sub
Private Sub Form_Load()
Randomize
End Sub
```

4. 设计界面如图 8.2 所示。

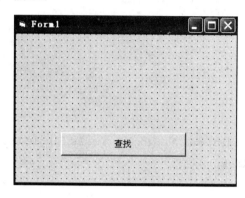

图 8.2　设计界面

程序代码如下。

```vb
Dim a(1 To 11) As Integer, k As Integer, num(1 To 11) As Integer
Private Sub Command1_Click()
Print "原来的数："
a(1) = 4:a(2) = 3:a(3) = 2:a(4) = 2:a(5) = 3:a(6) = 4:a(7) = 4:a(8) = 1:a(9) = 4:a(10) = 6:a(11) = 0
For i = 1 To 11
Print a(i); Spc(1);
Next
For i = 1 To 11
num(i) = 0
Next
For i = 1 To 11
  k = a(i)
  For j = 1 To 11
    If k = a(j) Then
    num(j) = num(j) + 1
    End If
  Next
      If Max < num(i) Then
  Max = num(i)
  b = a(i)
  End If
  Next
```

```
Print
Print b & "出现次数最多,出现次数:" & Max
End Sub
```

5. 直接编写下列代码。

```
Option Base 1
Dim a As Variant, b As Variant, c() As Integer        'a,b 分别是两个数组,c 是结果
Private Sub Form_Load()
a = Array(32, 23, 21, 12, 9, 6, 5, 3, 2, 1)
b = Array(78, 56, 45, 32, 22, 12, 11, 6, 3, 2)
For i = LBound(a) To UBound(a)
Text1. Text = Text1. Text & a(i) & ""
Next i
For i = LBound(b) To UBound(b)
Text2. Text = Text2. Text & b(i) & ""
Next i
'最后合并,专门用合并法
'核心思想:先在 ab 中都取第一个元素比较,把小的放到 c
'然后取小的那组的后面一个和上次大的比较,把小的放入 c,重复此步
'最后某个数组排完了,把另一个剩下都放入 c
ReDim c(UBound(a) + UBound(b)) '把 c 的元素个数设定为 a + b 的和
Dim ia As Integer, ib As Integer, ic As Integer '帮他们都做一个类似"指针"的东西
记录当前到了第几个
ia = 1:ib = 1:ic = 1
Do While ia < = UBound(a) And ib < = UBound(b) '确保他们都没结束
If a(ia) > b(ib) Then
c(ic) = a(ia)
ia = ia + 1 'a 的指针后移
Else
c(ic) = b(ib)
ib = ib + 1
End If
ic = ic + 1
Loop
Do While ia < = UBound(a) '抄入剩余的 a
c(ic) = a(ia)
ia = ia + 1
ic = ic + 1
Loop
Do While ib < = UBound(b) '抄入剩余的 b
```

```
c(ic) = b(ib)
ib = ib + 1
ic = ic + 1
Loop
´把 c 填入 textbox
Text3.Text = ""
For i = LBound(c) To UBound(c)
Text3.Text = Text3.Text & c(i) & " "
Next i
End Sub
```

6. 设计界面如图 8.3 所示,运行界面如图 8.4 所示。

图 8.3　设计界面

图 8.4　运行界面

程序代码如下。

```
Dim a() As String
Private Sub Command1_Click()
a = Split(Text1, ",")
k = Text2.Text
Call bisearch(a, LBound(a), UBound(a), k, n%)
If n <> - 1 Then
Label1.Caption = "在第" & n + 1 & "位找到了" & k
Else
Label1.Caption = "没有找到"
End If
End Sub
Sub bisearch(b() As String, ByVal low%, ByVal high%, ByVal key, index%)
Dim mid As Integer
mid = (low + high)/2
If b(mid) = key Then
index = mid
Exit Sub
ElseIf low > high Then
```

```
index = -1
Exit Sub
End If
If key < b(mid) Then
high = mid - 1
Else
low = mid + 1
End If
Call bisearch(b, low, high, key, index)
End Sub
```

7. 窗体上添加一个"确定"命令按钮,然后输入下列代码。

```
Private Type Student
学号 As String * 10
姓名 As String * 8
总分 As Integer
End Type
Option Base 1
Dim stu() As Student, MaxStu As Student
Dim i As Integer, n As Integer
Private Sub Command1_Click()
n = Val(InputBox("输入学生个数"))
ReDim stu(1 To n)
Print "学号", "姓名", "成绩"
For i = 1 To n
stu(i).学号 = InputBox("输入第" & i & "学生学号")
stu(i).姓名 = InputBox("输入第" & i & "学生姓名")
stu(i).总分 = InputBox("输入第" & i & "学生总分")
Print stu(i).学号, stu(i).姓名, stu(i).总分
Next
MaxStu.总分 = 0
Print "最高分学生的信息:"
For i = 1 To n
If MaxStu.总分 < stu(i).总分 Then MaxStu.总分 = stu(i).总分 : MaxStu.学号 = stu(i).学号 : MaxStu.姓名 = stu(i).姓名
Next
Print MaxStu.学号, MaxStu.姓名, MaxStu.总分
End Sub
```

第9章 过程

1.(1)在窗体中添加所需控件,并按表9.1设置控件的属性。

表 9.1　主要界面对象的属性设置值

对象	属性	属性值
标签 1	（名称）	Label1
	Caption	请输入 0～6 数字：
标签 2	（名称）	Label2
	Caption	数字对应的星期为：
命令按钮 1	（名称）	Command1
	Caption	输出星期
文本框 1	（名称）	Text1
	Text	
文本框 2	（名称）	Text2
	Text	

（2）编写 Function 过程 NotoWeek 的代码。

Private Function NotoWeek(a As Integer) As String

```
Select Case (a)
Case 0
NotoWeek = "Sunday"
Case 1
NotoWeek = "Monday"
Case 2
NotoWeek = "Tuesday"
Case 3
NotoWeek = "Wednesday"
Case 4
NotoWeek = "Thursday"
Case 5
NotoWeek = "Friday"
Case 6
NotoWeek = "Saturday"
End Select
```

End Function

（3）编写 Command1 的 Click 事件代码。

Private Sub Command1_Click()

```
Dim a As Integer
a = Val(Text1.Text)
Text2.Text = NotoWeek(a)
```

End Sub

2. （1）在窗体中添加所需控件，并按表 9.2 设置控件的属性。

表 9.2 主要界面对象的属性设置值

对象	属性	属性值
标签 1	（名称）	Label1
	Caption	请输入数字：
标签 2	（名称）	Label2
	Caption	数字的奇偶性为：
命令按钮 1	（名称）	Command1
	Caption	判断奇偶
文本框 1	（名称）	Text1
	Text	
文本框 2	（名称）	Text2
	Text	

（2）编写 Function 过程 JiorOu 的代码。

Private Function JiorOu(a As Integer) As String

If a Mod 2 = 0 Then

JiorOu = "偶数"

Else

JiorOu = "奇数"

End If

End Function

（3）编写 Command1 的 Click 事件代码。

Private Sub Command1_Click()

Dim a As Integer

a = Val(Text1.Text)

Text2.Text = JiorOu(a)

End Sub

3.（1）在窗体中添加所需控件,并按表 9.3 设置控件的属性。

表 9.3 主要界面对象的属性设置值

对象	属性	属性值
标签 1	（名称）	Label1
	Caption	请输入数字：
标签 2	（名称）	Label2
	Caption	最大数字为：
命令按钮 1	（名称）	Command1
	Caption	求大数
文本框 1	（名称）	Text1
	Text	
文本框 2	（名称）	Text2
	Text	
文本框 3	（名称）	Text3
	Text	
文本框 4	（名称）	Text4
	Text	

(2) 编写 Function 过程 max 的代码。

Private Function max(a As Single, b As Single) As Single

```
If a >= b Then
max = a
Else
max = b
End If
```

End Function

(3) 编写 Command1 的 Click 事件代码。

Private Sub Command1_Click()

```
Dim a As Single, b As Single, c As Single, d As Single
a = Val(Text1.Text)
b = Val(Text3.Text)
c = Val(Text4.Text)
d = max(a, b)
Text2.Text = Str(max(c, d))
```

End Sub

4. (1) 编写窗体的单击事件代码。

Private Sub Form_Click()

```
Dim x(1 To 10) As Integer
GetData x()
Print "排序前的数据:"
PrintData x()
Print
Sort x()
Print "排序后的数据:"
PrintData x()
Print
Print "最大数:"
MaxData x()
Print
Print "平均数:"
AverageData x()
```

End Sub

(2) 编写排序过程 Sort 的代码。

Private Sub Sort(a() As Integer)

```
Dim i As Integer, j As Integer, n As Integer, temp As Integer
n = UBound(a)
k = LBound(a)
```

```
For i = k To n                   'i 控制轮次
  For j = k To n - i             '对 N - i 个元素两两比较
    If a(j) > a(j + 1) Then       '若次序不对,则马上交换位置
    temp = a(j)
  a(j) = a(j + 1)
  a(j + 1) = temp
  End If
  Next j
Next i
End Sub
```

（3）编写得到 10 个随机数过程 GetData 的代码。

```
Private Sub GetData(a() As Integer)
Dim i As Integer, n As Integer
n = UBound(a)
k = LBound(a)
For i = k To n
a(i) = Int(InputBox("请输入 10 个数"))
Next
End Sub
```

（4）编写输出过程 PrintData 的代码。

```
Private Sub PrintData(a() As Integer)
Dim i As Integer, n As Integer
n = UBound(a)
k = LBound(a)
For i = k To n
Print a(i); " ";
Next
Print
End Sub
```

（5）编写求最大数过程 MaxData 的代码。

```
Private Sub MaxData(a() As Integer)
n = UBound(a)
k = LBound(a)
Max = 0
For i = k To n
If Max < a(i) Then Max = a(i)
Next
Print Max
End Sub
```

（6）编写求平均数过程 AverageData 的代码。

Private Sub AverageData(a() As Integer)

n = UBound(a)

k = LBound(a)

For i = k To n

s = s + a(i)

Next

s = s / 10

Print s

End Sub

5.（1）在窗体中添加所需控件，并按表 9.4 设置控件的属性。

表 9.4　主要界面对象的属性设置值

对象	属性	属性值
标签 1	（名称）	Label1
	Caption	计算表达式（m! /n! (m−n)!）(m≥n≥0)值
命令按钮 1	（名称）	Command1
	Caption	计算
文本框 1	（名称）	Text1
	Text	

（2）编写 Function 过程 JiorOu 的代码。

Function Fact(m As Integer)　　　'计算阶乘

　Dim i As Integer, total As Long

　total = 1

　For i = 1 To m

　　total = total * i

　Next i

　Fact = total

End Function

（3）编写 Command1 的 Click 事件代码。

Private Sub Command1_Click()

　Dim a As Integer, b As Integer

　a = Val(InputBox("请输入 m 的值"))

　b = Val(InputBox("请输入 n 的值"))

　a1 = Fact(a)

　b1 = Fact(b)

　c1 = Fact(a − b)

```
Text1.Text = Str(a1 / (b1 * c1))
End Sub
```

6.(1)在窗体中添加所需控件,并按表 9.5 设置控件的属性。

表 9.5　主要界面对象的属性设置值

对象	属性	属性值
标签 1	(名称)	Label1
	Caption	判断字符串
标签 2	(名称)	Label2
	Caption	Label2
命令按钮 1	(名称)	Command1
	Caption	判断
文本框 1	(名称)	Text1
	Text	

(2)编写 Function 过程 IsH 的代码。

```
Public Function IsH(sn $ ) As Boolean
    Dim i% , lensn %
    sn = Trim(sn)
    lensn = Len(sn)                    ´ 输入数的位数
    For i = 1 To lensn \ 2
        If Mid(sn, i, 1) = Mid(sn, lensn - i + 1, 1) Then
            IsH = True
        Else
            IsH = False
        Exit Function
        End If
    Next
End Function
```

(3)编写 Command1 的 Click 事件代码。

```
Private Sub Command1_Click()
Dim s As String, yorn As Boolean
s = Text1.Text
yorn = IsH(s)
If yorn = True Then
Label2.Caption = "是回文"
Else
Label2.Caption = "不是回文"
End If
End Sub
```

7. (1) 在窗体中添加所需控件,并按表 9.6 设置控件的属性。

表 9.6　主要界面对象的属性设置值

对象	属性	属性值
标签 1	(名称)	Label1
	Caption	Label1
命令按钮 1	(名称)	Command1
	Caption	化简
文本框 1	(名称)	Text1
	Text	
文本框 2	(名称)	Text2
	Text	
直线 1	(名称)	Line1
	将此控件放于两个文本框之间	

(2) 编写 Function 过程 Hcf 的代码。

```
Function Hcf(ByVal m As Long, ByVal n As Long) As Long
    Dim r As Long, c As Long
    If m < n Then
        c = m:m = n:n = c
    End If
    r = m Mod n
    Do While r <> 0
        m = n
        n = r
        r = m Mod n
    Loop
    Hcf = n
End Function
```

(3) 编写 Command1 的 Click 事件代码。

```
Private Sub Command1_Click()
    Dim l As Long, t As Long
    l = Val(Text1.Text)
    t = Val(Text2.Text)
    If l = 0 Or t = 0 Then Exit Sub
        l1 = l / Hcf(l, t)
        t1 = t / Hcf(l, t)
    Label1.Caption = l1 & "/" & t1
End Sub
```

8. (1) 在窗体中添加所需控件,并按表 9.7 设置控件的属性。

表 9.7　主要界面对象的属性设置值

对象	属性	属性值
命令按钮 1	（名称）	Command1
	Caption	八进制转为十进制
命令按钮 2	（名称）	Command2
	Caption	十进制转为八进制

（2）编写将八进制转化为十进制 Function 过程 ReadOctal 的代码。

Public Function ReadOctal(ByVal Oct As String) As Long

```
Dim i As Long
Dim B As Long
For i = 1 To Len(Oct)
Select Case Mid(Oct, Len(Oct) - i + 1, 1)
Case "0":B = B + 8 ^ (i - 1) * 0
Case "1":B = B + 8 ^ (i - 1) * 1
Case "2":B = B + 8 ^ (i - 1) * 2
Case "3":B = B + 8 ^ (i - 1) * 3
Case "4":B = B + 8 ^ (i - 1) * 4
Case "5":B = B + 8 ^ (i - 1) * 5
Case "6":B = B + 8 ^ (i - 1) * 6
Case "7":B = B + 8 ^ (i - 1) * 7
End Select
Next i
ReadOctal = B
```

End Function

（3）编写 Command1 的 Click 事件代码。

Private Sub Command1_Click()

```
num = InputBox("请输入八进制数：")
MsgBox (num & "十进制为" & ReadOctal(num))
```

End Sub

（4）编写将十进制转化为八进制 Function 过程 WriteOctal 的代码。

Public Function WriteOctal(Dec As Long) As String

```
DEC_to_OCT = ""
Do While Dec > 0
WriteOctal = Dec Mod 8 & WriteOctal
Dec = Dec/8
Loop
```

End Function

（5）编写 Command2 的 Click 事件代码。

Private Sub Command2_Click()

```
Dim num As Long
```

```
num = CLng(Val(InputBox("请输入十进制数:")))
MsgBox (num & "八进制为" & WriteOctal(num))
End Sub
```

9.（1）在窗体中添加所需控件，并按表9.8设置控件的属性。

表9.8　主要界面对象的属性设置值

对象	属性	属性值
标签1	（名称）	Label1
	Caption	原串：
标签2	（名称）	Label2
	Caption	要删除的子串：
标签3	（名称）	Label3
	Caption	删除后串为：
命令按钮1	（名称）	Command1
	Caption	确定

（2）编写 Function 过程 DelStr 的代码。

```
Private Function DelStr(s1 As String, s2 As String)
s1 = Replace(s1, s2, "")
DelStr = s1
End Function
```

（3）编写 Command1 的 Click 事件代码。

```
Private Sub Command1_Click()
Dim sa As String, sb As String, sc As String
sa = Text1.Text
sb = Text2.Text
sc = DelStr(sa, sb)
Label3.Caption = "删除后串为:" & sc
End Sub
```

10.（1）在窗体中添加所需控件，并按表9.9设置控件的属性。

表9.9　主要界面对象的属性设置值

对象	属性	属性值
标签1	（名称）	Label1
	Caption	
标签2	（名称）	Label2
	Caption	
标签3	（名称）	Label3
	Caption	共0题,正确率为:
命令按钮1	（名称）	Command1
	Caption	关闭(&C)
列表框1	（名称）	List1

(2) 编写程序代码。

```
Private Sub Command1_Click()
    Unload Me
End Sub
Private Sub Form_Activate()
    Randomize (Time)
    a = Int(10 + 90 * Rnd)
    b = Int(10 + 90 * Rnd)
    p = Int(2 * Rnd)
    Select Case p
        Case 0
            Label1.Caption = a & " + " & b & " = "
            Text1.Tag = a + b
        Case 1
            If a < b Then t = a:a = b:b = t
            Label1.Caption = a & " - " & b & " = "
            Text1.Tag = a - b
    End Select
    Form1.Tag = Form1.Tag + 1
    Text1.SelStart = 0
    Text1.Text = ""
End Sub
Private Sub Text1_KeyPress(KeyAscii As Integer)
    If KeyAscii = 13 Then
        If Text1.Text = Text1.Tag Then
            Item = Format(Label1.Caption & Text1.Text, "! @@@@@@@@@@@@@@
@@") & " √ "
            List1.Tag = List1.Tag + 1
        Else
            Item = Format(Label1.Caption & Text1.Text, "! @@@@@@@@@@@@@@
@@") & " × "
        End If
        List1.AddItem Item, 0
        Label3.Caption = "共" & Form1.Tag & "题," & Chr(13) & "正确率为:"
        Label2.Caption = Format(List1.Tag / Form1.Tag, "#0.0#%")
        Form_Activate
    End If
End Sub
```

第 10 章　键盘和鼠标事件过程

一、选择题

1. B　2. D　3. C　4. C　5. A　6. D　7. C　8. D　9. A　10. B

二、填空题

1. MouseDown　MouseUp

2. KeyDown　KeyUp

3. KeyPreview

4. A　a

5. ABCDEFG

6. MouseIcon

7. DragMode　1-Automatic

8. MouseDown　PopupMenu

三、编程题

1. 程序设计界面如图 10.1 所示。

图 10.1

程序代码如下。

```
Dim str As String
Private Sub Form_Activate()
Text1.SetFocus
End Sub
Private Sub Form_Initialize()
Text1.Text = ""
End Sub
Private Sub Text1_KeyPress(KeyAscii As Integer)
KeyAscii = KeyAscii + 1
If (KeyAscii > 122) Then
KeyAscii = KeyAscii - 26
End If
str = str + Chr(KeyAscii)
End Sub
```

2. 程序代码如下。

```
Private Sub Form_MouseDown(Button As Integer, Shift As Integer, X As Single, Y As Single)
Dim str As String
Select Case Button
Case vbLeftButton
    str = "你按下了鼠标左键。"
Case vbRightButton
    str = "你按下了鼠标右键。"
Case vbMiddleButton
    str = "你按下了鼠标中间键。"
Case vbLeftButton + vbMiddleButton
    str = "你按下了鼠标左键和中间键。"
Case vbRightButton + vbMiddleButton
    str = "你按下了鼠标右键和中间键。"
Case vbLeftButton + vbRightButton
    str = "你按下了鼠标左键和右键。"
End Select
Print str
End Sub
```

3. 程序代码如下。

```
Private Sub Form_Load()
Label1.Caption = "欢迎使用" + Chr(13) + Chr(10) + "Visual Basic 6.0"
Label1.MousePointer = 99
Label1.MouseIcon = LoadPicture(App.Path + "\Images\H_POINT.CUR")
End Sub
Private Sub Label1_Click()
MsgBox "你单击了此标签"
End Sub
Private Sub Label1_Click()
MsgBox "你单击了此标签"
End Sub
```

第 11 章　数据文件

一、选择题

1. C　2. C　3. A　4. C　5. D　6. D　7. A　8. D

二、填空题

1. 程序文件和数据文件
　　顺序文件、随机文件

2. Output(输出)、Input(输入)和 Append(添加)

3. Input、Line Input 语句和 Input 函数

Get 语句、Put 语句

4. Input As ♯10

   Output As ♯20

   EOF(10)

三、程序设计题

1.（1）在窗体中添加所需控件，并按表 11.1 设置控件的属性。

表 11.1　主要界面对象的属性设置值

对象	属性	属性值
标签 1	（名称）	NameLabel
	Caption	姓名
标签 2	（名称）	NumLabel
	Caption	编号
标签 3	（名称）	TelLabel
	Caption	电话
文本框 1	（名称）	NameText
	Text	
文本框 2	（名称）	NumText
	Text	
文本框 3	（名称）	TelText
	Text	
命令按钮 1	（名称）	LocCmd
	Caption	检索
标签 4	（名称）	AddrLabel
	Caption	地址
文本框 4	（名称）	AddrText
	Caption	
框架 1	（名称）	Frame1
	Caption	检索结果

（2）对 TelBook 类型和公共变量的定义。

```
Private Type TelBook
   Num As Integer
   Name As String * 4
   TelNum As String * 8
   Addr As String * 30
End Type
Private s As TelBook
Public filenum As Integer
Public lastrecord As Long
```

（3）编写单击"检索"命令按钮事件过程代码。

```
Private Sub LocCom_Click()
    filenum = FreeFile
    Open "telbook.dat" For Random As #filenum Len = Len(s)
    NameText.Text = ""
    TelText.Text = ""
    AddrText.Text = ""
    k = 0
    lastrecord = LOF(filenum) / Len(s)
    For i = 1 To lastrecord
        Get #filenum, i, s
        If NumText.Text = s.Num Then
            NameText.Text = s.Name
            TelText.Text = s.TelNum
            AddrText.Text = s.Addr
            k = 1
            Exit For
        End If
    Next
    If k = 0 Then
        MsgBox("没有您要找的编号的电话号码!")
    End If
End Sub
```

2.（1）在窗体中添加所需控件,并按表 11.2 设置控件的属性。

表 11.2　主要界面对象的属性设置值

对象	属性	属性值
窗体	Caption	文件系统控件应用
驱动器列表框 1	（名称）	MyDrive
目录列表框 1	（名称）	MyDir
文件列表框 1	（名称）	MyFile
框架 1	（名称）	MyFrame
	Caption	显示
复选框 1	（名称）	ComCheck
	Caption	.com
复选框 2	（名称）	ExeCheck
	Caption	.exe
复选框 3	（名称）	BatCheck
	Caption	.bat

（2）编写代码，实现用户选定 MyDrive 列表框中驱动器，将 MyDrive 的显示更新为选中的驱动器，同时触发 MyDrive_Change 事件。

```
Private Sub MyDrive _Change()
    MyDir.Path = MyDrive.Drive
End Sub
```

（3）编写代码，实现用户选定 MyDir 列表框中驱动器，将 MyDir 的显示更新为选中的驱动器，同时触发 MyDir_Change 事件。

```
Private Sub MyDir_Change()
    MyFile.Path = MyDir.Path
End Sub
```

（4）编写".com"复选框的单击事件过程代码。

```
Private SubComCheck _Click()
    If Check1.Value = 1 And Check2.Value = 1 And Check3.Value = 1 Then
        File1.Pattern = " * .com; * .exe; * .bat"
    ElseIf Check1.Value = 1 And Check2.Value = 1 Then
        File1.Pattern = " * .com; * .exe"
    ElseIf Check1.Value = 1 And Check3.Value = 1 Then
        File1.Pattern = " * .com; * .bat"
    ElseIf Check3.Value = 1 And Check2.Value = 1 Then
        File1.Pattern = " * .bat; * .exe"
    ElseIf Check1.Value = 1 Then
        File1.Pattern = " * .com"
    ElseIf Check2.Value = 1 Then
        File1.Pattern = " * .exe"
    ElseIf Check3.Value = 1 Then
        File1.Pattern = " * .bat"
    Else:parrern = " * . * "
    End If
End Sub
```

（5）编写".exe"复选框的单击事件过程代码。

```
Private Sub ExeCheck _Click()
    If Check1.Value = 1 And Check2.Value = 1 And Check3.Value = 1 Then
        File1.Pattern = " * .com; * .exe; * .bat"
    ElseIf Check1.Value = 1 And Check2.Value = 1 Then
        File1.Pattern = " * .com; * .exe"
    ElseIf Check1.Value = 1 And Check3.Value = 1 Then
        File1.Pattern = " * .com; * .bat"
    ElseIf Check3.Value = 1 And Check2.Value = 1 Then
        File1.Pattern = " * .bat; * .exe"
    ElseIf Check1.Value = 1 Then
```

```
        File1.Pattern = ″ * .com″
    ElseIf Check2.Value = 1 Then
        File1.Pattern = ″ * .exe″
    ElseIf Check3.Value = 1 Then
        File1.Pattern = ″ * .bat″
    Else:parrern = ″ * . * ″
    End If
```
End Sub

(6) 编写".bat"复选框的单击事件过程代码。

Private Sub BatCheck _Click()
```
    If Check1.Value = 1 And Check2.Value = 1 And Check3.Value = 1 Then
        File1.Pattern = ″ * .com; * .exe; * .bat″
    ElseIf Check1.Value = 1 And Check2.Value = 1 Then
        File1.Pattern = ″ * .com; * .exe″
    ElseIf Check1.Value = 1 And Check3.Value = 1 Then
        File1.Pattern = ″ * .com; * .bat″
    ElseIf Check3.Value = 1 And Check2.Value = 1 Then
        File1.Pattern = ″ * .bat; * .exe″
    ElseIf Check1.Value = 1 Then
        File1.Pattern = ″ * .com″
    ElseIf Check2.Value = 1 Then
        File1.Pattern = ″ * .exe″
    ElseIf Check3.Value = 1 Then
        File1.Pattern = ″ * .bat″
    Else:parrern = ″ * . * ″
    End If
```
End Sub

第 12 章　图形操作

一、选择题

1. C　2. C　3. C　4. A　5. B、C　6. B　7. C　8. B　9. B　10. A　11. C
12. A　13. C　14. B　15. D

二、填空题

1. twip(或缇)　ScaleMode

2. PictureBox(图片框)控件　Image(图像框)控件　Line(线条)控件　Shape(形状)控件

3. AutoSize Stretch False Flase

4. LoadPicture()

5. 选中　属性

6. 外观　矩形

7. 图片框　其他控件

8. 颜色　起始角度　终止角度　椭圆的高宽比

9. 像素的颜色

三、程序设计题

1. 程序设计界面如图 12.1 所示。

图 12.1　界面设计

程序代码如下。

```
Dim Form_Width As Single, Form_Height As Single
Private Sub Form_Load()
    Form1.WindowState = 2
    Form1.ScaleMode = 1
    Form_Width = Form1.ScaleWidth
    Form_Height = Form1.ScaleHeight
    Form1.ScaleLeft = - Form_Width / 2
    Form1.ScaleTop = Form_Height / 2
    Form1.ScaleWidth = Form_Width
    Form1.ScaleHeight = - Form_Height
End Sub
Private Sub List1_Click()
    Cls
    Form1.ScaleMode = Val(List1.ListIndex) + 1
    Form_Width = Form1.ScaleWidth
    Print Form_Width
    Form_Height = Form1.ScaleHeight
    Form1.ScaleLeft = - Form_Width / 2
    Form1.ScaleTop = Form_Height / 2
    Form1.ScaleWidth = Form_Width
    Form1.ScaleHeight = - Form_Height
    Circle (0, 0), 50
End Sub
```

2. 程序设计界面如图 12.2 所示。

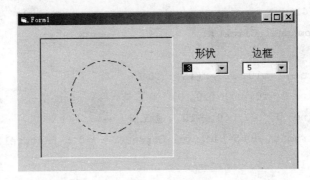

图 12.2　界面设计

程序代码如下。

```
Private Sub Form_Load()
    Dim i As Integer
    For i = 0 To 5
        Combo1.AddItem Str(i)
    Next i
        Combo1.ListIndex = 0
    For i = 0 To 6
        Combo2.AddItem Str(i)
    Next i
        Combo2.ListIndex = 1
End Sub
Private Sub Combo1_Click()
    Shape1.Shape = Combo1.List(Combo1.ListIndex)
End Sub
Private Sub Combo2_Click()
    Shape1.BorderStyle = Combo2.List(Combo2.ListIndex)
End Sub
```

3. 程序设计界面如图 12.3 所示。

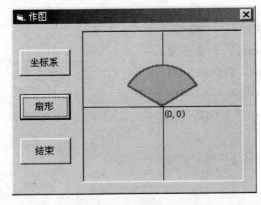

图 12.3　界面设计

程序代码如下。

```
Const pi = 3.14159
Private Sub Command1_Click()
    Cls
    Picture1.Scale ( - 10, 10) - (10, - 10)
    Picture1.Line ( - 10, 0) - (10, 0) ´画 X 轴
    Picture1.Line (0, 10) - (0, - 10) ´画 Y 轴
    Picture1.CurrentX = 0.5 : Picture1.CurrentY = - 0.5 : Picture1.Print ″(0,0)″ ´标
记坐标原点
End Sub
Private Sub Command2_Click()
    Picture1.Circle (0, 0), 5, vbRed, - pi / 6, - 5 * pi / 6
End Sub
Private Sub Command3_Click()
    End
End Sub
```

4. 程序设计界面如图 12.4 所示。

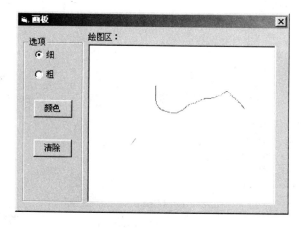

图 12.4　界面设计

程序代码如下。

```
Dim DrawState As Boolean　´绘图状态开关变量
Dim psetcolor As Long　´颜色变量
Private Sub Command1_Click()
    CommonDialog1.Action = 3
    psetcolor = CommonDialog1.Color
End Sub
Private Sub Command2_Click()
    Picture1.Cls
End Sub
```

```
Private Sub Option1_Click()
    Picture1.DrawWidth = 1
End Sub
Private Sub Option2_Click()
    Picture1.DrawWidth = 3
End Sub
Private Sub Picture1_MouseDown(Button As Integer, Shift As Integer, X As Single, Y As Single)  DrawState = True  '启动绘图状态
    Picture1.CurrentX = X
    Picture1.CurrentY = Y
End Sub
Private Sub Picture1_MouseMove(Button As Integer, Shift As Integer, X As Single, Y As Single)
    If DrawState And Button = 1 Then  '在绘图状态下用鼠标绘制色图形
        Picture1.Line – (X, Y), psetcolor  '从当前坐标到(X,Y)画直线
    End If
End Sub
Private Sub Picture1_MouseUp(Button As Integer, Shift As Integer, X As Single, Y As Single)
    DrawState = False  '禁止绘图状态
End Sub
```

5. 程序设计界面如图 12.5 所示。

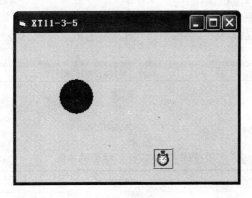

图 12.5　界面设计

程序代码如下。

```
Dim dx As Integer
Dim dy As Integer
Private Sub Form_Load()
    dx = 30
    dy = 30
```

```
End Sub
Private Sub Timer1_Timer()
  If Shape1.Left + Shape1.Width > Form1.ScaleWidth Then dx = - dx
  If Shape1.Left < 0 Then dx = - dx
  If Shape1.Top + Shape1.Height > Form1.ScaleHeight Then dy = - dy
  If Shape1.Top < 0 Then dy = - dy
  Shape1.Left = Shape1.Left + dx
  Shape1.Top = Shape1.Top + dy
End Sub
Private Sub Form_KeyPress(KeyAscii As Integer)
  Timer1.Enabled = False
End Sub
```

第 13 章　ActiveX 控件的使用

略。

第 14 章　Visual Basic 与数据库

1.～3.　略。

4.（1）创建"Cj. mdb"数据库，在其中建立"Student"表（见图 14. 1），并在表中输入数据。

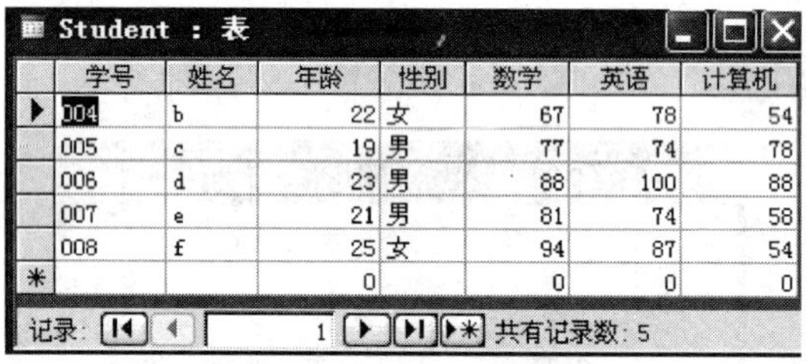

Student : 表

学号	姓名	年龄	性别	数学	英语	计算机
004	b	22	女	67	78	54
005	c	19	男	77	74	78
006	d	23	男	88	100	88
007	e	21	男	81	74	58
008	f	25	女	94	87	54
		0		0	0	0

记录: 1 共有记录数: 5

图 14. 1　Student 表

（2）界面设计如表 14. 1 所示。

表 14. 1　控件名称及属性值

对象	属性	设置值
ADO 数据控件	（名称）	Adodc1
	ConnectionString	Provider = Microsoft. Jet. OLEDB. 4. 0; Data Source = C:\VB\Cj. mdb; Persist Security Info = False
	RecordSource	Student
	EofAction	0(adDoMoveLast)

对象	属性	设置值
标签 1	（名称）	Label1
	Caption	学号
标签 2	（名称）	Label2
	Caption	姓名
标签 3	（名称）	Label3
	Caption	性别
标签 4	（名称）	Label4
	Caption	年龄
标签 5	（名称）	Label5
	Caption	数学
标签 6	（名称）	Label6
	Caption	英语
标签 7	（名称）	Label7
	Caption	计算机
文本框 1	（名称）	Text1
	Text	
	DataSource	Adodc1
	DataField	学号
文本框 2	（名称）	Text2
	Text	
	DataSource	Adodc1
	DataField	姓名
文本框 3	（名称）	Text3
	Text	
	DataSource	Adodc1
	DataField	年龄
文本框 4	（名称）	Text4
	Text	
	DataSource	Adodc1
	DataField	数学
文本框 5	（名称）	Text5
	Text	
	DataSource	Adodc1
	DataField	英语

对象	属性	设置值
文本框 6	（名称）	Text6
	Text	
	DataSource	Adodc1
	DataField	计算机
组合框 1	（名称）	Combo1
	Text	
	DataSource	Adodc1
	DataField	性别
	List	男
		女

运行界面如图 14.2 所示。

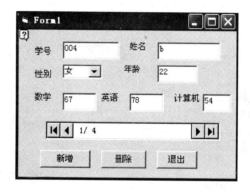

图 14.2　运行界面

（3）程序代码如下。

Private Sub Adodc1_MoveComplete(ByVal adReason As ADODB.EventReasonEnum, ByVal pError As ADODB.Error, adStatus As ADODB.EventStatusEnum, ByVal pRecordset As ADODB.Recordset)

　　If Adodc1.Recordset.RecordCount = 0 Then

　　Command2.Enabled = False

　　Adodc1.Caption = ″0/0″

　　Else

　　Adodc1.Caption = Str(Adodc1.Recordset.AbsolutePosition) & ″/″ & Str(Adodc1.Recordset.RecordCount)

　　Command2.Enabled = True

　　End If

End Sub

Private Sub Command1_Click() 　　　　　　′″新增″按钮

　　Adodc1.Recordset.AddNew

```
Text1.SetFocus
Command2.Enabled = False
End Sub
Private Sub Command2_Click()                '"删除"按钮
Dim s As Integer
s = MsgBox("确实要删除当前记录吗?", vbYesNo + vbInformation, "提示信息")
If s = vbYes Then
Adodc1.Recordset.Delete
Adodc1.Recordset.MoveNext                '移动记录指针,刷新显示屏
    If Adodc1.Recordset.EOF Then
    If Adodc1.Recordset.RecordCount > 0 Then
    Adodc1.Recordset.MoveLast
    Else
    Command2.Enabled = False
    End If
End If
End If
End Sub
Private Sub Command3_Click()                '"退出"按钮
    End
End Sub
Private Sub Form_Activate()
    If Adodc1.Recordset.RecordCount = 0 Then
    Command2.Enabled = False
    Adodc1.Caption = "0/0"
    Else
    Adodc1.Caption = Str(Adodc1.Recordset.AbsolutePosition) & "/" & Str(Adodc1.Recordset.RecordCount)
    Command2.Enabled = True
    End If
End Sub
```

5. 程序设计界面如图 14.3 所示,运行界面如图 14.4 所示。

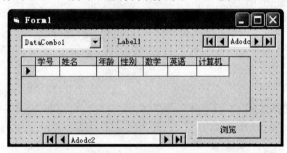

图 14.3　设计界面

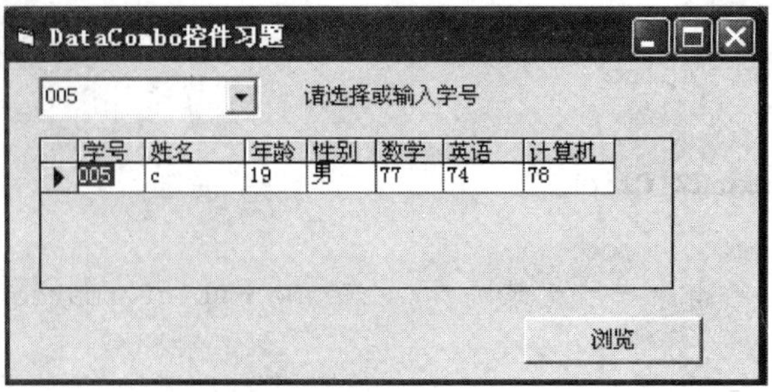

图 14.4　运行界面

程序代码如下。

Private Sub Command1_Click()

strSQL = "select * from student "

 Adodc2. RecordSource = strSQL

 Adodc2. Refresh

  End Sub

  Private Sub DataCombo1_Click(Area As Integer)

   If Area = 2 Then　'用户单击选项区,而非箭头(0)或文本输入区(1)

    Call myQuery

    DataGrid1. SetFocus　'网格得到焦点使用户可以用方向键查询记录

   End If

    Debug. Print Area

  End Sub

Private Sub DataCombo1_KeyPress(KeyAscii As Integer)

 If KeyAscii = 13 Then　'用户按回车键,调用查询过程

  Call myQuery

 End If

End Sub

Sub myQuery()　'自定义查询过程

 myClass = DataCombo1. BoundText

 Adodc1. Recordset. MoveFirst

 Adodc1. Recordset. Find ("学号 = '" & myClass & "'")

 If Adodc1. Recordset. EOF Then

  MsgBox "未查到指定学号", 48, "注意"

  Exit Sub

 End If

 '以上代码使程序得到用户所选学号

 strSQL = "select * from student Where 学号 = '" & Adodc1. Recordset("学号") & "'"

 Adodc2. RecordSource = strSQL 'SQL 语句,用于返回学号为指定值的记录

 Adodc2. Refresh

 Adodc2. Caption = " 记 录 号 :" & Adodc2. Recordset. AbsolutePosition & "/" &

```
Adodc2.Recordset.RecordCount
    End Sub
    Private Sub Form_Activate()
DataCombo1.BoundText = Adodc1.Recordset("学号") '在 DataCombo 中显示当前记录的学号
    DataGrid1.SetFocus
    'Call myQuery  '不执行该语句会使程序启动后直接显示成绩表中的所有记录
    Adodc1.Visible = False  ' Adodc1 控件不可见
    Label1.Caption = "请选择或输入学号"
    Form1.Caption = "DataCombo 控件习题"
    End Sub
```